小妻嫁到 5 完

風文創 555

慕童 著

目錄

第一百二十三章

今天是裴家的姻親上門來認識新婦的日子，裴老夫人的娘家，還有謝萍如的娘家都來了人。

紀清晨認了一圈，收了不少東西，也送出去不少。等回到房裡之後，她累得連手指都不想動彈了。

就寢前，紀清晨洗漱完回房，就見某人已坐在床上，手上還拿著一本書。

「你這樣看書，會熬壞眼睛的。」紀清晨在梳妝檯前坐下，拿起香膏，用手沾了一點兒，便在臉上抹起來。

這些香膏可都是宮裡內造的，尋常人家根本買不到。皇后賜給她不少，早晚都得抹，抹在臉上還香噴噴的，紀清晨自然不會推卻。

她身上穿著大紅色綢裙，底下是一條寬鬆的褲子，因坐在繡墩上，露出了一截白皙的小腿，那皮膚瑩白得像是上了一層白釉。

裴世澤原本倚在床榻上，一抬頭就瞧見她的小腿，他不禁喉頭一動，慾望隱隱發漲。

「柿子哥哥，要不我也幫你抹一下吧？這香膏可以保護你的臉喔。」紀清晨一想到裴世澤整天在外頭風吹日曬，要不是他天生底子好，還不知道這臉該糙成什麼樣子。

只是她才說完，裴世澤就立即蹙眉，顯然不喜歡她這個提議。

紀清晨倒也沒堅持，只是繼續仔細地給自己塗著臉。

哼！等他變難看了，他就該知道今兒個她說的話可都是為了他好。

她抹好香膏，一上床就乖巧地在內側躺下，還輕聲說：「明天咱們可是要回紀家了。」

言下之意自然就是——你不許鬧騰我。

可裴世澤早早就上床等著她，這會兒吹熄了蠟燭，哪裡還會放過她。

待他從身後將她抱住，身子貼著她，便不客氣地抵向了她。

她忍不住扭了下，想讓他別把那火熱熱的東西頂在自個兒的腿間。可誰知他的手卻從衣襟伸進來，等握住她的柔軟時，兩人的呼吸都粗重起來。

紀清晨那處還疼著，本想推開他，但她也知道，要讓剛吃上肉的人再吃回素菜，可是極難的。

就這樣，在漆黑的紗帳中，誰都沒有說話，只有偶爾因為實在忍耐不住而發出的嚶嚀聲。只是這壓抑又歡愉的聲音，在黑夜中聽起來，卻有種別樣的刺激。

待他扯著紀清晨的褲子，那處抵在她的腿間，蹭了起來。兩人身上都出了一層薄汗，可是誰都沒出聲，只拚命地壓抑著聲音。

也不知過了多久，他陡然翻身將她壓在身下，她的臉頰抵在錦枕中，黑暗中只剩下一個柔媚入骨的呼吸聲，和一個低沈粗重的喘息聲。

因今兒個是三朝回門，所以紀清晨醒來後，先是去給謝萍如請安，緊接著又跟著謝萍如去了裴老夫人的上房。

裴老夫人只與她說了一會兒話，便讓她趕緊回來準備。畢竟是三朝回門，午膳還要回去吃呢。

等回到院子後，裴世澤已叫人備好了早膳，兩人用完，才叫人將一箱箱的禮物放上馬車，啟程回紀府。

裴世澤沒騎馬，而是與她坐在同一輛馬車中。

紀清晨的丫鬟都坐在後頭的馬車裡，所以這個車廂中就只有他們兩人。只是定國公府與紀府並不在一處，坐馬車要半個時辰才能到。

馬車行至街上，就聽到外頭的叫賣聲響起，這會兒正是熱鬧的時候。

賣冰糖葫蘆的小販，叫喊的聲音又長又響亮，裴世澤聽見了，忽然笑道：「妳可還記得，妳小時候叫凌鈞給妳買糖葫蘆，竟連人家的架子都一塊兒買了。」

這件事紀清晨怎麼可能不記得呢？當時溫凌鈞喜歡上大姊，一心想著要討好她，於是她就小小地捉弄了他一番。

沒想到他還真是個老實的，竟連糖葫蘆架子都給她買了。

「那時候我就在想，這小姑娘這般古靈精怪的，長大可怎麼了得啊。」裴世澤嘴角含著笑意，帶著幾分揶揄地說道。

紀清晨登時傻眼了，她還以為她在裴世澤心目中，是既乖巧又甜美的小姑娘，沒想到他竟是這般想她的。

「那現在呢？」紀清晨忍不住問道。

裴世澤轉頭，臉上的笑容雖沒了，瞧著平靜至極，可眼裡卻漆黑溫潤。他輕聲說：「我很慶幸，這個小姑娘總算是我的了。」

紀清晨愣愣地看著他，心中又喜又甜，可眼眶卻酸澀得厲害。

裴世澤素來是面冷嘴不甜的人，一般人看見他，都覺得他肯定是個極難相處的人，也就是紀清晨與他認識了十幾年，知道他這個人雖生得一張冷峻的臉，可一旦被他放在心上，他就會將天下間最好的東西都捧到她跟前。

紀清晨靠在他的肩膀，手掌緊緊地握住他的手。

一回到紀府時，發現眾人竟都在門口等著了。

紀清晨一下車，就瞧見紀延生和曾榕有些著急的臉龐，只是他們礙於面子，沒有立即上前，衝上來的自然就是幾個小傢伙了。紀湛是跑得最快的，一下就抱住她的腰身，仰起頭軟軟地喊了一聲。「姊姊。」

紀清晨當了他這麼久的姊姊，頭一次見到小傢伙這般可憐兮兮的模樣，頓時心疼得不得了。她伸手在他的臉頰上摸了摸，溫言問道：「湛哥兒，想不想我啊？」

「小姨母，我最想妳了！」一旁的溫啟俊不甘落後，馬上興沖沖地表示。

裴世澤一瞬也不瞬地盯著這兩個膽敢抱著他媳婦的人，接著卻是微微一笑，輕聲道：「姊夫給你帶禮物了。」這話是對紀湛說的。

「回來就好，都別站在門口了，到裡頭去吧。」紀延生說了一聲，眾人才轉身往院子裡頭走。

紀清晨跟在曾榕身後，紀寶璟則與她走在一塊兒。她悄悄地打量紀清晨的神色，面色紅潤，表情含羞帶怯，倒是個十足新嫁娘的模樣。

「這幾日可好？」雖然她氣色挺好的，紀寶璟還是想要親口問上一句。

紀清晨立即點頭，低聲道：「姊姊放心吧，我一切都好，柿子哥哥待我可好了。」

紀寶璟一臉笑意地看著她，道：「這會兒還叫柿子哥哥？」

這是紀清晨打小便叫慣了的，要她改過來，還真不習慣。不過私底下她倒也叫過他裴景恒，但那是在情急時才那麼叫的。

見她不好意思了，紀寶璟又笑著搖搖頭，不過卻是徹底放心了。左右她的沅沅這般討人喜歡，總不會吃苦就是。

一回娘家，自然是要向祖母請安的。

紀清晨一瞧見祖母，便有點想哭了。打小到大，唯一對她毫不保留地寵愛著的，便是祖母。她闖禍了，有時候就連爹爹和姊姊都會責罵她，可祖母卻只是把她抱在懷中護著她，還斥責教訓她的人，說他們嚇著她的沅沅了。

「祖母。」紀清晨喊了一聲，眼眶瞬間濕潤了。

老太太瞧了她一眼，立即道：「這大喜的日子可不許哭，不討喜。」

「我才不哭呢，我看見祖母不知有多高興，怎麼會哭呢？」紀清晨回道。

登時所有人都笑了。

雖說裴世澤之前也來過紀家好幾次，這次卻是頭一回以女婿的身分登門拜訪。因此他為長輩們都準備了禮物，尤其送岳丈紀延生的禮物，他特別找來了古籍。

連紀清晨都不得不點頭。果然是領軍打仗的人，知道如何在最短時間內摧毀敵軍的防線。因之前裴世澤出面支持先靖王封號一事，讓紀延生對他的評價直落，要不是皇上賜婚，只怕他恨不得把紀清晨留在家裡，不嫁才好。沒想到此刻，他倒是又和裴世澤把臂言歡了起來。

至於溫凌鈞也是打小就與他認識的，認真說起來，溫凌鈞與紀寶璟的媒人還算是他呢。

「當年要不是柿子哥哥在咱們家裡暫住，只怕大姊夫還遇不上姊姊。」等兩姊妹說體己話的時候，紀清晨立即幫他邀功。

紀寶璟登時笑了，瞧著不遠處正與紀湛玩的長子，這會兒她兒子都這麼大了。她笑著問：「傻哥兒都這麼大了，妳如今來說這個，是想叫我謝謝他不成？」

「當然不是了，姊姊把我想成什麼樣子了。」紀清晨佯怒道。

她瞧著這廳堂中的歡聲笑語。如果說這一世她最慶幸的是什麼事情的話，那就是陪著祖母去上香回來後，她又隨著祖母去了真定的裴家老宅。

因為在那裡，她遇到了她一生的良人。

第一百二十四章

「皇上當初是如何答應妾身的？」對外宣稱病了的方皇后，此時一臉驚怒地看著皇帝。她身上只穿著單薄的中衣，臉色還有些蠟黃，確實像是病了的模樣。

而身著五爪金龍明黃常服的皇帝，見她這般，立即皺眉，上前想扶她到床上歇息。他與方皇后到底也當了二十多年的夫妻，即便沒有愛情，總有親情在的。昔年他在靖王府的時候，方皇后跟著他也是吃了不少苦頭，所以登基之後，他待她依舊是敬愛有加。

可誰知他剛想伸手扶她，方皇后卻往後退了一步，顯然是不想讓他碰到自己。

皇帝的臉上出現一絲無奈，輕聲道：「朕也與妳說過，素馨到底是景然的母親，接她入宮本就是應該的事情。」

方皇后痛心疾首地說：「皇上可曾想過，若是真的冊封安氏，會在朝堂內外掀起什麼樣的風波？」

就是考慮到會有爭議，所以先前殷廷謹才未立即將安素馨接進宮中。畢竟外命婦中有太多人與安素馨是舊識，他也擔心會引起騷動，所以才會等自己在這個位置上坐穩了，才打算將她接入宮中。

此時方皇后已眼中含淚。殷廷謹與她這麼多年夫妻，都未曾見她這般傷心過，可偏偏這件事他已下定決心，只能悲慟地道：「旁人不知，難道皇后不知汝南侯待朕的大恩？」

「妾身怎會不知？昔年汝南侯曾當眾誇讚過皇上，又贈皇上寶劍，要不是得汝南侯青睞，父王也不會這般看重皇上，這些話都是皇上與妾身說過的，所以當年皇上去救她，妾身也不曾有一絲反對。」方皇后看著面前的人，依舊試著說服他。

雖說歷朝歷代不乏君奪臣妻這樣的事情，可到底叫人詬病。

方皇后一向敬重殷廷謹，又怎麼忍心他的聲名敗壞在私德之上呢？

她阻止安素馨進宮，不是因為怕她進宮來分寵，否則她也不會在這次選秀挑了那麼多妙齡少女進宮。

「我知妳是為了朕著想，只是此事朕意已決，皇后還是安心養病，別叫朕與柏然擔心才是。」殷廷謹上前扶住方皇后。

之前安素馨就曾進宮過，只是她都是避著外命婦，所以不少人只知道三皇子的母親身子不好，在別處休養，卻不知她真正的身分。

如今已是殷廷謹登基的第三年，他自認大權在握，自然不願再委屈安素馨。

他少年時確實曾對安素馨動心過，畢竟她是京城中萬眾矚目的第一美人。可偏偏那時他不過是個王府的庶子，自然是無法娶她的。

得不到的，總是最好的。

所以當他得知汝南侯事發，第一個想到的便是她。雖說她已是嫁出之女，可生父犯下這樣的死罪，她要如何在定國公府立足？他從不後悔帶走她，只是這麼多年來，她的鬱鬱寡歡卻被他看在眼中。

這些年來，安素馨一直住在莊子上，與方氏倒也相安無事，所以殷廷謹這才忽略了。沒想到要接她進宮，竟會引起方氏如此大的反應。

「皇上又何必強求呢？妾身覺著她似乎也不大想進宮，倒不如就讓她住在鏡春園中吧。」事到如今，方皇后仍想勸皇帝回心轉意。「皇上夏日裡不也嫌宮中悶熱嗎？去鏡春園避暑，那可是再好不過了。」

她這話本是好意，可一說出口，卻讓皇帝連連蹙眉。

「景然還這般小，總要有人照顧他的。」其實不單是皇帝想叫安素馨進宮，就連安素馨自己也捨不得幼子。

景然不比上頭的兩個哥哥都已到了要成婚的年紀，他還算年幼，所以安素馨是如何都捨不得讓兒子離開自己身邊。

方皇后還要說話，就聽外頭突然傳來宮女通稟的聲音。「皇后娘娘，大皇子殿下來了。」

方皇后連忙伸手壓了壓鬢角的散髮，殷廷謹則扶著她走向床榻，在床邊坐下後，方皇后才道：「請殿下進來吧。」

殷柏然進來時，就看見方皇后正安靜地坐在床榻上，而皇帝則是站在床邊。兩人的神情看起來都溫和極了，眉眼含笑。只不過殷柏然太熟悉方皇后，見她眼眶微微泛紅，心底便有些了然。

「兒臣給父皇、母后請安。」他站定後，恭敬地請安。

皇帝見他來了，便點頭道：「過來看看你母后吧。」

自從方皇后病了之後，殷柏然便日日過來，更時時派人問她吃藥的情況。他素來就是個孝順的孩子，所以皇帝最看重的也是他。

如今瞧著面前身姿颯爽的兒子，皇帝又念叨了一句。「說來你也該早些成親了，待綿延了子嗣，也好叫朕與你母后高興高興。」

「兒臣不孝，叫父皇擔心了。」殷柏然依舊是一副寵辱不驚的模樣。這麼多年來，他自有一套對付父母的法子。

一旁的方皇后生怕皇帝再說他，立即道：「皇上也別教訓他了，他先前早就與妾身說想娶妻，只是妾身眼睛都挑花了，卻不知挑哪個才好？」

「我瞧著那位長孫姑娘不錯。」皇帝乍然說了一句。

先前方皇后見他突然把長孫昭的名字加進來，還以為肯定是屬意此女的，可誰知充入後宮的那十來個秀女，以及最後被指為二皇子妃的人選中，竟都沒有此女。

所以這會兒皇帝再提起長孫昭，連方皇后都感到奇怪不已。

只是方皇后知道殷柏然並不喜歡她，所以立即道：「妾身與柏然都覺得那位長孫姑娘的性子實在是太跳脫了些，不大適合。」

「哦？你竟不喜歡她那樣的性子。」在他看來，那位長孫姑娘的性子與沅沅有幾分相似，殷柏然那般喜歡沅沅，他還以為長子會喜歡這種性子的姑娘呢。

只是殷柏然的妻子確實得慎重考慮，畢竟那可是以後的太子妃、未來的皇后，怎麼都該細細挑選才是。

所以皇帝也沒多說，只是叮囑方皇后好生休息，便先行離開了。

恭送父皇離開之後，殷柏然來到方皇后身旁坐下，問道：「母后的藥喝了嗎？」

「還沒呢。」方皇后搖搖頭。先前與皇帝說了那麼久的話，還沒來得及喝藥。

殷柏然登時抬起頭看了她一眼，把方皇后看得都有些不好意思了。她直拍著他的手背，佯裝生氣地說：「如今你倒是開始管束起母后來了。」

「母后總是叫人擔心。」殷柏然擔憂地道，起身叫宮女把藥端上來。

侍宮女端著紅漆木描金牡丹圓形茶盤，上頭放著一只雨過天青色的汝窯瓷碗，剛到跟前，就有一股子刺鼻的苦澀藥味。

皇后聽他這般說，臉上揚起一股甜蜜的笑容。

到了她這個年紀，自然也不會再去想那什麼虛無縹緲的愛情。皇上待她敬重，她也如此待皇上。便是先前皇上不願納秀女進宮，還是她堅持的呢。

在皇家裡，多子多孫才是福氣，所以就算這會兒真有人再給皇上生下一兒半女的，她也只會高興。

看看秦太后，即便登基的只是姪子，可是該孝敬的，也是絲毫不少。

方皇后如今最緊張的，就是殷柏然的親事。

殷柏然親自餵她吃藥，見她皺眉，還哄道：「母后喝完藥，便能吃蜜餞了。」

方皇后見他真把自己當小孩子在哄，便笑著搖頭道：「你這孩子也真是的。」

話雖然這麼說，可是該喝的藥，方皇后卻一點兒都不少地喝了下去。

「母后也覺得那個長孫昭不錯？」殷柏然低頭，用銀叉戳了一顆蜜棗，遞給方皇后。

方皇后一邊接過銀叉，一邊打量著他。倒是沒想到他居然會主動提起長孫昭，反而有些好奇。「先前你不是說她性子過於跳脫？」

殷柏然低垂著眼眸，許久才抬起來，答道：「母后，她是恒國公的女兒，如果父皇不主動提，兒臣也不能去求。」

方皇后一愣。

這天下間親情最淡薄的地方，便是皇宮。弒父殺子、兄弟相殘，所謂的帝王業不過是一張張血書。每每翻看那些史書，便能發現在皇家不得善終者，總是特別多。

在靖王府時，殷廷謹只是父親，所以殷柏然不必這般小心翼翼，他們父子之間自是有十分的真心。可如今卻是君臣有別，先是君上，然後才是父親。

長孫昭是恒國公的嫡女，她的父親手中掌握著大魏二十萬的軍隊，最精銳的海軍也都在他手上。上一個鎮守福建、掌握這支軍隊的，便是汝南侯。

雖說恒國公比汝南侯更低調，但他手上的這支軍隊是一把利刃，卻同樣也是毒藥。

他身為父皇的嫡長子，本就已是萬眾矚目的位置，若是再去求娶這樣的妻子，那便是將自己架在火上烤。所以父皇給的，他才能要；而父皇沒有給的，他就不能提。

「你……」方皇后一瞬間，竟有股想哭的衝動。

她太清楚殷柏然對殷廷謹有著如何深厚的感情。殷廷謹自幼便對他悉心教導，可如今父子二人之間卻只能這般小心翼翼。

殷柏然見母后快要哭了，便安慰道：「母后別難過，母后不是與兒子說過，這世上之事，總是有得必有失。」

他們一躍成為了這世上最尊貴的一家人，而所付出的代價，便是再也不能像從前那般一家和樂地生活。

在靖王府時，殷廷謹是備受王妃厭惡的庶子，而方皇后是不討人喜歡的庶出媳婦，至於殷柏然也只是庶子的兒子罷了。可如今，他們一個是帝王，一個是皇后，一個則是未來的太子。

「母后知道，母后都知道。」方皇后點頭，握著兒子的手。

殷柏然輕笑了下。「若是母后喜歡，兒子便與父皇說，早日成親。」

既然父皇主動提起了，那便說明他已下定決心要把長孫昭賜婚於他了。

紀清晨一早便起床，今日她要與裴世澤一塊兒進宮。這麼多天了，皇后娘娘的病總算好了些，所以她昨日便與謝萍如說了一聲。

她要進宮去，謝萍如自然不會反對。

只是起床的時候，天都還沒亮呢。裴世澤平日早起慣了，可今兒個紀清晨要與他一起出門，就見她起身時，還拚命地揉著眼睛，他看了心疼不已。

所以一上馬車，他便拉著她靠在自己懷裡。「到宮裡還有段時間，妳先睡一會兒。」

紀清晨靠在他懷中，嬌氣地說：「我的頭髮會不會亂掉啊？」

裴世澤垂眸瞧了她一眼，她立即乖乖閉上眼。

其實自從嫁人之後，她每日都要按時起身去向謝萍如請安，所以倒也不是十分睏。只是靠在他懷中，聞著他身上淡淡的熏香味道，她竟真的睡著了。

最後，還是裴世澤將她喚醒的。

她睜開眼睛，還迷迷糊糊的，就見裴世澤盯著她，低聲道：「妳睡得倒是香甜，連流口水了都不知道。」

流、流口水……

紀清晨馬上伸手去摸自己的嘴邊，又看了看他的衣襟。一樣乾淨整潔啊，而她的嘴角也沒有口水的痕跡。

裴世澤笑起來，紀清晨這才知道自己被耍了。她正要生氣，誰知裴世澤突然低頭在她的唇上親了一口。「我逗妳玩的呢。」

也不知道是怎麼回事，自從他們成親之後，紀清晨就覺得裴世澤經常喜歡逗弄她，每次非要看著她出糗，他才會覺得開心。

可她也是個沒出息的，被他親了一口，居然就消氣了。

見他嘴角沾上了一點她的口脂，要不是知道他待會兒要去上朝，她還真不想幫他擦掉。她拿出帕子，伸手在他的嘴角擦了一下。

裴世澤抱住她，輕聲說：「媳婦兒，妳怎麼這麼好？」

「知道我好，還敢戲弄我？」紀清晨悶悶地道，只聽裴世澤又是嗤笑一聲。

隨後兩人便下了馬車。裴世澤是要到前朝去，而紀清晨則是去後宮，於是便往不同的方向而去。

待她到了宮門口，皇后派來接她的人已經到了。

等進了皇后的宮中，她見舅母臉色不錯，也就放心了。

「舅母的身子可好些了？」紀清晨關心地問道。

其實她早就想進宮來，可是又怕擾了皇后的靜養，所以一直在等著宮裡的消息，這會兒見到皇后，她心底的石頭總算放了下來。

方皇后溫和一笑，道：「本就沒什麼大礙，是皇上太大驚小怪了。」

她本只是風寒而已，只是吃了幾服藥卻不見好，後來症狀竟越發嚴重。

皇帝得知後，不僅親自召見太醫院的院正來為她看病，還叫人徹底搜查了鳳翔宮，生怕有人想要謀害皇后。

好在最後只是虛驚一場。

不過皇帝這般緊張自己，還是叫她心中欣喜。

「舅舅那是心疼您呢。」紀清晨立即道。

皇后笑道：「妳這個小機靈鬼。」

隨後她又問了紀清晨，在定國公府可還好？紀清晨自然是滿口稱讚了，雖說她與謝萍如不對盤，可如今表面上卻還是客客氣氣的。

「那就好，我還怕妳一時不能適應，畢竟這嫁人與在家裡做姑娘，可是太不一樣了。」方皇后想起當年自己剛嫁到靖王府的時候，可是日日躲在房中哭的。

她在家裡是誰都捧著的嫡出大小姐，可到了靖王府卻是備受打壓的庶子媳婦，其中的差距自是讓她十分失落。

不過好在都熬了過來。

因為感同身受，方皇后特別關心紀清晨。

雖說紀清晨在來之前已經用了一點早膳，可方皇后叫她陪著用膳時，紀清晨並未推拒。等用過早膳，紀清晨瞧著外面天氣晴朗，心想這會兒只是初冬，日頭一曬，到處都是暖洋洋的，於是她便提議道：「舅母，要不我陪您去御花園走走吧？外頭天氣不錯呢。」

她這麼一說，方皇后倒是真的想出去走走了。她生病也有十來日，一直都悶在宮內，便是好好的人也得悶出病來。

她緩緩地點點頭，便叫宮女過來替自己更衣。

待兩人到了御花園，走了一會兒，便在亭中休息。前頭有個六幅紫檀木屏風擋著，倒也沒那麼冷。

方皇后笑了下，道：「今兒個恒國公的那位嫡女也要入宮來，妳們年紀相仿，待會兒她來了，妳可要與她多說說話。」

紀清晨一怔，忽然想起之前方皇后說過的話。她還以為柏然哥哥極不喜歡那位長孫姑娘，可既然皇后宣她入宮，便是因為快要定下她了吧。

長孫昭此時，也正朝御花園走過來。

上回入宮的時候，她就是在這御花園裡撞到了大皇子，所以這一路走過來，她總是忍不住左右張望。可誰知一直沒瞧見人，讓她有些失望。

「姑娘，您看。」她今日還帶了自個兒的丫鬟進宮，丫鬟一瞧見湖面上的白色天鵝，登時激動地扯了下她的袖子。

長孫昭也是頭一回瞧見，有些好奇，便走近了，想看得清楚一些。

前頭領路的小太監見她走到湖邊，倒也沒攔著，畢竟這宮裡的珍奇異獸，可不是外頭的人能隨便瞧見的。

「姑娘，妳說這與咱們去年救下的那隻是不是有些像啊？」小丫鬟之所以這般激動，也是覺得那天鵝竟像是長孫昭去年救下的。

長孫昭點頭，笑道：「這種鳥的習性便是如此，冬日裡會飛躍千里，前往南方過冬。」

只是，是不是她救下的那隻，卻不好說了，畢竟離得太遠，她也看不清楚。她忍不住又走近一些，可誰知腳底一滑，便趔趄地向前倒去。

丫鬟正要伸手，身後卻已有人抓住她的手，將她拉了回來。

長孫昭心有餘悸地看著面前的男子。若她真的掉進湖中，只怕是太丟人了。

「妳還是這麼重。」殷柏然瞧著她，淡淡地道。

長孫昭這才發現自己方才撞到他的胸前，登時一激動，又往後退，可身後又是湖泊，殷柏然將她拉住，無奈地問：「妳今兒個就非要跳下去？」
「當然不是。」長孫昭無辜地道。
殷柏然搖頭，將她帶到一旁。
他剛抬頭朝旁邊的小太監瞧了一眼，長孫昭便著急地喊道：「是我自個兒瞧見那隻天鵝非要過來看的，你可千萬別怪他。」
看來長孫昭真是被他上回給嚇住了。他瞧著是個溫文爾雅的人，可誰知翻臉時，卻又那樣叫人害怕，所以她一見他盯著人家小太監看，便趕緊開口說道。
「長孫姑娘是去見皇后娘娘的嗎？」殷柏然淡淡地問了一句。
小太監乃是皇后宮中的，見過殷柏然不少回，知道大皇子性子好，壓根兒不會和他們做奴才的一般見識，立即笑道：「回殿下，娘娘這會兒正在御花園，元曦郡主也陪著呢。」
長孫昭偷瞄了他一眼，有點兒驚訝，他竟不找小太監算帳。
「妳今日又未闖禍，我何必罰他？」殷柏然瞧著她，淡然道。
長孫昭翹了翹嘴角，說得好像她之前闖禍了一般。不過想到頭一回見面時，她就把他壓在地上，她倒是無話可說了。

第一百二十五章

今日父親突然叫她進宮給皇后娘娘請安，她還有些奇怪，如今瞧見殷柏然，她心底已有了隱隱的期待。

父親帶著她回京城是為了什麼，她自然清楚得很。

年初的時候，父親舊傷復發，上疏皇上，想回京請太醫治療。

皇上本是不同意的，畢竟他身為水軍大將軍，怎能丟下二十萬大軍呢？只是後來父親接連上疏，皇上體諒他為國征戰這麼多年，落得一身傷病，這才准了父親的請求。

長孫家族是汝南侯出事之後，被先皇派到福建鎮守海防的，如今算來，也將近二十年了。這麼多年來，父親和叔父們的兢兢業業，她都看在眼中。

但是來京之後，她總是覺得父親心事重重。這次她母親並未同行，還有哥哥們也都留在福建，所以她也沒有旁人可以商議。

而她入宮選秀卻又未選中，著實有些丟人。

她有些鬱鬱寡歡，開始想念起福建，想念那一片一望無際的大海，就連那略帶些鹹腥味的海風，都叫她無比懷念。

誰知昨日父親回來，卻一下子振奮了起來，還吩咐她今日進宮給皇后娘娘請安，說是娘娘病了好些日子，這幾日才略好了些。

想到能見到殷柏然，長孫昭心中自是高興。

也許她很快就會離開京城回到福建去，而殷柏然就是她在京城作的一個帶著玫瑰色彩的瑰麗美夢。

她第一眼瞧見他的時候，就覺得這人可真好看啊。

此時聽殷柏然這樣說，她心頭竟升起了一股說不出的甜蜜。想來，他也不是那麼討厭她的。

懷著瑰麗心思的少女，此刻展現出與她性子南轅北轍的羞澀。

她娘乃是名門望族之女，所以瞧見女兒被養成這般豪邁的性子，早就頭疼不已。

可誰知遇見殷柏然，竟是一物降一物。

長孫昭跟上他的腳步後，才想起來，她被人家救了，還沒來得及道謝呢。「謝謝你，大皇子。」

殷柏然微微頷首，面上依舊是那副溫和儒雅的模樣。

長孫昭見慣了那些莽漢，如今看到像他這般矜貴自持的人，是打從心底敬佩。雖說長孫家也是勛爵出身，可到底不在京中生活，比不得京城的這些勛爵們，骨子裡頭便有種驕矜與傲慢。

她稍稍落後殷柏然一步，這樣倒是能毫無顧忌地抬頭打量他。只是就算他沒回頭看她，長孫昭卻覺得，他似乎知道自己正在盯著他看。

兩人來到涼亭附近，遠遠地就看到涼亭裡擺著的屏風，還有坐在屏風前的那兩個人。穿著雪青色宮裝的便是皇后娘娘，而她身邊的貌美女子，此時也不知說了些什麼，正拿著手上的帕子，掩嘴淺笑。

兩人坐在涼亭中央的桌子旁，旁邊還擺著三腳鎏金象鼻小香爐，待走近時，便有一股淡淡的幽香傳到鼻尖。

長孫昭有些羨慕地看著眼前那個年輕的女子。那一顰一笑都美得像一幅畫，讓她登時便有種自慚形穢的感覺，她頭一回覺得自己實在是粗魯得很。

她也認出了那個年輕女子，便是先前她撞到殷柏然時，與殷柏然在一起的人，元曦郡主。

這個名字，她也算是熟悉。說來上回爹爹還參加了她的婚禮，著實是隆重又盛大。

長孫昭一回過神，就瞧見她們都看著自己，這才知道自己失態了，便立即向她們請安。

「給皇后請安，見過元曦郡主。」

方皇后瞧著長孫昭與殷柏然站在一處，不禁笑了，看起來還真是般配呢。

這位長孫姑娘一看便是活潑索利的性子，她這一世都規規矩矩的，找媳婦倒也不一定非要找與她性子一般的，最要緊的是能與柏然好好相處。

「你們怎麼一起來了？」方皇后饒有興致地瞧著殷柏然問道。

殷柏然回道：「兒臣方才遇見長孫姑娘，得知她也要來見母后，便與她一同過來了。」

方皇后登時笑了。這兩人還真有緣分。

之前長孫昭不小心摔在殷柏然身上的事情，她早已聽沅沅說過，沒想到這個長孫姑娘第二次進宮，他們竟又遇上了。

可不就是千里姻緣一線牽嘛。

皇后讓他們兩人坐下後，便開始問起長孫昭一些大小事。

長孫昭本就大方活潑，方皇后又是溫婉和藹的性子，一來一去，她心底的緊張感很快就沒了。而方皇后乃富陽人士，離福建並不遠，她便與方皇后說起了在福建生活的趣事。

方皇后自出嫁之後，便再也沒能回老家，此時乍然聽到有人與她說起福建的風俗民情，就跟自己老家的風俗一般無二，讓她倍感親切。

不知不覺間，竟已到了晌午。

方皇后本來是要留她用膳的，長孫昭自是不敢受。方皇后還要說，誰知殷柏然卻從旁插話道：「母后，兒子正好也要出宮，不如就讓兒子送長孫姑娘出宮吧。」

方皇后一愣，看著他認真的表情，只得點頭。

長孫昭心底則有些難過，以為他是不願意自個兒與方皇后親近。她本來就是臉上藏不住心事的人，所以告辭離開後，她一直都是悶悶不樂的。

走著走著，她才發現自己身邊只剩下殷柏然，而其他宮人和自個兒的丫鬟都遠遠地跟在後頭。

「我有話想單獨與妳說，便叫他們離遠一些。」殷柏然見她回頭張望，便解釋道。

長孫昭這才點頭。

「父皇屬意妳成為我的皇子妃。」殷柏然剛說完，就見身旁的人在原地站定。

她抬起頭，一臉驚訝地看著他。

殷柏然認真地望向她，柔聲說：「妳若是願意，我會一世都對妳好。若是不願……」

「我願意。」長孫昭突然打斷他的話，似乎怕他不相信自己，又點頭重複了一遍。「我願意。」

大紅金絲簾帳晃了晃，一直在外頭守著的杏兒似乎聽到裡頭有動靜，便趕緊起身。她站在簾帳外頭，輕聲問了句。「郡主，可是要起身了？」

裡頭有好一會兒沒動靜，許久後，才傳來一個帶著濃濃倦意的聲音。「現在什麼時辰了？」

「剛過卯正。」杏兒輕聲道，倒也沒催促紀清晨。

因裴老夫人不是日日讓女眷們去請安，只是逢五的時候，過去點個卯便行。

而謝萍如也循著裴老夫人的規矩，讓紀清晨每隔幾天再來請安。可裴延兆那些個姨娘，還有四姑娘和五姑娘兩位小姐，卻是每日都要去向謝萍如請安的。

紀清晨不願徒生是非，自然是不同意，只說旁人必須天天請安，她也應當如此。

此時離去請安還有半個時辰，不過她這會兒已經醒了，便不想再睡下去。

「郡主要起身了？」簾外的杏兒問道，只聽紀清晨輕「嗯」了一聲。

杏兒趕緊上前，把簾子拉起來，就見到紀清晨已從床上坐了起來。

這會兒是十一月中旬，房中的地龍早就暖上，所以她坐起來時，倒也不覺得有多冷。

杏兒笑道：「早上世子爺走的時候，還叮囑咱們，說今兒個一定要給您加件披風，以免受了風寒。」

雖說只是小事，可世子爺會主動提起，便說明已將郡主放在心裡。畢竟男人大都粗心得很，就連自己穿衣都還要身邊的人伺候。

「世子爺走了多久？」紀清晨輕聲問道。

杏兒說了個時辰，又笑道：「世子爺不許咱們吵醒您，就怕您睡得不香。」

紀清晨心中有點兒歉疚。除了成親的頭幾天她還能勉強起身，後來是真的一覺睡得香甜，連他什麼時候出門的都不知道。一想到這裡，紀清晨便道：「明日妳無論如何也要叫醒我。」

「郡主放心吧，您就算卯正後再起身也不算遲的。」杏兒還以為她是擔心給謝萍如請安一事。

紀清晨無奈道：「我是說世子爺起身之後，妳們也要把我叫起來。按理說，我也該伺候他去上朝才是。」

此時蘋兒和桃葉兩個丫鬟都端著洗漱用具進來了，一個手上端著大紅色浮雕富貴牡丹瓷盆，一個手上提著雕仙鶴銅壺。兩人進來後，一一將東西放好。

杏兒已伺候紀清晨穿好衣裳，又加上了一件銀紅底子繡蘭花紋樣嵌粉紅襴邊的交領長襖。雖說冬日裡的長襖穿起來顯得有些臃腫，不過紀清晨做的這身衣裳特地收了腰身，所以穿起來還是顯得窈窕勻稱。

她素來喜歡先洗漱，再梳頭髮，所以便緩緩走到架子旁，伸手試了試瓷盆裡的熱水，有點兒燙，可是卻叫人覺得舒服。

待桃葉擰了帕子遞給她，她便壓在臉上。有些燙手的巾子鋪在臉上，直叫她整個毛孔都張開了，就連那一絲睡意也徹底地煙消雲散。

等梳妝之後，時間差不多到了，她出門前，杏兒還特地給她穿上披風。紀清晨本來是不情願的，可誰知杏兒卻把裴世澤給搬了出來，道：「這可是世子爺吩咐奴婢做的，郡主可不能不聽世子爺的話啊。」

「一口一個世子爺，到底知不知道誰是妳家主子啊？」紀清晨伸手去捏她的嘴，登時笑道。

杏兒面色一紅，分辯道：「奴婢還不是怕把您給凍著了。」

她都這樣說了，紀清晨自然也不好再說她，便穿上了披風。誰知到了門口，杏兒又拿了個護手套過來，說什麼外頭風颳得厲害，要小心別把手指給凍裂了。

等到了謝萍如的院子裡，她雖來得晚，卻不是最後一個，此時兩位姨娘與兩位姑娘都已經坐在屋裡等著了。她瞧了一眼，發現那位年輕的周姨娘這會兒還沒到呢。

她一進來，兩個姨娘都站起來，恭恭敬敬地喊了一聲「郡主」，而兩個姑娘也跟著喊了一聲「三嫂」。

「我不是早就說過了，兩位姨娘不必這般客氣，都請坐吧。」紀清晨微微一笑。

雖說姨娘當不得正經主子，可到底也是裴延兆的妾室，算是她的半個長輩。況且這兩人又都是替裴延兆生了孩子的，所以紀清晨從不在她們跟前拿架子，向來都是客客氣氣的，便是有什麼好東西，她讓人給兩位姑娘送過去的時候，也會給兩位姨娘送上一份。

「三嫂。」裴玉晴主動問道：「我今兒個能去妳院子裡下棋嗎？」

「當然可以，五妹妳什麼時候想下棋了，只管來尋我便是。」紀清晨臉上揚起淺笑，柔柔地說道。

裴玉晴是個小棋癡，紀清晨知道她有下棋這個喜好，所以剛嫁進來的時候，送給她的禮物便是一本珍貴的棋譜。那時候小姑娘雖然害羞，卻還是大著膽子過來與她說了「謝謝」。後來有一次在花園裡遇見她一個人坐在涼亭裡下棋，紀清晨便與她下了兩盤。

紀清晨棋藝也算不錯，之前是正經學過的。在家的時候，爹爹找不到別人下棋時，便會找她一起下，就連舅舅有時都會拉著她一起下棋。

只是她沒想到，裴玉晴居然也是個厲害的，下第一盤的時候她還漫不經心，卻差點馬失前蹄，最後她全力以赴，也只是小贏了半子。後來再下，她們之間便是有輸有贏。

所以裴玉晴從此喜歡上與她下棋。有時候在她院子裡碰到了剛好回來的裴世澤，小姑娘也敢抬頭甜甜地喊一聲「三哥」了。

裴玉晴的姨娘姜氏，見自家姑娘跟郡主這般要好，心中暗喜，不過嘴上卻笑著輕斥道：「知道妳是個小棋癡，不過郡主到底事情多，妳下一盤便好，可不能時時拉著郡主下棋。」

「知道了。」裴玉晴笑著道。

反倒是紀清晨安慰道：「也不礙事，反正我尋常也沒什麼要緊事，下棋既有趣又能打發時間，挺不錯的。」

正說著話，旁邊的簾子就被掀開，謝萍如從裡面走出來，身後還跟著好幾個丫鬟。

一見她走出來，連紀清晨在內的人都站起來請安。

等謝萍如叫她們坐下時，就見裡頭少了一個人。怎麼周姨娘到現在都還沒來呢？

估計今兒個也不會來了。

正這麼想著時，一個穿著翠綠長襖青色比甲的丫鬟便匆匆地走了進來。等瞧見這滿屋子裡坐著的人，她先是朝上首的謝萍如福了福身。

「太太恕罪，今兒個姨娘送走了國公爺，便感覺頭疼得厲害，實在無法來向太太請安了。」丫鬟似乎生怕被太太斥責，還特地提起裴延兆。

果不其然，謝萍如的臉色登時陰沈了下來。

可謝萍如很快地隱藏好情緒，她面帶微笑，溫和地說：「既然頭疼得厲害，待會兒便叫人去請大夫來瞧一瞧吧，千萬別落下什麼病根。」

最後這一句，她說得輕鬆，可所有人還是聽出了她的咬牙切齒。

恃寵而驕！後宅之中不知有多少這樣的人。

定國公府本就富貴，畢竟是以軍功起家。一場仗打下來，國庫是空了不少，可這些立了戰功的將士們，那賞賜就跟流水一樣地賞下來，再加上封賞的莊子和田地，那可全是能持續下金蛋的地方。

謝萍如也算是個厲害的，所以裴延兆的妾室沒幾個，而且都是姚氏和姜氏這樣已經生過孩子的。年歲大了，早就人老珠黃，便是用再上等的粉塗著，那也不如年輕小姑娘的飽滿臉蛋。

原本周氏只是個在書房裡伺候的二等丫鬟，長得還算不錯，被裴延兆給瞧上了。原本還沒打算收房，誰知兩人調情卻被謝萍如給撞個正著，所以乾脆大大方方地把人給收入房中。那會兒裴世澤的婚事定下了，謝萍如的女兒又被遠嫁，她只好咬著牙應下，無非就是想拉攏丈夫。

這大半年來，裴延兆倒是對周氏寵愛有加。避子湯是早就停了的，畢竟裴延兆的嫡子都有兩個了，也沒必要再給妾室喝這些個勞什子。

原本就是想趁著她恃寵而驕的時候，收拾了這個小騷貨。誰知幾次下來，裴延兆卻是處處維護著她，謝萍如反倒沒法子下手。

只是這暗諷的話一說完，謝萍如也覺得自個兒失態，便揮揮手，叫那丫鬟回去。「妳回去叫周姨娘好生歇息吧，她伺候國公爺辛苦了。」

她可不願意在兩個姑娘跟前再多提裴延兆的風流韻事。

第一百二十六章

等每日的請安結束後，裴玉晴便先回了院子，說是下午再過去找紀清晨一塊兒下棋。

「敏姊兒，正好我要去妳那兒尋個花樣子，一塊兒走吧。」姚氏見裴玉敏要走，便著急地喊了她一聲。

裴玉敏點頭，待兩人回去的路上，姚姨娘幾次想開口，最後還是忍到了院子裡。

一進屋子，姚姨娘忍不住教訓道：「我說姑娘，妳這是在矜持什麼呢？我不是早就與妳說過，要多到郡主的院子裡走動、走動。妳瞧瞧人家五姑娘，多會來事。」

裴玉敏登時有些惱火了，立即道：「她是嫂子，我是小姑子，哪有小姑子去討好嫂子的道理？」

「妳也不瞧瞧人家是什麼身分。」姚姨娘沒想到，這會兒她居然還在意這些無謂的禮節，登時氣不打一處來。「妳今年都十四了，難不成也要像三姑娘那樣，熬到十七、八歲了，婚事還定不下來？」

「我的婚事，與三姊又有何干係？」裴玉敏本來也不是執拗的性子，可老是聽著姚姨娘要她去討好紀清晨，她便覺得有些厭煩。

二姊還沒出嫁的時候，她與裴玉晴兩個不得二姊喜歡，整日裡戰戰兢兢的。當時她們姊妹兩人相依為命，感情甚深。

可自從裴玉寧嫁出去後，姚姨娘便整日在她跟前碎念，要她仔細提防裴玉晴，畢竟她們兩人的年紀不過相差一歲，又都到了該說親的時候，萬不可讓裴玉晴給壓在頭上。

原本親密無間的兩姊妹，如今倒是漸行漸遠了。

三嫂嫁進來之後，裴玉晴時常往三嫂的院子裡跑，姚姨娘也就愈加頻繁地催促自己多去親近三嫂。

姚姨娘不知道一向通透聰慧的女兒這次究竟是怎麼了？她著急地道：「妳三嫂可是郡主啊，又時常出入宮裡，若是她能在那些尊貴的夫人跟前替妳說幾句話，只怕比太太說的還要管用。要不妳以為五姑娘整日裡找她，還真是為了下棋不成啊？」

「五妹就是個小棋癡，她能有什麼想法？」裴玉敏實在不喜歡姚姨娘這個樣子，好像不管誰都是滿腹心機似的。

姚姨娘知道她與五姑娘好，見她不高興了，便立即笑道：「我也不是要說五姑娘不好，只是與郡主處好關係，總是有益無害的。先前我叮囑妳做的針線活，妳若是做好，便給世子爺和郡主送過去。妳是做妹妹的，給哥哥和嫂子孝敬一點兒東西，也是應該的。」

裴玉敏強忍著心中的不悅。

孝敬三哥確實不算什麼，可是誰家的小姑子會這般費盡心機去巴結嫂子的？

下午時分，裴玉晴過來後，紀清晨便叫人把棋盤端出來。她有一套暖玉棋子，黑白棋子握在手裡，溫潤細膩，這套棋子乃是她的陪嫁物，極其珍貴。

裴玉晴喜歡這套棋子喜歡得不得了，紀清晨提出要送給她的時候，還把小姑娘嚇得不輕，連連擺手。

紀清晨一直挺喜歡裴玉晴這般乖巧的模樣，她說話時，臉頰上還會出現一對梨渦，看起來又甜又可人。

沒想到兩人今兒個才下了兩盤棋，裴世澤就回來了。

裴玉晴覺得有些尷尬，起身便要回去，誰知裴世澤卻把她叫住。「待會兒我與妳嫂子要去祖母院子裡請安，妳也同咱們一起去吧。」

今日並不是去向老太太請安的日子，他這麼一說，讓紀清晨感到疑惑。

她開口問究竟發生了什麼事時，他竟還故作神秘地說：「反正是好事。」

一聽是好事，紀清晨登時笑著對裴玉晴道：「那晴姊兒妳便與咱們一塊兒去吧，去看看妳三哥究竟有什麼好事要說？」

因此，一行人便來到老太太的院子。

裴世澤先前已派人過來知會一聲，所以老太太便讓人傳膳去了。

「祖母，從明日開始，我會有幾日假期，是以我想帶著清晨去莊子住個幾日。」裴世澤一坐下沒多久，便與老太太說了來意。

「行，好好去玩吧。」老太太自是歡喜，畢竟裴世澤成親之後，依舊是早出晚歸的，老太太見他這般忙碌，就怕傳宗接代這件事會被耽擱了，所以一聽他有假可休，還打算帶著紀清晨去莊子，她當然是贊同得很。

一旁安靜坐著的裴玉晴登時緊張起來。她極少有機會出門，更別說是去莊子玩，如今三哥叫她一塊兒來向祖母請安，難道是想帶著她們一起出門嗎？她不禁握住了手掌。

「那麼也讓玉欣她們幾個跟著一起去吧？」裴世澤提議道。

老太太瞧著旁邊的小孫女一臉緊張又期待的模樣，便逗著她問道：「晴姊兒想去嗎？」

裴玉晴沒想到老太太會問她，立即抬起頭，見大家都看她，她的手心一下子就濕透了。可一向膽小的姑娘，卻還是點點頭，小聲地說：「想去，祖母，我想去。」

「那好，她們也沒什麼機會出門玩，你就帶著她們幾個去莊子吧。」不過老太太卻又瞧著裴玉晴道：「晴姊兒，妳到莊子時可不許一直纏著妳哥哥和嫂子，妳們三姊妹一塊兒玩就好。」

紀清晨聽了見這話，臉頰瞬間就紅透了。

小姑娘卻特別天真地反問道：「為什麼啊，祖母？」

紀清晨不禁在心中吶喊，真是羞死人了！

冬日蕭瑟，莊子上雖不比府中有奇花異樹，不過卻處處顯得乾淨索利。枯黃的樹葉早就落盡，偶爾能看見幾株枝頭上冒著新綠的樹，在寒風中微微顫抖。

杏兒正指揮著蘋兒和桃葉把箱籠打開，這回來莊子雖然只是住個三日，不過她們卻收拾了七、八套衣裳，還有一套騎馬裝。

紀清晨曾學過幾日騎馬，不過那也只是皮毛而已，畢竟要坐在馬背上顛簸，一般女孩兒都受不住的。她頭一回學的時候，大腿內側便磨破了皮，好幾日連走路都不方便得很，所以從那之後，她對騎馬的熱情便沒那麼高了。

至於裴世澤的東西也帶了不少，連弓箭都帶來了，這會兒已叫子息和子墨拿到了房中。他的東西都是子息和子墨保管，如今衣裳則是紀清晨替他打理。

歇息得差不多之後，裴世澤讓眾人到正堂說話。

等人都到齊了，他便對三個妹妹說：「今兒個中午我已叫人準備了鍋子，到時候咱們一起吃，先讓妳們暖暖身子，待用過午膳，若妳們有什麼想玩的，再與妳們的嫂子說。」

三人一聽，登時都笑得樂開懷。這一回跟著出來，她們可要玩個痛快了。

裴玉欣悄悄地朝裴世澤身後的肖霆看了過去。這人不就是之前隨著三哥來過府中的那個冒失鬼嗎？沒想到竟會出現在這裡。

她正打量著他，誰知他剛好抬起頭，兩人的視線就這樣撞在了一處。她心下一顫，卻沒立即別過頭，只覺得這人瞧著她的目光還真是有一種說不出的熱切。

「三姊，妳認識他嗎？」站在她身邊的裴玉晴小聲地問道。小姑娘沒見過肖霆，可光看著眼前人高馬大的男子，就覺得有些嚇人，而且他整個人站在那裡，彷彿是一把尚未出鞘的寶劍般，站得筆直的。

裴玉欣立即轉過頭看著裴玉晴，輕哼了一聲。「不認識。」

「可他一直盯著妳看呢。」裴玉晴提醒道。

她們的話還沒說完，裴世澤便叫她們回院子去了。

裴玉欣馬上將肖霆拋在腦後，歡快地開口道：「三哥，我想吃羊肉爐子。」

「那個太羶了。」裴玉敏皺了皺眉。她素來被姚姨娘管得嚴，太重口的東西都不讓吃。

裴玉欣倒是沒說話，只淡淡地瞧了她一眼。

紀清晨生怕她們姊妹之間起了爭執，便立即道：「沒事，不愛吃羊肉就吃別的，反正已叫人備足了料，喜歡什麼便吃什麼吧。」

於是，眾人便先各自回到自己的院子歇息，等著一會兒用午膳。

紀清晨一進屋，才剛解開披風，就問道：「肖霆是你找過來的？」

「他的騎射技術都是最好的，我準備明兒個去西山打獵，因此便邀了他一塊兒來。」裴世澤淡淡說道。

紀清晨有些懷疑，總覺得事情肯定沒那麼單純。她一邊替他寬衣，一邊又問道：「你有什麼事，是連我都不能知道的？」

「我不是已經告訴妳了？」裴世澤淺笑道。

紀清晨再次仔細地打量他的神情，卻看不出有什麼破綻。只是他素來就是個將心思藏得極深的人，往往叫人猜不透他真正的想法。

午膳的時候，紀清晨睡得正香甜，裴玉欣本來想派丫鬟去尋她的，卻被裴世澤給擋了回去，只說她這會兒在休息。

「三嫂可是病了？要不然怎麼會在白日裡睡覺呢？」裴玉晴立即著急地問道。

裴世澤瞧著小姑娘，淡然回道：「妳三嫂今兒個坐馬車坐了太久，被顛得有些犯暈。」

「難怪。」小姑娘知道她不是病了，登時便放下了心，又道：「我姨娘也不喜歡坐馬車，她總說馬車顛得她頭疼。」

今兒個的羊肉都是新鮮的，片成一塊一塊，極薄，用筷子一挾放在鍋裡，沒一會兒便燙熟。另外還準備了醬料小碟，鮮香的芝麻醬，再配上辣椒油，沾一筷子再吃下去，真是一點兒羊肉的羶味都沒了。

原先裴玉敏和裴玉晴都不吃羊肉，倒是裴玉晴被裴玉欣哄了一口，這才嚐了一點兒，誰知這一吃卻是停不下來！她學著裴玉欣的樣子，也不叫丫鬟伺候，只自個兒挾了羊肉在銅鍋裡燙著。

裴世澤叫人給她們倒了葡萄酒，褐紅色的液體晶瑩剔透，在白瓷杯中顯得更加緋紅，裴玉欣感慨道：「沅沅那裡有一套水晶杯，要是用那個來喝這葡萄酒，只怕會更好。」

「水晶杯？」裴玉晴眼睛一亮，立即問道：「可是那種看起來極通透的杯子？」

別說她好奇了，就連裴玉敏這會兒也豎起了耳朵聽著她們說話。

裴玉欣點頭，道：「是啊，就是那種杯子。我上回去長纓院，就瞧見丫鬟把這套杯子找了出來，好像是怕許久不用會生灰塵，便洗好後再擺在陽光下曬著，漂亮極了。」

裴玉欣上回去的時候，整個院子裡的丫鬟都如臨大敵般，個個守在杯子旁邊，生怕摔破了一個，那可是賠都賠不起的。

這會兒提到紀清晨，裴玉晴又擔心地問道：「三嫂不用午膳的話，只怕會餓吧？要不咱們給三嫂留一點兒吧？」

「吃妳的吧，妳還怕餓著三嫂啊。」裴玉欣聽著她說的傻話，登時便笑了。

房中眾人也都笑了起來。

只是這會兒正獨自用膳的肖霆卻有點惱火。世子爺叫他過來，就是為了把他晾在一旁嗎？竟讓他一個人用膳……

不過肖霆也不想陪著另外兩位姑娘，他只想和自己心底的那個姑娘在一塊兒。他越想越怨懟，竟一個人吃了三盤肉。幸虧今兒個廚下準備了足夠多的食材，要不然還真不夠他吃了。

裴世澤用完膳回來時，紀清晨也睡醒了，她聞著他身上淡淡的味道，撒嬌道：「怎麼不叫我一起？」

「怕妳太累了。」裴世澤伸手摸了下她的小臉蛋。

紀清晨登時小臉一紅。也不知他方才是怎麼了，竟把她壓在身下，讓她哭著求饒了半天，連嗓子都喊啞了，竟還不放過她。

「妳嗓子似乎有些啞了，今兒個就不要吃鍋子，我吩咐廚房給妳弄點清淡的。」裴世澤心疼地說。

紀清晨不禁掄起了粉拳，在他身上捶了一下，怒道：「還不都怪你。」

裴世澤低頭在她唇上親了一下。「是的，都怪我。為夫給妳賠罪好不好？」

第一百二十七章

裴世澤找了肖霆去湖邊冬釣，運氣好的話，晚上便能加菜了。

而紀清晨起身後，略吃了些東西，便去了三個姑娘的院子裡。莊子的條件不比府裡頭好，幾個姑娘都是住在同一個院子裡。

裴玉欣年紀最大，是姊姊，便住在堂屋裡，裴玉敏住在東廂，而裴玉晴在西廂。裴玉欣打小便沒與姊妹同住過，所以這會兒覺得新鮮，拉著兩個妹妹正玩著，因此紀清晨一進去便聽到她們說說笑笑的聲音。

「我還想著三嫂妳什麼時候會醒過來呢。」裴玉欣在人前都是叫她一聲「三嫂」的。有一次她在外頭喚紀清晨「沅沅」，可把董氏給氣壞了，回頭便好好地教訓了她一頓。所以她如今就算是在兩個妹妹跟前，也照樣是三嫂、三嫂地喊著，一點兒玩笑也不敢開。

裴世澤在走之前便與紀清晨套好了話，因此紀清晨抬眼看著她，說：「頭暈得厲害，略躺了一會兒才好些的。」

「三嫂，那妳快坐下吧，我姨娘坐馬車也暈的，她還吐呢。」裴玉晴擔憂地看著她。

裴玉敏一聽，登時笑道：「也幸虧姜姨娘這會兒不在，要不然知道妳在背後這般說她，只怕她都得生氣了。」

「我又沒胡說，都是實話。」裴玉晴微微噘嘴道。

「就是實話才叫人討厭，姜姨娘難不成想叫所有人都知道她坐馬車吐了？」裴玉敏衝著她極不耐煩地翻了個白眼。

一旁的紀清晨和裴玉欣見到這一幕，都愣住了。

裴玉晴的眼眶一下子便濕了，她委屈地看著裴玉敏，也不敢反駁。

裴玉敏瞧見她這副模樣，心中愈加煩悶。三姊和三嫂都還在旁邊，如今被她們瞧見，還以為自己平日就這麼欺負她呢。

「妳……」裴玉敏本想叫她別哭了，卻說出不口。

這時候，紀清晨輕輕地抵了下裴玉欣的手臂，她自己不好出面，便想叫裴玉欣開口去勸一勸。

「好了、好了，方才不是說想去跑溫泉的嗎？到底還去不去了？」裴玉欣一句話，倒是把話題帶開來。

紀清晨登時來了興趣，笑道：「妳們要去泡溫泉？」

「是啊，聽說莊子附近就有溫泉，去年的時候，三哥便叫人把那個地方重新修整了一番，一直到今年才弄好。」裴玉欣朝紀清晨眨眨眼。

紀清晨還是聽她說起，才知道莊子附近有溫泉。看來柿子哥哥之所以會帶她來這裡，也是有原因的。

既然裴玉欣都提起了，她當然要去見識一番。

紀清晨叫丫鬟回去拿衣裳，三個姑娘也讓丫鬟先去準備。

不過從這裡去泡溫泉的地方也得花上一刻鐘，早些出發，才能趕在太陽下山之前回來。

「我三哥人呢？」裴玉欣好奇地問道。

紀清晨見她問起，便如實道：「與肖公子在湖邊釣魚呢，看來咱們晚上有口福了，聽說肖公子烤魚是最拿手的。」

「他哪是什麼公子啊？還不就是一傻大個兒，妳也太瞧得起他了。」裴玉欣道。

紀清晨垂眸，不緊不慢地道：「是嗎？可我聽柿子哥哥說，不知有多少人去他家中，想把女兒嫁給他呢。聽說他至今還未婚，只怕也是挑花了眼吧。」

裴玉欣頓時愣住，半晌才輕聲問道：「有人去他家中提親？」

「這年頭知書達禮的姑娘不少，可像他這般有出息的男兒郎，卻是極少的。」紀清晨一邊說著，一邊朝裴玉欣看去，只是她垂著眼，讓人看不清她眸中的神色。

紀清晨也明白，有些事情是強求不得的。她雖然也覺得肖霆不錯，可如果裴玉欣就是瞧不上他，那旁人說再多也是無用。

等丫鬟們都收拾妥當，紀清晨便讓人準備馬車，將她們送到溫泉池。

溫泉池位在半山腰處，馬車走了一小段山路後，才到目的地。

待眾人瞧見面前覆蓋住整個溫泉池的屋子後，一瞬間都驚呆了。原來這是在溫泉池的上方，直接建了一座屋宅。

她們一進去，就瞧見屋子裡水氣氤氳。裴玉敏和裴玉晴都是頭一回來泡溫泉，所以都好奇地打量著眼前巨大的水池。

這水池是用漢白玉砌成的，與長纓院裡那個長方形水池的用材相同，只不過這個水池卻是圓形的，像是鑲嵌在地裡的一般。

裴玉晴三步併作兩步地蹦到池邊，蹲下後便伸手捧起一點兒溫泉水，回過頭衝著她們喊道：「是熱的！」

「傻樣兒。」裴玉欣立即笑罵道。

反正都是姑娘家，她們便趕緊更衣，好趕緊泡進那暖和的溫泉水中。只是到底不好意思全脫了，她們最後還是穿著肚兜和寬鬆的綢褲下水。

紀清晨今日正巧穿了大紅色的肚兜，她一脫了衣裳，身旁的裴玉欣竟是一雙眼睛都要看直了。

被人這麼盯著瞧，實在是挺尷尬的，她搗著胸口，恨道：「瞧什麼呢，妳自個兒沒有嗎？」

裴玉欣登時笑了，用手臂輕輕地撞了她一下，嬌笑道：「有是有，不過沒妳的這般大。」

這個色女。

紀清晨氣得伸手捏了裴玉欣的手臂一把，裴玉欣馬上疼得喊了一聲。

不一會兒，眾人便都下了溫泉池。

紀清晨坐在水中的石凳上，這凳子是圍著池子修建了一圈，所以不管在哪個地方都能坐下。

她雖不是頭一回泡溫泉，卻是第一次與這麼多人一起泡。

裴玉欣坐在她身邊，豔羨地道：「平日裡瞧著妳就知道妳白，可沒想到妳這身肌膚也跟嫩豆腐似的，究竟是怎麼養出來的啊？」

姑娘家自然對自個兒的肌膚格外在意，所以她一問，坐在對面的兩個姑娘也都豎起了耳朵。方才她們兩個也瞧見了紀清晨的玉膚，那可真是白得像是會發光一般。

裴玉敏原本還挺自豪自己的一身雪白肌膚，畢竟姚姨娘可是打小就給她吃各種食補，沒想到卻是叫紀清晨給活生生地比了下去。

紀清晨倒也沒藏著、掖著，將養膚的秘方全都說了出來。她打小便被紀老太太嬌寵著，雖然不喜歡喝牛乳還有羊乳，卻是日日不間斷地喝著，而且她還養了一頭的烏黑秀髮，所以這麼一襯托下來，更顯得身上的肌膚愈加雪白。

聽她一說完，裴玉晴便感慨道：「竟這般複雜？」

她方才光是平日裡的食補便有七、八樣，還有要抹在身上的香膏，其所用藥材之珍貴稀罕，讓人想不驚嘆都難。

紀清晨笑了笑，輕聲道：「貴在堅持才是真，若能有頭有尾，定會有收穫。」

這話是說給裴玉欣聽的。她的護膚方子可是早早就交給她了，可她堅持了幾天便嫌太麻煩，這會兒卻又羨慕起她的好膚質。

不想裴玉欣卻低頭瞧著紀清晨隱在水下的胸脯，雖有肚兜遮著，可那軟綿綿的一團，卻還是讓人刮目相看。

「我最沒想到的就是，妳看起來如此瘦，胸竟然這麼大。」
「三姊！」
「三姊！」
「欣姊姊！」
三人幾乎同時喊出聲。
裴玉晴方才都不好意思正眼看紀清晨一眼，就是覺得三嫂著實太有料了，和她自己比起來，簡直是天壤之別。可她和裴玉敏都還是偷偷地打量著，沒想到裴玉欣卻這般大剌剌地說了出來。
紀清晨伸手撩起水，便往裴玉欣臉上潑了過去。
裴玉欣一時不察，驚叫了一聲。她也反擊過去，於是兩人就這樣相互潑了起來，結果最後就成了四人混戰。
幸虧這裡也備著熱水，為了不讓頭髮染上溫泉水的味兒，紀清晨又叫她們重新洗了一遍頭髮，才穿上了衣裳。
此時杏兒進來與她說道：「郡主，世子爺派子息過來，說是今兒個釣了不少魚，就等著您和幾位姑娘回去。」
「三哥真是的，先前也不見他這般關心咱們。」裴玉欣抱怨，這會兒她的丫鬟正在給她穿衣裳。
紀清晨點點頭，含笑道：「妳出去與子息說一聲，就說咱們已經泡好了，這就回去，叫世子爺先吩咐他們準備晚膳吧。」

杏兒應了一聲，便趕緊出去交代。

等她們都穿戴好了，又讓丫鬟把頭髮給擦，畢竟外頭冷，要是頂著一頭濕漉漉的頭髮出去，還不得被凍出病來。

都收拾妥當之後，外頭的天眼看著也暗了下來，周圍灰濛濛一片，不見燈火，也只有這座溫泉室，點燃著幾盞星燈。

一回到莊子，剛進門，子墨竟已在門前等著了，瞧見她們便趕緊迎了上來。「世子爺這會兒在前院，還叫人生了篝火，就等著郡主還有幾位姑娘回來。」

篝火？

聽見這兩個字，可把幾個姑娘給興奮的，趕緊隨著子墨前去瞧瞧。

還未走近，就見不遠處的天空被映成橘紅色一片，等到了前院門口，就看見院子正中央的篝火，那巨大的一團火焰正熊熊燃燒著，在這寒冷刺骨的冬日裡生出了溫暖的感覺。

紀清晨也沒見過篝火，只聽說過塞外民族總是有篝火大會。

據說在草原上，時常會點燃這樣一團篝火，所有人都圍繞著篝火，大聲地唱歌，大口地吃肉，豪爽又奔放。

「三姑娘，妳們回來了。」此時正在烤魚的肖霆站起來，驚喜地喊道。

紀清晨這才發現，肖霆在篝火旁邊還立了一個燒烤架子，正在烤著魚。

裴世澤這會兒也從屋子裡走出來，緩緩地來到她身邊，聞著她頭髮上清淡的茉莉花香，溫聲問道：「可還滿意那個溫泉池子？」

「滿意，滿意極了。」紀清晨開心地笑著。

「今日我與肖霆釣了不少魚，他烤魚還算拿手，待會兒嚐嚐他的手藝。」因外面冷，所以裴世澤便叫她們都先進去等著。

此時正堂裡頭，已擺著一張圓桌。

「他不進來嗎？」等走到門口的時候，裴玉欣突然轉身問道。

紀清晨低頭一笑，倒是肖霆也不知是耳朵太尖，還是早就盯著裴玉欣看了，一聽到她問起自己，簡直是喜不自勝，朗聲便喊道：「三姑娘，你們先進去，等我烤好了魚，便給妳們送過去。」

這會兒別說旁人了，就連心思最單純的裴玉晴都看明白了。

畢竟方才肖霆一出口喊的就是三姑娘，看來這人喜歡的是她三姊啊！

今晚可真是全魚盛宴，有辣子魚，也有清蒸魚，還有熬得又濃又白的魚湯。

只是讓幾個姑娘最吃驚的就是肖霆的烤魚了。烤得又香又脆，一口咬下去，外皮焦脆，裡頭卻是雪白的魚肉，吃完後，簡直是唇齒留香。

待問過，才知道他這手燒烤的手藝，竟是在西北行軍時鑽研出來的。

雖說是打仗，不過也有停戰的時候。打仗的時候倒不覺得有什麼，有得吃便吃，可雙方休戰時，便覺得嘴裡淡得無味。

肖霆一開始還只是抓小鳥什麼的，偷偷地烤，後來膽子越來越大，畢竟草原上獵物多，什麼獐子、兔子都抓過。

剛開始烤熟就吃，可後頭嘴巴越來越挑剔，非得烤到好吃了，才能下嚥。

聽著他說起西北的那段往事，不管是裴世澤還是其他人，都有些安靜。

畢竟那是裴世澤的崢嶸歲月，也是幾個被困在內宅之中的姑娘，永遠都無法接觸到的廣闊天空。

裴玉欣認真地看著面前的這個男人，高大、俊朗，說起話來，聲如洪鐘。

那些原本在她瞧來是缺點的，如今竟都成了他的可愛之處。

「我還學會了蒙古的長調。」肖霆突然說道。

「你會唱？」裴玉欣饒有興趣地問道。

「對了，我還準備了煙花，妳們想看嗎？」裴世澤突然說道。

「要要要，三哥最棒了！」裴玉晴簡直比誰都還激動，拍手給裴世澤喝彩，只是見到裴世澤一個眼風掃了過來，小姑娘又被嚇得安靜地坐回原處。

於是眾人便起身走到室外，只是紀清晨剛起身，就被裴世澤拉住，他親自給她披上棗紅色鑲金絲折枝梅花紋的大毛披風，脖子上的一圈毛皮，剛好裹住她的小臉。

此時室外傳來朗朗歌聲，聲調悠遠渾厚。

等他們出去，就看見肖霆站在篝火前，火光將他整個人襯托得高大威猛，他的聲音彷彿能穿越到天際。

直到煙花在空中綻開，紀清晨的手被裴世澤握著，兩人站在廊下，仰望著天空中璀璨的煙花。

裴玉晴指著天空又說又笑，一旁的裴玉敏則安靜地看著。

而站在裴玉欣身旁的肖霆，突然轉身對她說道：「三姑娘，我喜歡妳。」

莊子上的人都被這璀璨的煙花給吸引出來，此時院子裡也站了好些人。

可裴玉欣卻再也顧不得看天上的煙花，她抬頭看著面前的肖霆，那深刻的五官此時竟帶著一絲羞赧，還有說不出的堅定。

「我想娶妳，我要娶妳。」

第一百二十八章

天寶二年，皇帝正式詔告天下，將賜封元后方氏所生嫡長子殷柏然，為皇太子。詔書一出，朝堂同賀。

因先帝也並非是嫡子繼位，是以大魏已有六十年未有太子出現，如今儲君初定，意味著只要不發生變動，便能順利地繼承並延續皇家血脈。

賜封太子的同時，二皇子殷明然被封為齊王，三皇子殷景然尚且年幼，是以未被冊封。

而京城中的另一件大事，便是一道賜婚聖旨。

恒國公嫡長女長孫昭，被賜婚於大皇子殷柏然。因太子冊封儀式尚未舉辦，是以詔書中，依舊以大皇子稱呼之。

只是誰都知道，這位長孫姑娘的大皇子妃，只怕是當不到了。

皇上已祭告天地、宗廟，冊封太子之事，就定在臘月。此時眾人才恍悟，只怕皇上早有此意，畢竟太子所著的杏黃朝服，乃要提前繡製的。

聽聞這件事，紀清晨心中自是高興不已。在她看來，太子之位本就非柏然哥哥莫屬，只是舅舅遲遲未冊封，難免叫人擔心。

如今不僅冊封了太子，還一併把太子的婚事也給定了下來。

不過定國公府裡，倒也有一件好事，那就是肖霆上門來提親。

董氏是驚詫不已，不過裴延光卻是一眼就看上了肖霆。畢竟定國公府乃戰功立身，裴延光自個兒能力不夠，只會讀書，可與那些真正的讀書人比起來，卻又少了幾分鑽研的用心，所以一直都不上不下的。

他心底也不是沒羨慕過裴世澤。說來老國公的幾個兒子，除了庶出的二老爺之外，兩個嫡子都未在軍中待過，這只怕也是老國公心中的遺憾吧。因此他在培養裴世澤的時候，可謂是費盡心力。

因此裴延光這會兒瞧見了肖霆高大威猛的模樣，一見便覺得十分歡喜。

只是董氏卻有點猶豫不定，畢竟肖家門庭並不顯赫，雖說肖霆還算上進，可與定國公府一比，那真是天上與地下的區別，她雖然急著把裴玉欣嫁出去，可是也不能真的就不挑不選了吧？

「所以我說妳啊，就是婦人之見。」裴延光平日裡不知聽董氏哭訴了多少遍，說他不關心女兒，讓閨女在家裡留到了十八歲，都還沒定下親事。

「那肖霆如今才多大，便已是正五品官，他娶了玉欣，日後景恒再提攜他，又何嘗會沒個好前程？」裴延光分析道。

董氏忍不住悲泣道：「你可知道大嫂給敏姊兒說的是哪戶人家？連敏姊兒一個庶出都能嫁到伯府去，憑什麼我的玉欣便要嫁給一個除了官身，卻是連個爵位都沒有的男子？」

前程那就是鏡中花、水中月，瞧著好看，可真一說起來，卻又不那麼可靠。

特別是當她知道謝萍如竟要把裴玉敏說給伯府的嫡子，她心頭如何能不羨慕和嫉妒？

裴延光可真服了女人的心思，先前還呼天搶地的要嫁女兒，現在又這般挑三揀四。他登時冷哼，怒道：「妳以為那戶人家為何要娶敏姊兒？還不就是看在景恒如今的權勢，先前他們家被皇上訓斥，連俸祿都停了，還不知這爵位能不能保得住呢，難道妳想把玉欣嫁到這樣朝不保夕的人家去？」

被裴延光這麼一問，董氏登時嚇住了。她小聲道：「可是我聽大嫂說，這戶人家可是極好的。」

畢竟京城勛貴人家眾多，所以有些人家雖聽說過，卻不曾往來，沒想到這裡頭，竟還有這樣的隱情。她趕緊道：「我自是不願的。」

「況且妳也未見過肖霆，說不準等妳瞧見了，便會覺得不錯。」因為這件事還沒定下，所以裴延兆也只是在裴世澤的書房裡見了肖霆一面，可他一見便喜歡上這小伙子了。

沒想到董氏竟真如他所說，一見過肖霆，便看上了眼。畢竟那般高大俊朗的男子漢，看著就叫人舒心。

於是董氏稟了裴老太太，兩家人都沒什麼意見，這樁親事就算是談成了。

而肖家竟是不到十天就派人上門來提親。雖說提親的速度快，禮數卻是一點也不少。

「沒想到這個傻大個兒手腳這般麻利啊。」紀清晨去看裴玉欣時，笑道。

裴玉欣登時抬頭回道：「可不許妳說他是傻大個兒，人家有名字的。」

天地良心啊！先前還不是她一口一個傻大個兒，紀清晨才會跟著一塊兒喊，現在她倒是裝起好人了。

「不許妳再提了。」見紀清晨還想再說，裴玉欣馬上便撲了過去。

紀清晨也不敢再鬧她了，說了恭喜的話之後，就見裴玉欣嘴角含笑，原本就極美的容貌此時更像是發光般的耀眼。

次日，因為是在年前，紀寶璟便叫人送了信給紀清晨，說是要姊妹兩人一塊兒去給方皇后請安。

在宮門口時，紀清晨一眼便瞧見了溫啟俊。

「俊哥兒也來了。」紀清晨摸著他的小臉，高興地道。

紀寶璟說：「皇后娘娘說是好久沒見他，便吩咐我帶著他一塊兒進宮。」

因殷柏然和紀清晨都沒有孩子，所以方皇后不知有多喜歡溫啟俊，還有另一個小傢伙。

紀清晨有些失望地問道：「楓哥兒呢？姊姊沒帶他一塊兒來啊。」

「弟弟病了。」溫啟俊立即說道。

紀清晨皺了皺眉，趕緊問是怎麼一回事？

原來是前日去了紀家，叫紀湛帶著在外面吹了冷風，便有些發熱，所以今兒個才沒帶過來。

「這個紀湛！」紀清晨輕斥了一聲。

因如今是冬日，方皇后特意吩咐她們不必太早進宮，是以這會兒入宮時，她們頭頂的太陽斗大如盤，照在人身上暖烘烘的。

沿著宮道往前，便是後宮的方向。

溫啟俊突然驚喜地喊了一聲。「柏然舅舅！」

只見殷柏然穿著一身深藍色朝服，正負手站在前方。

紀寶璟看著站在宮道中央的男子，高大、溫潤，一如當年。

等走到跟前，彼此相互行禮。

紀寶璟先開口道：「還未恭喜表哥呢。」

「表妹恭喜我什麼？」殷柏然含笑問道。

「自然是全都恭喜。」不管是受封太子，還是賜婚，她都是真心地恭喜他。

殷柏然看著逆光中的女子，微微點頭。「多謝表妹。」

隨後他轉過頭看著紀清晨，伸手摸了下她的頭髮，勾起嘴角道：「妳不恭喜我嗎？」

「恭喜、恭喜，恭喜你啊。」紀清晨拱手，就差沒唱出來了。

殷柏然朗聲大笑，眼角眉梢都是笑意。

多年心事一了，便是皇后臉上都帶著不同以往的容光煥發。她本就保養得當，這會兒更像是年輕了十歲一般，就連紀清晨看了都有些吃驚。

「俊哥兒，到本宮跟前來。」方皇后朝溫啟俊招招手，小傢伙立即跑過去。

溫啟俊很喜歡方皇后，因為每回進宮，他總能得到好些個零嘴。

方皇后知道他要來，所以早就讓宮女備下了小孩子喜歡的吃食。

「怎麼沒帶楓哥兒過來？」方皇后摟著溫啟俊，微笑著問紀寶璟。

紀寶璟立即回道：「娘娘恕罪，楓哥兒病了，所以無法帶他進宮來。」

方皇后趕緊問怎麼會病了？可還嚴重？等聽說已經好轉了，這才放下心。方皇后感慨一句道：「養兒一百歲，長憂九十九。」

「舅母如今不必擔心了，畢竟柏然哥哥的婚事都定下來了。」紀清晨笑道。

「可不就是，皇上總算把他的婚事定下了。」方皇后是真的鬆了一口氣，畢竟拖到殷柏然這般年紀還未成婚的，實在是太少了。

紀寶璟沒說話，只是含笑聽著她們討論。

溫啟俊一向乖巧，他就安靜地坐在一旁的椅子上。旁邊的宮女給他剝了一顆糖，要餵到他嘴裡，小傢伙害羞一笑，慢慢地張開小嘴。

紀寶璟看著他乖巧的模樣，心滿意足地笑了。

過沒多久，就見一個小太監前來，說是大皇子叫他來接溫少爺過去。

「這是怎麼了？」皇后驚訝地問道。

「皇上今兒個來了性子，著人拿了冰鞋還有弓箭、球架，準備叫人上冰呢。」小太監興奮地道。

別說他興奮了，溫啟俊一聽就馬上從椅子上跳下來，只是他也沒敢立即過去，而是眼巴巴地瞧著紀寶璟，那眼神別提有多可憐了。小傢伙心底是真想要去的，畢竟有哪個小孩子不喜歡玩冰的。

不過前兩日他剛在紀家闖了禍，他和紀湛兩個帶著楓哥兒胡亂跑，卻把楓哥兒給凍出病了，紀寶璟難得衝著他發火，所以溫啟俊也是長了記性的。

「原來是冰嬉啊，皇上先前還與我提過，沒想到今日便要玩了。正巧俊哥兒也在，就讓他去瞧瞧吧。」方皇后自然看出溫啟俊一臉想去的表情。

紀寶璟有些為難。「先前楓哥兒就是在冰上玩到著涼的。」

「正好我這邊有件替他準備的披風，原本還想著妳回去的時候可以帶上呢。也是趕巧了，就讓他披著過去吧。」方皇后立即說道。

一旁的宮女便進去將披風取出來，寶藍色繡暗銀絲披風，脖子上是白色狐狸皮，瞧著便暖和得很。

宮女將披風給溫啟俊穿上，紀清晨立即讚道：「俊哥兒穿這一身可真俊俏。」

「小姨母，妳陪我一起去吧。」溫啟俊立即撒嬌道。

紀清晨眨了下眼睛，心底把這小傢伙誇讚了一番。說來她還真沒見識過冰嬉，只不過聽說過而已，所以小太監一說，她也想去，卻又不好意思開口。

方皇后轉頭瞧著她，見她滿臉的雀躍，登時便笑了。「那妳便帶著俊哥兒一起去瞧瞧，等瞧好了，回來與咱們說說這熱鬧。」

「謝舅母。」紀清晨站起來，朝方皇后行禮。

紀寶璟也叮囑了她一句。「妳也穿上披風，這湖邊風吹得厲害。」

等兩人出了門，溫啟俊牽著她的手，便問她：「小姨母，妳會滑冰嗎？」

紀清晨搖頭，惋惜地說：「小姨母不會呢，你會嗎？」

「我也不會，不過爹爹有偷偷答應我，會教我的。」溫啟俊特別高興地與她分享了他和溫凌鈞之間的約定。

原來小傢伙被紀寶璟狠罵了一頓，躲起來哭，最後是被溫凌鈞找到的。

溫凌鈞為了讓他開心點，便答應他，等過幾天便教他滑冰。因冰嬉是京城貴族冬日裡難得的娛樂，所以不少勛貴家的少爺打小就學會了玩這些。

況且先皇極喜歡冰嬉，當年先皇在的時候，每年都會在太液池上舉辦盛大的冰嬉宴會。參加人數甚至有超過千人的，若是想引起注目，就得有出眾的技藝。

紀清晨倒是來了興致，問道：「你爹爹還會這個？」

「小姨母，妳該喊我爹爹大姊夫的。」溫啟俊一板一眼地道。

紀清晨被他的話弄得哭笑不得，只得重新問了一遍。「那我的大姊夫會這個？」

「當然了，爹爹不僅會，而且可厲害了。」溫啟俊揚起小臉，一臉得意地說。

他素來是個溫和的小傢伙，不像紀湛那般情緒外放，可提起自己爹爹的時候，還是一臉的驕傲自豪。

兩人說著話，便到了太液池邊，只是這一看卻是不得了。只見雪白的冰面平滑如鏡，彩旗招展，東面擺著六個箭垛，南面則是球架，已有人穿著冰鞋，在冰面上穿梭自如。

小太監將紀清晨和溫啟俊帶到御帳前。皇帝倒是沒想到竟連紀清晨也來了，便大笑道：「沅沅也來了，正好待會兒可以一塊兒瞧瞧熱鬧。」

帳內坐著不少人，三位皇子都在，只不過他們身上穿著窄袖勁裝，看起來是準備待會兒下場親自玩了，就連最小的殷景然都是一臉倨傲的神情。

待殷景然瞧見他們進來時，便在溫啟俊的臉上掃了一下，還特地瞧了兩眼紀清晨牽著溫啟俊的手。

而對面坐著的，打頭第一個便是裴世澤，他身旁坐著的幾個人，穿著的衣裳顏色雖不一，不過看起來都是適合在冰面上活動的衣裳。

紀清晨沒想到裴世澤也在，登時有點不好意思。

沒一會兒，外頭便準備好了。

楊柳進來稟告，皇帝便起身領著眾人出去了。待皇上乘坐上湖邊的大驕輦，前頭有十來個人拉著繩子，將驕輦緩緩地往湖心拉去。

等轎輦到了湖中心，就見一旁的裴世澤還有殷柏然他們已穿著冰鞋站在湖面上。

紀清晨瞧著那光滑如鏡的湖面，她即便穿著鞋子走在上頭，只怕都會摔倒，他們穿著冰鞋看起來更不穩，可千萬別摔著啊。

也許是感應到她的擔心，裴世澤回頭看了她一眼。

紀清晨衝著他柔柔一笑，就見他轉過身。

片刻後，突然禮花齊鳴，所有原本站在岸邊的人都齊齊往湖中心滑去。

直到所有人跪下後，坐在轎輦上的殷廷謹便朗聲道：「朕知你們的哥哥都是驍勇善戰之人，所以今日的冰嬉，你們只管大展身手，若是有能力者，朕必定重重有賞。」

重賞之下，必有勇夫。皇上這話，叫場上所有的人都士氣大振。

此時身邊的溫啟俊已看得目瞪口呆。小孩子本就喜歡這樣的大場面，如今更是恨不得自己也能一同過去玩耍才是呢。

「小姨母，我也想去，我也想穿冰鞋。」溫啟俊拉著她的手，苦苦地哀求道。

紀清晨哪敢讓他隨便上去，人這麼多，況且他還這麼小，要是被誰不小心撞到，那可怎麼了得？只是她不讓他去，小傢伙的身子便不停地扭，要不是紀清晨及時拉著他，只怕他這會兒早已掙脫她，往湖面上跑去了。

最後她沒法子，只得道：「那等小姨父過來，我再叫他帶著你去玩玩？」

紀清晨也只能先安慰他，不過裴世澤這會兒在哪裡，她根本看不見。冰面上的人實在是有些多，他們站在湖邊，又離湖中心遠得很，所以壓根兒就分不清誰是誰了。

好在紀清晨在他跟前一向極有信用，所以她安慰他的話，還是挺讓小傢伙信服的。

只是沒消停一會兒，就見他又著急地問：「小姨母，小姨父什麼時候過來啊？」

「喂，你怎麼不上冰啊？」就見殷景然從遠處滑了過來，到湖邊的時候，還來了一個瀟灑的急停，別說溫啟俊看傻眼了，就連紀清晨都驚呆了。

這傢伙可真厲害啊。

第一百二十九章

只是殷景然說話的口吻卻不大客氣，他衝著溫啟俊略帶鄙夷地問著，還上下打量了他一番，見他身上穿著厚實的披風，便馬上嗤笑他說：「小娘兒們。」

「景然，你怎麼與俊哥兒說話的？他可是你外甥！」紀清晨登時生氣地怒斥道，剛想誇他一句，這會兒他倒是先得瑟上了。

溫啟俊素來就怕他，雖說殷景然也是舅舅，可他的年紀也沒大溫啟俊幾歲，所以殷景然每次看見他，都會對他橫眉以對。

溫啟俊和紀湛是打小一塊兒長大的，所以紀湛極少對他擺舅舅的譜，可是殷景然卻會。只是他從來沒這般過分，這會兒連紀清晨都忍不住要生氣了。

「你太過分了！和俊哥兒道歉。」紀清晨冷著臉看向他。

殷景然卻不屑地說：「我又沒說錯，大家都上冰了，怎麼就他不能？」

「俊哥兒是還沒學會滑冰，等他學會了，自然會上去玩的。」紀清晨不悅地說。

殷景然見她還這般處處維護著溫啟俊，心中就更加不爽了。

此時裴世澤滑了過來，他見紀清晨站在湖邊一臉生氣的模樣，又瞧著殷景然的表情也是怒氣沖沖，便問道：「怎麼了？」

「沒什麼。」紀清晨不想叫他為難，便一語帶過。

溫啟俊則是歡快地喊了一聲小姨父，完全忘了方才自己才被罵過。

裴世澤瞧著小傢伙一臉興奮，便問道：「俊哥兒，要不要小姨父帶你滑兩圈？」

「可是我還不會呢。」溫啟俊小心地說，有些怕裴世澤會跟殷景然一樣嫌棄他。

紀清晨聽著這話，都快要心疼死了，便道：「沒事，誰一開始都是不會的，慢慢學就行，讓小姨父先扶著你上冰玩一會兒吧。」

殷景然瞧著裴世澤連看都不看他一眼，卻對溫啟俊這般好，便狠狠地咬著牙，怒道：「父皇說了，要重重獎賞有能力者，你不去那邊滑冰，在這裡管他做什麼？」

「我要做什麼，只怕不是三皇子你能決定的吧？」裴世澤終於回頭瞧了他一眼。

殷景然氣得指著他，怒道：「你大膽！我是三皇子，我的話你也敢不聽嗎？」

「三皇子若是覺得微臣說錯了，只管稟明聖上便是，到時候是責是罰，微臣悉聽尊便。」裴世澤一臉淡漠地瞧著殷景然。

殷景然簡直要被氣壞了，可裴世澤已叫人去拿冰鞋。好在這裡準備的冰鞋都足夠，也有適合溫啟俊穿的。小傢伙剛開始還不敢太高興，生怕又叫殷景然不開心，可等真的穿上冰鞋，一站在冰面上，馬上露出一臉興奮的神情。

不過他是頭一回上冰，剛想踏出去一步，整個人卻險些摔倒，幸虧一旁的裴世澤及時扶住了他。

「廢物。」殷景然冷冷地看著溫啟俊，斥道。

裴世澤霍地轉頭，盯著殷景然，低聲道：「你若還是這般胡攪蠻纏，我就要去稟明皇上了。」

「誰怕你，就會告狀而已。」殷景然不屑地說。

紀清晨聽得直皺眉頭。景然先前雖然也會說幾句不好聽的話，可絕不會戾氣這般重，如今他說話，簡直句句都是衝著裴世澤而來的。

「景然，你不在那邊玩，怎麼跑過來？」殷明然帶著兩個人過來，一停下便將手臂搭在殷景然的肩上，溫和地問道。

殷景然見是殷明然來了，馬上露出了一個笑容。「二哥。」

「二皇子。」裴世澤點點頭，溫啟俊也緊張地叫了一聲二舅舅。

裴世澤說完後，便領著溫啟俊慢慢往後滑。他的雙手牽著小傢伙的雙手，用低沈的聲音慢慢地叮囑他滑冰的要領，沒一會兒，他便和溫啟俊往旁邊去了。

殷景然見狀，也不想再看下去，他氣得一蹬腳，便滑出去老遠。

殷明然對紀清晨歉意地笑道：「表妹，景然近日心情有些不佳，若是說了什麼話，讓妳不開心了，還請妳多擔待些。」

「二表哥客氣了，我怎麼會和小孩子一般計較呢。」紀清晨溫柔一笑。

殷明然又是一笑，便也跟著離開，追上了殷景然。

此時殷景然正慢慢地在冰面上走著，殷明然過來時，便輕拍了他一下，開解道：「還生氣？」

「二哥，你是知道的。」殷景然有些著急。

殷明然了然地點頭，安慰道：「我知道，我都知道。只是你要明白，如今裴世子娶了元曦郡主，他是站在大哥那邊的人了。」

「可就算是站在大哥那邊，難道不能對我母親網開一面嗎？」殷景然絕望地道。

「別擔心，二哥知道你是個孝順的孩子。」殷明然拍著他的肩膀，溫柔地勸說道。

殷景然鼻子一酸，感動地說：「二哥，謝謝你，現在也只有你能幫我了。」

「放心吧，我一定會在父皇面前幫你說話的。」殷明然抬頭看向遠處，此時皇帝依舊坐在轎輦上，正在觀賞著冰面上眾人的舉動。那驕輦上的明黃蓋傘，在陽光之下彷彿散發著金色光芒。

殷明然將視線收了回來，低頭瞧著他，輕聲道：「其實父皇心中也一直想要接你母親回宮的，只是你也知道，有人不願意罷了。」

「我明白。」殷景然失落地垂下頭，隨後卻又強打起精神，道：「我會好生表現，讓父皇能早日把我母親接回來。」

殷明然又拍了拍他的肩膀，鼓勵道：「咱們一起努力。」

「二哥，你對我真好。」殷景然抬起頭，一臉感激地說，眼眶中還帶著微微濕潤的淚意。

「好了，別想這些不開心的了，今兒個是難得的冰嬉盛會，你好好玩，露兩手給父皇瞧瞧吧。」殷明然拍了下他的背。

殷景然點頭，腳一蹬就遠遠地滑了出去。

等他滑回去時，他身邊的小太監常遠便趕緊連滾帶爬地跟過來，道：「我的爺，您可慢點兒，皇上方才還叫人尋您呢。」

「父皇找我什麼事？」殷景然淡淡道，他面無表情的時候，竟和裴世澤出神地相似。明明他的容貌更像皇帝，可偏偏有時候卻又讓人覺得他也像裴世澤。

常遠立即小聲道：「皇上這不是擔心您，怕主子您被人撞著。」

方才還有人被撞得滾了老遠去，臉上都被劃破了。

也是瞧見有人出事，皇帝又一直沒看見殷景然，這才想著要叫人找他。

殷景然點頭。「知道了。」

只是常遠小心地瞧了他一眼，又看著身後，輕聲道：「主子，您怎麼又和二皇子在一起了？」

「閉嘴！」殷景然瞪了他一眼，怒道。

常遠隨即乖乖閉嘴。

殷景然沒回頭，可是臉上的冷意卻更盛。

殷明然不過就是想拉攏他而已，如今大哥當了太子，他自是不服氣。帝位近在眼前，可當中卻隔著一個人。

父皇不過是個王府的庶子，卻能登上這大寶之位，所以如今皇位就在眼前，只怕他這個二哥也不會輕易放棄的。殷景然對皇位沒興趣，他只想讓母親能進宮來。

原本父皇答應過的，可不知為什麼，中途卻又反悔了。

他去求大哥了，但大哥也不同意，而他以為那個人會幫自己的，可是他卻想也不想地就拒絕了。

他知道母親對那個人有歉疚，可誰也不願意發生這樣的事情啊。

他知道自己與殷明然接觸無非是與虎謀皮，不過現在他卻是唯一能幫自己說服父皇的人，因此不管日後如何，現在的自己，確實需要他的幫助。

此時的常遠還在擔心不已。他雖只是三皇子身邊的小內宦，可卻也長了眼睛的，二皇子的那些心意，自以為瞞得好，他卻看得一清二楚。

所以常遠擔心三皇子與他走得這般近，會誤入歧途。

常遠朝遠處望去，只見裴世子此時正拉著溫家的小少爺在湖邊戲耍，雖說相隔遙遠，可是卻叫人一眼便能感覺到，他們一定極其開心。

想起來，自家主子與裴世子才是親兄弟，感情卻還不如旁人呢。

殷景然見常遠一直盯著後頭，其實他不轉身，都知道後面有什麼。所以他甩開袖子，便往前衝了過去。

此時溫啟俊被裴世澤牽著手，小心地往前滑著，本來他還放不開手腳，怕摔倒，只是裴世澤安慰他道：「俊哥兒不是男子漢嗎？就算摔倒，難不成還怕痛？」

「我當然不怕。」溫啟俊信誓旦旦地說，惹得裴世澤一笑。

此時裴世澤帶著他已經滑得有模有樣了，待他慢慢鬆開手的時候，溫啟俊又往前滑了一小段，誰知一個沒控制好，竟摔在冰面上了。

此時寒冷，太液池上的冰面足有數尺厚。

溫啟俊這一下摔得厲害了，趴在地上半晌都沒抬起頭。

紀清晨嚇得心臟都彷彿驟然停下，立即要上前，可裴世澤卻舉起手臂，示意她站在原地不要動。她沒辦法，只得留在岸邊，卻見溫啟俊慢慢地抬起頭，好在他身上的衣裳穿得還算厚實，所以不算疼得厲害。

「你先試著自己站起來。」裴世子站在他前面，輕聲說。

方才小傢伙的大話都已經說出去了，所以這會兒也是咬著牙堅持下來。雖然小傢伙看起來是個文弱的，可性子卻堅韌得很。他小手撐在冰面，先是抬起一隻腳，結果要起身時，撲通一下又跪下去了。

他可還沒學會如何控制腳上穿著的冰鞋。

好在溫啟俊也聰明得很，試著站起來兩、三次之後，終於能在冰面上站穩了。隨後他自己試著往前走，竟是掌握住了平衡。

等又玩了一刻鐘，溫啟俊已經能在冰面上滑行一小段，要不是怕他在冰面上待太久會著涼，紀清晨也不會叫他別玩。

溫啟俊這下子可不樂意了，連冰鞋都不願意脫下來。幸虧裴世澤在一旁安慰他，說過幾日再帶他來玩，這才讓他把鞋子給脫了。

紀清晨趕緊替他繫上披風，摸著他的小臉，問道：「還冷不冷？」

「不冷，一點兒都不冷。」溫啟俊搖頭。

紀清晨摸著他的小臉，臉蛋凍得跟冰坨子似的，不過小手卻熱呼呼的。她把他帶到旁邊的帳內休息了一下，又叫小太監倒了熱水給他喝。

只是溫啟俊見紀清晨一直拿手掌捂著他的臉，他認真地說：「小姨母，我的臉太冷，妳快別把手放在上面了。」

「姨母給你捂一下。」紀清晨溫柔地道。

等裴世澤進來，就見他們坐在帳內，紀清晨拿手搓著溫啟俊有點兒紅紅的小臉蛋，而他們兩個的對話也叫裴世澤聽在耳中。清晨素來對孩子們極溫柔，以後想必也一定會是個溫柔的母親吧。

「大家都在冰上，你這樣偷溜出來陪我們，不礙事吧？」紀清晨怕誤了他的正事，開口問道。

裴世澤揚唇淺笑，雙手抱在胸前，輕聲說：「不礙事，反正皇上跟前也不會斷了人。」這樣的冰嬉盛會，人人都是卯足了勁，想要在皇上跟前表現一番。所以就算裴世澤不去，只怕一時半會兒，皇上也不會發現的。

第一百三十章

等溫啟俊喝了點熱水，紀清晨見他臉頰也沒那麼冰涼了，便打算帶他回去。

她也怕裴世澤一直留在這裡叫旁人看見不好，畢竟哪有一直待在媳婦跟前的，只怕會有人在背後說閒話呢。

她輕聲道：「柿子哥哥，你趕緊過去吧，我先帶俊哥兒回去了。」

因皇后的鳳翔宮位在後宮，所以裴世澤非傳召不得前去，否則只怕他還打算送他們回去。

結果他沒送，卻是殷柏然送他們到鳳翔宮的。

「玩得開心嗎？」殷柏然摸著溫啟俊的腦袋，一臉溫潤地問道。

溫啟俊點頭，抬頭道：「謝謝舅舅。」

殷柏然沒想到他會突然道謝，有些好奇地問他。「謝舅舅什麼？」

「若不是舅舅派人叫我過去，我也不能上冰玩啊。」溫啟俊理所當然地道，讓殷柏然微微驚詫。

他低頭看著眼前的孩子，眉眼染上一層安慰的笑意。「你與你爹的性子倒是一模一樣。」

一路上紀清晨卻臉色沈重。方才之所以答應讓殷柏然送他們回去，也是因為她有話想要問他，所以她使了個眼色，讓杏兒把溫啟俊先帶到前面去。

「柏然哥哥，景然他……」殷景然今日的戾氣太重了，她不得不擔心是不是安氏出了什麼事？

殷柏然一臉不在意地說：「不礙事，不過是小孩子發發脾氣罷了。」

對於這個同父異母的弟弟，殷柏然不說多麼疼愛，不過卻也時刻關注著。更何況，他的同母哥哥還是裴世澤，這剪不斷，理還亂的關係，真叫人有些無奈。

「可我看他並非單純的發脾氣，他那性子就像是變了一個人似的。」紀清晨有些著急地道。

她與殷柏然說這些，就是希望他能勸一勸景然。

「父皇原本想安排安氏入宮，可母后堅決反對這件事。」殷柏然倒也不瞞著她，這件事只怕連裴世澤都知道了。估計他也是不想讓沅沅擔心才沒告訴她的。可今日既然她開口問了，殷柏然便不會不告訴她。

紀清晨震驚地停住腳步。她沒想到竟發生了如此嚴重的事。

「母后與她並無私人恩怨，只是她的身分太過尷尬，若是讓她進宮，日後只怕會生出是非。」殷柏然緩緩說道。

紀清晨點頭。其實在她心底，也是不願意讓安素馨進宮的，畢竟她一旦進宮，就會和那些外命婦有所接觸，三皇子的生母乃是裴世子母親的這個事實，肯定是紙包不住火的。

到時候裴延兆頭上一頂綠帽戴上去，整個定國公府都得跟著丟人。

況且這對舅舅的聖譽只怕也會有不好的影響，所以她能理解方皇后的做法，甚至她的內心也是贊同的。

「舅母說得是。」紀清晨無奈地道。

殷柏然柔聲安慰她。「妳放心吧，景然素來聰明，不會做出什麼壞事的，如今他也只是一時還未想通罷了。」

紀清晨點頭，苦笑道：「但願如此吧。」

殷柏然將他們送到皇后宮中，只是進去請了安，便又立即回去了。溫啟俊則一臉高興地和皇后說起方才自己在冰上玩的趣事。

「說來你們的姨母，明年也要回京了。」方皇后與他們閒聊的時候，順口提了這件事。

皇上登基已過了兩年多的時間，朝臣早已無力反對他追封先靖王了。既然連已去世的人都能追封，這還在世的姊妹，自然也不能虧待了。

雖然皇帝對殷珍的情感不過一般，可她乃是皇上在這個世上唯一的親妹妹，所以這次要她回京，也是為了冊封她的。

「我記得蘊表姊比我還大上一歲，好似還未聽說過她的好消息？」紀清晨有些好奇地問道，陳蘊說來比她還大一歲，似乎到現在仍未成親。

「妳表哥與表姊都還未成親，正好蘊姊兒明年也要回京了，到時候定會把親事談一談的吧。」方皇后笑了下，淡淡說道。

其實是她不方便說而已。

原本陳家兄妹不過就是正四品提學副使的嫡子女，可舅舅一下子成了皇帝，這身分自然是不同了。

所以殷珍自恃奇貨可居，便不在湖廣給兩個子女相看親事，只等著回京城，讓他們一個能娶上京中的大家閨秀，一個能嫁進勛貴人家。

可誰知殷廷謹卻遲遲不召她回京，叫殷珍好等，就連殷珍的丈夫陳蜀都三番兩次地上書試探聖意，卻始終沒有消息。而今年殷廷謹打算追封先靖王，所以便鬆口同意殷珍回來了。

又聊了好一會兒，方皇后才捨得讓他們離開。

在皇后宮中，紀清晨不好開口問，待一出了宮，她便迫不急待地道：「姊姊，舅母可有說，舅舅會給妳冊封什麼品級嗎？」

按理說，依她們的身分，冊封為縣主是最好的了。可殷廷謹偏愛紀清晨，因此才冊封她為郡主，這件事也讓紀清晨心底一直對姊姊有些歉疚。

紀寶璟看懂了她的心思，捏著她的臉頰說：「不管冊封什麼，都不如我當這個晉陽侯世子夫人舒服，這可是妳姊夫給我掙來的。」

紀寶璟一臉的心滿意足，讓紀清晨也忍不住跟著笑了。

聽姊姊這樣說，她心底的歉疚，終於沒那般沈重了。

對於姊姊來說，姊夫才是最重要的人吧。

待到了臘月，莊子那邊送來了年禮，還有各間鋪子也把今年的帳冊都送過來。紀清晨平日裡沒什麼事情，不過年末的時候也得忙碌起來，畢竟如今可不會有曾榕幫她打理鋪子裡的事。

再加上今年是她出嫁的第一年，必須送年禮回娘家，可有得忙了。

她還未出嫁時，大姊和大姊夫準備的年禮在臘月二十就會送到，每回可都是兩大車，曾榕每次見了都會念叨，就怕紀寶璟送這麼多東西回來，會讓婆家人有意見。

連晉陽侯夫人待紀寶璟那般好，曾榕都怕她會被說閒話，如今紀清晨上頭是個繼母婆婆，因此曾榕早就寫信來叮囑，說是年禮不需太多，只要心意到了就行。

紀清晨正在看帳本，就聽杏兒進來說：「顯慶伯府來人了。」

「太太可有叫我過去？」紀清晨一皺眉，問道。

顯慶伯府是謝萍如的娘家，如今的顯慶伯乃是謝萍如的親哥哥，先前也來過幾次，紀清晨有些不喜歡那位伯夫人。

顯慶伯夫人的模樣生得有些刻薄，府裡也有些關於顯慶伯夫人不好的傳言，所以紀清晨極少主動和她接觸。

每回謝家來人，若是不叫她過去，她都是假裝不知道的。

「聽說是為了四姑娘的婚事而來的。」杏兒趕緊道。她素來便是個消息靈通的，所以立即將打聽到的告訴紀清晨。

紀清晨再度皺眉。關於裴玉敏的婚事，她也聽說過。據說這位顯慶伯夫人汪氏出身於東川伯府汪家，這次裴玉敏的婚事，就是她牽的線，說的還是東川伯府的嫡長子，年紀只比裴玉敏大三歲。畢竟是個嫡長子，未來還能繼承東川伯府的爵位，也是挺不錯的了。

不過這門婚事，裴世澤卻不喜歡。

據說東川伯因辦事不得力，已被舅舅申斥數次，況且先前東川伯曾鬧出寵妾滅妻的傳言，御史還上書彈劾他。要不是裴延兆上疏替他說了幾句好話，指不定如今會落到什麼下場。

如今東川伯府猶如在暴風雨中飄零的小船，隨時都有翻船的可能，這位顯慶伯夫人如此熱心地替裴玉敏說親，無非就是想讓汪家攀上定國公府這艘大船而已。

紀清晨正想著時，卻見謝萍如身邊的大丫鬟采蓮前來稟報，說是舅太太來了，請世子夫人過去。

「妳先回去與夫人說一聲，我換一身衣裳便過去。」紀清晨點點頭，說完便叫杏兒送她出去。

香寧帶著艾葉進來幫她換衣裳，好在她頭髮未亂，只是原先身上穿著的，是一件半舊的家常服，這會兒要見外客，自然得再換一套才行。香寧打開衣櫃，原本想挑一套紀清晨平日喜歡的清雅顏色，不過紀清晨卻突然開口道：「將那套洋紅底子、葡萄紋路的長褙子拿出來，就穿那件。」

香寧先是一愣，隨後又笑著把衣裳拿出來。說來這套衣裳剛做好的時候，郡主見了就不大喜歡，覺得上面的葡萄紋實在是太密了些，誰知今兒個居然主動要穿上了。

外頭已颳起了大風，一出門，北風就如同刀子一般颳在臉上。這種天候還出門到定國公府來，看來這位顯慶伯夫人是真的著急，想儘快把這門婚事定下。

等她到了謝萍如的院子裡，一進門就聽到裡面的笑聲。

待丫鬟替她掀起厚厚的簾幔，一進門，撲面而來的便是暖暖的熱氣。她方才一路走過來，身上雖穿得不少，不過還是冷得夠嗆，一進到屋子裡，整個人就像是掉進了溫泉池子中，有些凍僵的臉頰一下子就緩和過來。

「郡主。」原本坐著的汪氏瞬間站了起來，歡喜地喊了一聲。

不過她的動作太過突然，讓坐在她對面的謝萍如嚇了一大跳，待謝萍如收斂臉上的尷尬，才緩緩地朝剛進門的紀清晨道：「郡主趕緊坐下吧，沒被凍壞了吧？」

「也沒什麼，只是外頭的風大了些。」紀清晨輕輕點頭，溫柔笑道。

隨後她又與汪氏，還有房中的兩個姑娘打了招呼，只是她明顯注意到裴玉晴在瞧見她來的時候，立即鬆了一口氣的樣子。

「三嫂。」兩個姑娘起身向她請安。

原本裴玉敏坐在謝萍如下首的第一個位子，見到紀清晨來了，便將位子讓給她。

汪氏細細地打量紀清晨一番，在瞧見她耳上垂墜著的兩顆東珠後，便打從心底羨慕。她每回來定國公府，就見郡主這身上戴的、穿的，還真是沒有一樣東西是不好的。

她開口問道：「郡主這些日子身子可好？」這話說得倒是像晚輩在跟長輩問安。

紀清晨莞爾一笑，淡淡道：「謝夫人關心，一直都還不錯。」

謝萍如實在是聽不下去了，便轉了話題，道：「妳大表嫂懷孕了，所以大嫂是來和咱們說這個好消息的。」

汪氏的嫡長子早年便娶了妻，只是兩人一直沒有孩子，這會兒連庶子和庶女都有了，嫡妻這才傳出了好消息。

「恭喜，回頭我叫人送份禮物過去，聊表心意。」紀清晨依舊是不冷不熱的態度。

謝萍如私底下早就同汪氏說過，這個郡主可不是個好對付的，可偏偏汪氏不信邪，眼看著如今就要碰壁了吧。

汪氏見謝萍如半天都說不到重點上，便著急了，一直朝她使眼色。

只是謝萍如卻不在意。反正要倒楣的是汪氏的娘家，並非是她謝家，她可沒義務還要去幫著嫂子的娘家。

「說來好些日子沒見到世子爺了，我聽說世子爺與郡主可是伉儷情深呢。」誰知汪氏自個兒也說不到點子上，說出口的話反而讓人覺得可笑。

謝萍如無奈地嘆了一口氣，只好對裴玉敏道：「敏姊兒，妳先帶著晴姊兒回去吧，我同妳們三嫂還有些話要說。」

裴玉晴臉上出現一絲擔憂，反倒是裴玉敏卻特別淡然，她點點頭，便領著裴玉晴起身出去了。

等她們離開之後，紀清晨調整好坐姿，便等著看謝萍如和汪氏要說些什麼？

汪氏先開口道：「說來也是我厚著臉說上一句，實在是我這大姑奶奶教導孩子有方，所以我娘家弟妹聽說了敏姊兒的惠名，便託我過來，要替我娘家大姪子說個親。」

紀清晨聽見這話，低頭淺笑，再抬頭只是輕聲道：「謝夫人實在是太客氣了，按理說我不過是四妹的嫂子而已，她的婚事我是插不上嘴的，還應該問太太才是。」

謝萍如在心底冷哼，要不是裴世澤從中阻攔，這件親事早就談成了。她立即笑道：「汪家那位二少爺說來也是我看著長大的，人品相貌是再好不過了。況且他又是家中的嫡長子，日後東川伯府的爵位也是他的。」

「可不就是，我那弟弟雖是不著調的，但在這件事上卻不敢馬虎。」汪氏笑道。

紀清晨差點沒笑出聲。裴世澤不同意這樁婚事，自然是為了裴玉敏好，著實是東川伯府的行事實在是叫人瞧不上。

見紀清晨不說話，汪氏更加著急了。

只是紀清晨再開口，卻還是那句話。「太太，其實這話您大可不必對我說的。四妹的婚事，作主的還是您，我作為嫂子，只管日後給她備上一份厚厚的陪嫁便是。」

謝萍如氣得咬牙切齒。她是同意這門親事的，可裴世澤卻不樂意，他不鬆口，連帶著老太太也會反對這門婚事。倒是裴延兆也覺得這門婚事著實是實惠，畢竟自家不過是個庶女而已，卻能嫁給伯府的嫡長子。

紀清晨說完，又對汪氏笑道：「說來我記得汪二少爺是比四妹大三歲吧，這過了年就十八了，這個年紀若是請封世子，也足夠了吧？」

別說十八歲請封世子，便是八歲請封，只要是沒太大過錯，皇上都不會為難的。

汪家倒好，開口閉口都說日後爵位肯定是嫡長子的，卻一點兒實際行動都沒有，如今連個世子都還沒請封呢，就敢到她跟前來說大話。

等紀清晨一走，謝萍如便沒好氣地衝著汪氏道：「我說過的吧，她這人精明得很，怎麼會輕易被妳說動了。」

誰知汪氏不但不生氣，反而有些激動地道：「妳沒聽郡主方才說了，只怕世子爺就是不高興還沒給我那姪子請封世子呢。」

謝萍如冷笑一聲，剛想讓嫂子別聽她胡說八道，卻見汪氏一臉了然的模樣。

「與其勸郡主，倒不如我給妳出個主意。」謝萍如嗤笑一聲。

汪氏急忙道：「妳心中既然有主意了，怎麼不早些說出來啊？」

謝萍如叫她附耳過來，小聲地說出自己的計策。

第一百三十一章

半個時辰後，紀清晨正在房中叫人準備今兒個的晚膳，就聽香寧跑進來，大喊道：「郡主，不好了、不好了！」

「怎麼不好了？」紀清晨瞧著她上氣不接下氣的模樣，趕緊問道。

「姚姨娘跪在世子爺的書房門口了。」香寧緊張地說。

四姑娘的親娘，竟跪在柿子哥哥的書房門口？

「她跪在那裡做什麼？」紀清晨當即站起來問道。

香寧搖頭道：「奴婢也不知。方才奴婢去取東西時，就在花園裡聽見兩個丫鬟嘀咕這件事，這會兒已經有好些人都跑去看熱鬧了。」

「這都反了天了，妳快去稟告太太，請她把姚姨娘帶回去，還有叫艾葉去請四姑娘。」紀清晨立即吩咐。

待香寧一離開，紀清晨讓杏兒給她穿上披風，也急忙趕去了。

「郡主先別著急，讓奴婢叫人先去瞧一瞧情況吧。」紀清晨沒有立即去裴世澤的書房，而是去了前院和後院相接的花園中待著。畢竟這會兒也不知道柿子哥哥回來沒有，只盼他像尋常那樣，一直忙到天黑才回來。

可誰知還真是擔心什麼就來什麼，裴世澤今兒個偏偏回來得特別早。

他一走到院子門口，就瞧見不少人圍在書房前。裴世澤走過去，看到他的人一個個瞬間都被嚇得愣住了。

「這裡也是你們能隨便來的？」他的書房一向不喜歡讓陌生人靠近，所以平日這裡就是整個府中最清靜的地方。

誰知今日卻一反常態。

等他瞧見眼前跪著的人時，眉頭馬上緊皺起來。

子息今兒個是留在書房裡的，姚姨娘一來跪著，他便勸說她離開，畢竟跪在這裡太難看了，有什麼話，也得等世子爺回來再說。

誰知她就這樣跪著，怎麼都不肯起來，把子息都給急死了。

子息已請人去通知太太，沒想到一抬頭就看見緩緩走來的世子爺。

「主子，您回來了。」子息嚇得連大氣都不敢喘一聲。

姚姨娘聽見他說世子爺回來，馬上抬頭，只是瞧見裴世澤的臉色，原本豁出去的心，竟在此時熄滅了一半，她只覺得腿腳發軟，舌尖打顫。

「這是在做什麼？」裴世澤居高臨下地看著她，淡淡地問道。

這外頭的風颳了一整天，天色也暗下來，凍得人血液都要凝滯了。

姚姨娘一張嘴，一口冷風便灌進肚子裡，可張了半天，卻連一個字都說不出。

「若是沒事，我便叫人送妳回去。」

他這句話一說完，姚姨娘倒是有了一點反應，她正要磕頭，卻被裴世澤一下子按住肩膀，只聽他冷冷地說：「若再如此，便是叫我難做了。」

「妾身不敢讓世子爺難做，只想求世子爺一件事。」姚姨娘原本是想嚎啕大哭，可是這外頭著實太冷，她哭不出來。

姚姨娘雖說是個丫鬟出身，也算是養尊處優十幾年，如今倒不像年輕時候那般能受得了苦了。

「姨娘有什麼事，只管站起來說，我不敢受妳如此大禮。」裴世澤鬆開按住她的手，往旁邊站一步，這樣姚姨娘也只是跪向門口而已。

「世子爺，敏姊兒雖只是個庶出的，可到底是您的親妹妹，她若是平日裡有什麼得罪您的地方，您只管說，妾身定會叫她好好給您賠不是。」

裴世澤的眉頭越皺越深。他何曾為難過敏姊兒？

子息知道自家主子不是會辯解的人，立即幫忙回道：「姨娘這話還真是讓人聽不懂了，世子爺一向待四姑娘好得很，咱們郡主也隔三差五便叫人送東西過去，何來虧待一說？」

「不是虧待、不是虧待，妾身知道世子爺一向待敏姊兒好，只是為何要在婚事上為難四姑娘呢？人家三番兩次上門，不就是瞧中了敏姊兒嗎？」姚姨娘急急地道。

裴世澤這才明白，她竟是為了裴玉敏的婚事而來。

確實，汪家的婚事他是不同意的。雖說汪二少爺為人沒什麼大紕漏，可汪家卻不是個規矩人家，如今他們之所以願意放低姿態來求娶裴玉敏，不過是為了讓自己在聖上跟前為東川伯府說好話罷了。

這種居心不良的人家，裴世澤自然不願讓妹妹嫁過去，這跟跳進火坑有什麼區別？

「敏姊兒的婚事不是妳該過問的。」裴世澤不願與她多說，揮揮手，示意子息叫人將她扶走。

「妾身知道不該多問，可四姑娘到底是從妾身肚子裡出來的，妾身只是擔心她啊。」姚姨娘這會兒倒真要哭出來了。

她原以為裴玉敏若能嫁給勛貴人家的庶出，或是哪個小門小戶的嫡子，便已是了不得的，可是誰知太太竟那般大發善心，幫敏姊兒找了如此好的一門親事，要是能嫁給伯府的嫡長子，未來便是伯夫人啊！

姚姨娘的眼睛都快盼瞎了，就盼著裴玉敏能有一門好親事。

如今好親事就擺在她眼前，竟有人要硬生生地毀了這門親事。

今日太太叫她過去，她一見到舅太太也在，心就怦怦怦直跳。畢竟東川伯府就是舅太太的娘家，這婚事也是舅太太從中牽線的。

舅太太對她的敏姊兒還真是有說不完的喜歡，滿口的稱讚，可她沒想到的是，世子爺竟要毀了這樣好的一門親事。

「世子爺，妾身求求您了，您看在敏姊兒平日那般乖巧的分上，就同意了吧！」姚姨娘悲戚地哭喊道。

「姨娘！」此時門口傳來一聲嬌斥。裴玉敏一聽說這事，便趕了過來，卻還是沒來得及阻止姨娘丟人現眼。

待她走到姚姨娘的身邊，便要拉她起身。「姨娘，妳這是在做什麼？妳是要叫我丟盡臉面嗎？」

裴玉敏從未像此刻般丟臉，她恨不得立即去上吊。

誰知姚姨娘竟還拉住她的手，道：「妳來得正好，妳趕緊給世子爺磕頭，求世子爺原諒妳吧。」

「姨娘，妳瘋了！」裴玉敏大喊道。冷如利刃般的寒風，就這麼一次又一次地颳在她臉上，她只覺得身子僵硬，連心都冷了。

「那可是和伯府的婚事啊，舅太太都說了，人家不知道有多喜歡妳呢，怎麼就不行？這門婚事怎麼就不行了？」姚姨娘悲從中來，不禁嚎啕大哭，這次她的眼淚終於順著眼角流下來。

裴玉敏其實心底也委屈，她自然知道這門婚事對她來說有多麼難得，可是她不敢說，也不敢問，哪有姑娘主動問起自己婚事的？

此時見姚姨娘不顧臉面都是為了她考慮，裴玉敏嗚的一聲也哭出來。她們跪在地上，母女兩人就這樣一起抱頭痛哭。

紀清晨站在院子外頭，從鏤空的石窗看著裡面的情景。

在裴玉敏哭出聲時，她終於忍不住了。她以為只有姚姨娘這般沒什麼見識的人，才會覺得裴世澤這麼做是在害四姑娘。

裴玉敏哭聲中的委屈是實實在在的，看來她自己也覺得，這件事是柿子哥哥委屈了她吧。

紀清晨特別心疼自家男人，他明明是為了四姑娘好。

那樣的虎狼人家，今日能為了一時的利益趨炎附勢，日後會做出什麼，又有誰知道？

紀清晨急急地走進去，就見裴世澤一臉肅穆地站在旁邊。她心疼地握緊他的手，感覺又寬厚又溫暖。

即便是在這寒風之中，他的手掌都溫暖得叫她放心。

她正要開口，誰知裴世澤卻捏了下她的虎口，她只好靜靜地等他說話。

「玉敏，我先前也與妳說過東川伯府的事情。」他緩緩開口。

裴玉敏放開姚姨娘，抬起了頭，不知所措地看著他。

「這樣的人家，妳願意嫁？」裴世澤問道。

裴玉敏一時不知如何開口，她慌張地看著裴世澤，可是從哥哥的表情上，她看不出來有任何情緒，她好害怕。

「敏姊兒呀，妳倒是說句話！」姚姨娘見裴世澤給她選擇的機會了，便拉著她的手，撕心裂肺地喊道。

又一陣寒風颳過，在空中發出呼嘯淒厲的聲音。

裴玉敏細軟的聲音終於響起。「我願意。」

待鬧劇差不多結束時，謝萍如才姍姍來遲。一進門，就瞧見抱著哭成一團的裴玉敏和姚姨娘，她驚訝地喊道：「這都是怎麼了？」

那假惺惺的模樣，叫紀清晨都瞧不下去。明明老早便派人去請她，若她不是故意拖延，也不至於到現在才趕過來吧。

紀清晨握住裴世澤的手，冷冷地道：「既然太太來了，就請太太將姚姨娘和四姑娘帶回去吧，她們在世子爺的院子裡如此吵嚷，被老太太知道了，定是要責怪太太管教無方。」

待紀清晨說完，裴玉敏身子一抖，抬起頭望著紀清晨。

紀清晨素來對她和裴玉晴兩個都極好，有什麼好東西，也都會叫人給她們送一份；而且自從紀清晨嫁進來之後，更從未在她們姊妹跟前擺過架子。

所以此時紀清晨突然冷著臉這般說話，她才意識到，紀清晨不單只是三嫂，還是元曦郡主。

「郡主這話……」謝萍如沒想到紀清晨會這般不客氣。

紀清晨就是翻臉了。她男人是一心一意地為自己妹妹著想，但這一個個的豬隊友卻巴不得扯他後腿才好。既然這麼想嫁，那就嫁去吧，她不管了，反正又不是她的親妹妹，她心疼的，只有裴世澤一個人。

她之所以對裴家人這般客氣，也只是因為他們是柿子哥哥的家人，可如果他們要傷害柿子哥哥，她也不會再客氣。

「都在等什麼，還不趕緊把姚姨娘給扶回去！」紀清晨拔高聲音，怒斥道。

謝萍如心底恨得咬牙切齒，可偏偏卻不敢說什麼。最後是由丫鬟和裴玉敏，趕緊扶著姚姨娘離開。

「世子爺，都怪我沒好生管教姚姨娘，讓她犯下這樣的錯誤。」謝萍如輕描淡寫地道。

裴世澤冷漠地看著她，他握住紀清晨的手，示意她不要再說話。

「太太既然知道有錯，祖母那邊只怕我也不能替妳解釋了。」他直視著謝萍如，一臉坦然地道。

這話跟威脅沒什麼區別了，可偏偏還讓人抓不出錯處。謝萍如是繼母，再有錯，也輪不到他和清晨來說，所以家裡能教訓她的只有老太太了，再說這件事必然會傳到老太耳中。

謝萍如臉色一白，眼中有著說不出的怨恨。

所有丫鬟和小廝都被留在外頭，紀清晨和裴世澤則進到書房裡面。

等進了書房，她抱著他的腰，氣惱道：「我討厭她們。」

她嘟著嘴念叨，氣得眼眶都紅了。明明柿子哥哥是怕裴玉敏所託非人，她們卻一個個都把他當成惡人一樣。

「不生氣，沅沅不生氣。」裴世澤抱著她。冬天衣裳穿得厚實，小姑娘在他懷中軟乎乎的，讓他忍不住低頭在她的額頭上親了一下。

紀清晨就像是一隻炸毛的小野貓般，偏偏她最聽裴世澤的話，被他柔柔地哄了兩句，心底的怨怒倒也沒方才那般厲害了。

裴世澤見她沒那麼生氣，又在她粉嫩的嘴上親了一下。「沅沅，謝謝妳。」

「我是你媳婦，就得護著你，誰都不能欺負你。」紀清晨說完，眼淚便要落下來。

她先前還不覺得，如今才發現，原來連裴玉敏心底都是這樣懷疑裴世澤。他是她親哥哥呀，怎麼可能不為了妹妹好呢？若是東川伯府真是什麼好人家，別說對方上門求娶了，就是叫他們厚著臉皮去幫她說親，紀清晨都願意。

裴玉欣還是嫡出的，裴世澤都只是看對方品性，而不是所謂的家世來替她說親。

「有沅沅護著我，真好。」裴世澤瞧著她再度炸毛的小模樣，趕緊順著她的話安慰道。

紀清晨也不是一定要他哄自己，所以趕緊收拾心情，嬌滴滴地道：「我叫人準備了鍋子，你不是喜歡吃羊肉嗎？咱們今兒個就在院子裡吃涮鍋。」

「就我們兩個？」裴世澤低頭笑著看她。

紀清晨點頭，笑道：「就我們兩個，才不帶別人呢。」

等兩人回到內院，紀清晨早就讓人把吩咐好的膳食都拿上來，羊肉還是新鮮的。因為是冬日，吃羊肉的次數明顯多了起來，所以每日清早，定國公府外的莊子就會送羊肉到府裡。

紀清晨本來不怎麼吃羊肉，不過上回在莊子裡，黃奶娘親手做的醬料格外鮮美，便吃得津津有味。黃奶娘見她吃得開心，親自裝了一小罈子讓她帶回來用。

她知道裴世澤也喜歡吃羊肉，所以早就叫人把醬料準備好了。

桌子中間擺著一只黃銅爐子，中間的煙囪口被掀開一半，燒得通紅的木炭早就放在銅爐裡面了。旁邊紅漆描金雕牡丹花托盤裡，擺著十來個甜白瓷小碟子，裝的都是吃鍋子要沾的醬料。

湯底是廚房準備的，裡頭還放了海物，據說是增加鮮味的。

沒一會兒，就聽水聲咕嚕咕嚕地滾著，紀清晨興奮地道：「這下子可以吃了吧？」

丫鬟趕緊把切成薄片的羊肉放進鍋裡，就見鮮紅粉嫩的肉片在滾燙的清湯裡翻滾，然後漸漸地變成褐色。

紀清晨眼巴巴地望著鍋裡翻滾的肉片，不自覺地舔了下唇，正好被旁邊的裴世澤瞧見。他哈哈大笑，在她眉心彈了下，笑道：「小饞貓。」

氤氳的水氣中，紀清晨轉頭看著他，一臉的滿足。

一室繁華，可唯有他，叫她心安。

他們剛用完晚膳，老太太便遣了身邊的大丫鬟過來，說是請他們去商討要事。

等到了老太太屋子裡，就見鋪著猩紅地氈的暖閣內，這會兒已有不少人在裡頭了。

裴延兆和謝萍如夫婦就坐在左手邊，而老太太則端坐在上頭的羅漢床上。

裴玉敏見有人進來，立即抬頭，待看到裴世澤時，便是一臉的哀求。

此時姚姨娘就跪在地上，她也不敢哭，想來是已經被教訓過了。

「好了，你們兩個也都坐下吧。」因這是大房的事情，老太太也只是叫了大房的人過來，並未叫上其他兩房的人。

老太太環視眾人一圈，最後將目光落在裴延兆的身上。

他一回來，便被老太太的人給叫過去，還不知道究竟發生了什麼事？只是他身上有股濃濃的酒氣，只怕是在外頭剛喝完酒。

「可有人與我說說，今兒個究竟發生了什麼事？」老太太目光一轉，便盯著謝萍如問道。

她在府裡這麼多年，就算不安插眼線，這府裡也沒什麼事能躲得過她的眼睛，這件事一發生，她便已經知道了，只是她不想插手。原本是想讓兒媳婦自己去處理的，可誰知等來等去，卻不見謝萍如出面。

於是她乾脆把裴延兆叫過來。她這個老婆子，少不得要插手一回。

「母親，可是姚氏做了什麼事情惹您生氣了？」裴延兆才進來沒多久，就見裴玉敏和姚姨娘也過來了，而姚姨娘則是剛進門就被叫著跪在了地上。

裴玉敏此時哭也不敢哭，只盼著爹爹或是三哥能幫忙說幾句話。

可是她一想到姨娘方才對三哥說的那些話，心想三哥大概是不會為她們解圍了。

「既然國公爺還不知道，大媳婦妳便與他說說。」裴老夫人端起旁邊的茶盞，不緊不慢地呷了一口。

謝萍如面色僵硬，不得不將今日姚姨娘跪在裴世澤書房門口的事情，告訴了裴延兆。

裴延兆聽完，氣得太陽穴直跳。

不說別的，姚姨娘再怎麼說也是他的妾室，卻跪到他兒子的門口去，這不是明擺著給他丟人嗎？

「混帳東西！」裴延兆一拍椅子上的扶手，怒斥一聲。

一直跪在地上的姚姨娘身子一顫，整個人搖搖晃晃的，像是隨時要摔倒在地上。

裴老夫人瞧了謝萍如一眼，又低頭睨了眼姚姨娘，冷嗤道：「我竟不知這家裡頭姑娘的婚事，何時要讓一個姨娘來張羅了，四姑娘是沒了爹娘嗎？」
這話說得可真是太重了！
一旁的裴玉敏聽了，忍不住低泣一聲。

第一百三十二章

裴延兆立即開口道：「還請母親息怒，都是我管教無方。敏姊兒的婚事，萍如一直都在張羅著，只怪我這姨娘實在是太過自作主張了。」

在禮法上，裴玉敏只能稱姚姨娘為姨娘，她真正的娘應該是謝氏，所以謝氏作為嫡母，不僅要負責教養她，還要為她張羅婚事。可偏偏這次，姚姨娘竟自個兒跑到裴世澤的院子裡跪下，還口口聲聲地求他不要壞了裴玉敏的姻緣。

這可真是把裴老夫人氣得夠嗆，不過她也知道，這件事絕不只是姚姨娘一個人的主意。

在姚姨娘去裴世澤的院子裡跪著之前，她見過誰，裴老夫人可是一清二楚。

「既然大媳婦已經在張羅了，怎麼姚姨娘又會跑到世子爺那邊去無理取鬧？」裴老夫人轉頭逼問道。

謝萍如立即起身，低頭請罪道：「母親恕罪，都是我平日沒管教好姚姨娘，讓她做出這樣的事情。」

「一個個如今說得倒是好，可今兒個怎麼不見妳們好好地處理這件事呢？」裴老夫人可不吃她這套，都是千年的狐狸，她能不知道自己這個大媳婦是個什麼樣的品性嗎？

原本她覺得東川伯府這門婚事，不算好也不算差，世子反對，想來也是怕敏姊兒嫁過去遭罪，畢竟那樣的人家可不算是有規矩的。可她倒好了，為了逼世子同意，竟慫恿姚姨娘過去鬧騰。

「只因國公爺還未回來，所以媳婦便想著待國公爺回來，再與國公爺商議，不想卻叫母親擔心了。」謝萍如還是狡辯道。

此時紀清晨和裴世澤只是安靜地坐著。左右這件事，有祖母為他們作主。

裴延兆這會兒也知道了事情的來龍去脈，他大聲呵斥道：「後宅之事本就是妳的分內之事，妳就算先處理了，難不成我回來還會責怪妳？本就不該讓這樣的事情發生，妳還要讓母親親自過問，當真是愚昧。」

「國公爺說得是，是我愚昧了。」謝萍如順從地應下了。

裴老夫人也不願聽他們夫妻說這些話，只開口道：「姚姨娘不能再留在府裡了。」

此時一直跪在地上瑟瑟發抖的姚姨娘霍地抬起頭，哀號道：「老夫人，賤妾知錯了，求老夫人饒恕啊！」

她一邊砰砰砰地磕著頭，嘴裡一邊喊著恕罪的話。

就連裴延兆都沒想到，老夫人居然要把姚姨娘趕出府。他有些詫異，瞧見姚姨娘求饒的模樣，心中有幾分不捨。雖說姚姨娘早已經色衰，可畢竟一夜夫妻百日恩，他還是幫著求情道：「母親，這樣的處罰著實太嚴重了吧，不如就讓她禁足半年。敏姊兒眼看著就要出嫁了，總不能讓她無法看著敏姊兒出嫁吧？」

「荒唐，她算個什麼東西，不過就是個姨娘，竟敢跑到世子爺的書房前大吵大鬧。是誰給她的膽子，誰給她的面子？」裴老夫人狠狠地拍著桌子。

她一聽見裴延兆幫著姚姨娘求情，心中的怒氣不減反增。

姚姨娘之所以敢這麼做，不就是因為裴延兆平日裡視裴世澤如無物，那可是他的親兒子啊！他不去維護自個兒的親生兒子，卻去維護一個姨娘。

裴老夫人擺明了就是要殺雞儆猴，讓國公府的人都瞧瞧，誰才是這個家裡的主人。

此時一直站在後面的裴玉敏，猛地撲了出來，跪在地上大哭道：「祖母，都是孫女的錯。我不嫁人了，求求您，求求您不要把我姨娘趕出去。」

「姑娘家豈有不嫁人的道理？她不過是妳的姨娘罷了，妳父親和母親會給妳挑好人家的，妳就在家裡安心備嫁吧。」裴老夫人看著裴玉敏，淡淡地說道。原本她還頗喜歡這個孫女，可現在一瞧，也是個跟她姨娘一般小家子氣的，上不了檯面。

裴玉敏哭著抬起頭，用哀求的眼神看向裴世澤。

只是他卻坐在椅子上紋絲不動，而紀清晨則是微微地垂眸，不去看她的眼神。

「此事我心意已定，明兒個便把姚姨娘送到莊子去。」裴老夫人素來就是說一不二的性子。

姚姨娘被嚇得幾近昏厥。

裴玉敏又轉而撲到裴世澤的跟前，哭求道：「三哥，我求求你幫幫我，求求你。三哥你不是一向都很疼我的嗎？你就當是疼我最後一次。」

紀清晨捏緊手腕，要不是她竭力克制著，差點就要罵出口了。原來她也知道，柿子哥哥一向都是疼愛她的。

所以姚姨娘跑去書房哭求的時候，她心底不是不知道，她三哥之所以會反對這門婚事，其實是為了她考慮的。只是富貴誘人，她被東川伯府的爵位給迷花了雙眼，蒙住了心。
裴世澤低頭看著她，小姑娘漂亮的臉頰上滿是淚水，淒楚又可憐。
他伸出寬厚的大手，將她眼下的淚水慢慢拭去。
「別哭了。」他輕聲說道。
裴玉敏依舊緊緊地抓著他的衣袖不放。
「這是三哥最後一次幫妳了。」
紀清晨轉頭看著他，喉頭一酸。她的柿子哥哥終究還是有一顆柔軟的心。
姚姨娘最終還是留在了家裡，不過禁足半年，連裴玉敏都不能去看她。雖然這實在是不近人情，可與被趕到莊子相比，已是不能再更好的結果了。
鬧騰了一番，裴老夫人也累了，便讓眾人都回去。
一路上裴世澤見紀清晨都沒說話，便捏著她的手，輕聲問：「生氣了？」
「我為什麼要生氣？」紀清晨撇嘴，可還是看出了她小臉上的不樂意。
這會兒天色已暗，周圍黑漆漆的，只有前方的丫鬟打著燈籠，透出微微光亮。
裴世澤將她拉近。這風颳了一整天，尤其在晚上呼嘯而過，有些嚇人。
裴世澤低聲道：「我會保護妳的。」就算讓姚姨娘留下來，只要有他在，就絕對不會讓任何人有機會為難她的。
可他不知道的是，紀清晨在意的並非是這個。她憋著一股氣，就是不說話，一回到院子後，她便先進了內室。

待裴世澤跟了過去，關上門，紀清晨才回過神，看著他，有些委屈地說：「我不是在氣你。」

小姑娘的心思總是叫人猜不透，裴世澤覺得他寧願去獵一頭野豬，也不願意去猜測小姑娘在想些什麼。不過他喜歡紀清晨的性子，就是因為她素來有什麼便說什麼，從來不會騙他，也不會與他生悶氣。

「祖母說得對，姚姨娘之所以敢這麼鬧，還不是因為有人在背後搞鬼。」紀清晨恨恨地道。要不是為了紀家的名聲考慮，她還真想不管不顧地鬧上一番。

可她不是瓦罐，她是從紀家嫁出去的女兒，得考慮自己名聲對紀家的影響。寧為玉碎，不為瓦全這種事，她做不出來啊！

裴世澤低頭，吻住她喋喋不休的小嘴。這些煩心事，他不想讓她煩惱。

等這個又深又濃的吻結束，他的嘴唇貼著她的耳朵，輕聲道：「沅沅，妳不是說要給我生個孩子？」

紀清晨登時在他胸膛上輕輕地捶了一下，薄怒道：「哪能說生就生的。」

「看來是我還不夠努力。」裴世澤勾唇一笑。

於是不夠努力的裴世子，便一把抱起她。

第二天早上的時候，紀清晨險些錯過了給謝萍如請安的時辰。況且今兒個還要回紀家，該把年禮送回去了。

出門時，紀清晨瞧著身後的好幾輛馬車，登時驚詫道：「這些都是什麼？」

她怎麼記得自己準備的年禮沒有這麼多，之前不是說裝一輛馬車就夠了？

杏兒在一旁低聲道：「郡主，是世子爺又叫人添了好些個東西，說這是您出嫁的頭一年，不能太寒磣了。」

這叫不寒磣嗎？簡直是太招搖了吧！

等到了紀家，紀湛早就在門口等著她了。

紀清晨特地選了小傢伙不用上學堂的日子回來，要不然到時她見了其他人卻沒見他，下次見面時他肯定會念叨的。

「姊姊。」她一下車，紀湛就習慣性地撲過來。

只是旁邊的裴世澤一下子按住他的肩膀，這才讓他沒去撞著紀清晨。

他低頭看著自己的小舅子，教訓道：「以後不許再這樣撲向你姊姊，小心撞傷她了。」

紀湛身後的曾榕一聽見這話，當即臉上大喜，上前問道：「沅沅，妳是不是有什麼好消息了？」

裴世澤說的話，確實容易叫人誤會。可紀清晨的癸水才過去沒幾天，她肯定自己沒懷孕，所以趕緊搖頭解釋道：「太太，您別聽世子爺胡說，我沒事的。」

曾榕有點失望，不過也只是一瞬。畢竟紀清晨成親才兩個月，哪能這麼快就有好消息。

「趕緊進來，老太太一大清早就念叨著你們為什麼還沒到呢？」曾榕見外頭這般冷，便讓他們都趕緊進來。只是當瞥見後頭那三、四輛馬車時，登時吃驚地張了張嘴。

她不好與裴世澤說，只得問紀清晨：「沅沅，我不是與妳說過，家裡什麼東西都不缺，不用送太多年禮回來，面子上過得去就行了。」

紀清晨只得解釋道：「我原本是聽了太太的話，只叫人備了一些東西，可今兒個一出門，才知道世子爺又叫人給加了兩車。」

那會兒東西都已經裝在馬車上，她也不好再叫人卸下來，所以只能都帶回娘家來了。

曾榕知道這是裴世澤的手筆之後，頓時抿嘴一笑，輕聲道：「世子爺這是喜歡妳、心疼妳，怕妳回娘家失了面子呢。」

她越說越開心，眼角眉梢都帶著一股愉悅的氛圍。

紀清晨有些哭笑不得。她準備的，曾榕就堅決不要，可一提到是裴世澤準備的，曾榕卻眉開眼笑了。她登時挽著曾榕的手臂，輕聲說：「太太，您這樣未免也太偏心了吧。」

「妳這孩子，難不成還與自個兒的相公計較不成？」曾榕在她的額頭上點了一下。

紀清晨甜甜地笑了起來。

走在前頭的兩人歡聲笑語，可後頭的兩個人卻明顯有著隔閡。

紀湛一路上都沒什麼話，只是這並非他的本性。

裴世澤還以為他是因為方才自己攔了那一下，便主動開口問他。可問了幾句，紀湛仍是悶悶不樂的。

等紀清晨轉過頭時，就見裴世澤正蹙著眉在打量紀湛，似乎在想，要怎麼才能與他處好關係？

「湛哥兒。」紀清晨喊了他一聲，小少年馬上兩三步奔上前。

說來紀湛已經九歲，是開始長個子的時候了，不像兒時那般胖乎乎的，反而越發清瘦，細長的身形穿著圓領錦袍，有種小少年的風姿。

裴世澤是看著紀清晨長大的，而紀清晨則是看著紀湛長大的。

「嘛著一張嘴做什麼？看見姊姊還不高興了？」紀清晨瞥了他一眼，輕聲問道。

明知道他不是因為自己而不開心，可紀清晨還是故意這麼說。

果然紀湛立即抬頭，反駁道：「我又不是因為姊姊才不開心的。」

「那是因為誰？」紀清晨笑開來。

紀湛不開口，於是紀清晨便回頭朝裴世澤看了一眼，輕聲道：「難不成是因為你姊夫嗎？」

這會兒紀湛垂下頭，默不作聲。

曾榕瞧著兒子一臉鬱悶的模樣，立即道：「前兩日俊哥兒來玩，結果帶了冰鞋過來，他在冰上滑得不知有多好，聽說是世子爺在宮裡教他的。」

曾榕這麼一說，就是要讓紀清晨還有裴世澤知道，紀湛是因為什麼事而不開心。

紀湛比溫啟俊大，又是他的小舅舅，素來都是領頭的那一個，可現在溫啟俊滑冰都已經滑得有模有樣了，結果他卻還什麼都不會。

紀延生知道這件事之後，頗為支持兒子的喜好，趕緊叫人去給他置辦了一雙冰鞋。可鞋子倒是好辦，這教他滑冰的人卻難找。

紀延生自己是不行的，要他舞文弄墨還可以，這冰上的玩意兒，他打小就沒學會。倒是曾榕安慰紀湛，說等姊夫來了，便讓姊夫教他。

誰知小傢伙這才委屈地說，俊哥兒是在太液池裡滑冰的，聽說那太液池不知比自家的湖面大多少倍；況且俊哥兒還能看冰嬉，他都沒見識過那場面。

不過這也沒辦法，溫啟俊是紀寶璟的兒子，親爹又是晉陽侯世子，出入宮中是常有的事。從前宮裡賞下吃的、用的，紀湛也是不缺的，畢竟紀清晨待他好，都會給他準備一份。

不過他極少有機會能出入宮闈，更別說去太液池邊了。他聽著溫啟俊提起冰嬉的盛宴，只能在心底默默地羨慕。

可紀湛如今也明白了，他和大姊以及七姊並不是同一個娘親生的，如今的皇上是大姊和七姊的親舅舅，卻不是他的親舅舅。

這種不同，讓紀湛心底有點難過。

「原來是這樣啊，待會兒就讓你姊夫教教你，湛哥兒這麼聰明，肯定一學就會了。」紀清晨摸著他的小腦袋，安慰道。

紀湛沒說話，他不想讓自己的心思被別人知道。

一行人一邊閒話家常，一邊來到紀老太太的院子。

眾人向紀老太太請安後，就見紀清晨馬上黏上去，她每次回來都特別喜歡膩在老太太跟前。她知道每回來見祖母一次，就等於是少了一次見面的機會，雖說她不該想這般喪氣的事，可生老病死本就是天道倫理，她只能在祖母還在世的時候，好好地孝敬她老人家。

「祖母，我聽說您不乖，天天都要吃紅燒肉啊。」紀清晨早就聽曾榕說過了。祖母如今愛吃紅燒肉，要是在爐子上蒸一小碗，她能吃下去一大半。只是紅燒肉雖不錯，可到底太過油膩，雖然愛吃，也不能天天都吃。畢竟老太太年歲有些大了，飲食還是要以清淡為主。

老太太登時不樂意了，念叨道：「妳一回來便說我，祖母可要不高興了。」

「好好好，我不說，我也是擔心祖母嘛。」紀清晨輕輕地嘆了一口氣，柔聲說道。

老太太笑咪咪地瞧著她。「擔心我這個老太婆做什麼？妳啊，最要緊的是妳該早些生個孩子給我瞧一瞧，那我就算是閉上眼睛，也都安心了。」

「祖母說什麼呢！」紀清晨馬上不開心地喊了一句。

紀老太太見她生氣了，立即哄道：「沅沅乖，是祖母說錯話了。」

韓氏在一旁瞧著，覺得有些眼紅。

她生的兩個女兒，都沒像紀清晨這樣得老太太喜歡，寶芸就是個不會哄人的啊！不過寶茵說今兒個會回來，也不知怎麼回事，竟這麼久還沒到家。

等過了好一會兒，丫鬟進來通傳道：「老太太，五姑奶奶跟五姑爺回來了。」

老太太聽了，臉上一陣欣喜。「趕緊叫他們進來吧。」接著又碎唸道：「這外頭多冷啊，還讓孩子們一個個送東西回來，往後這年禮派人送過來得了。」

曾榕立即笑了。「可是您先前不是還念叨著幾個姑奶奶怎麼都不回來呢？」

長輩就是這般，孩子不回來的時候，便日日想著，等到回來了，又覺得孩子們一路奔波太過辛苦，心疼得厲害。

等紀寶茵和方孟衡進來，就見夫妻倆臉上都喜氣洋洋的。

韓氏一瞧見紀寶茵，就見臉頰豐腴了不少，再看方孟衡走在她身邊，眼睛不時地往妻子身上看。韓氏是過來人，這一看就知道，女婿是對寶茵上了心呢。

待兩人給上首的老太太請安後，方孟衡便要開口，可誰知紀寶茵卻拉著他的衣袖，似是不想讓他說話。

老太太自是瞧見他們之間的小動作，便道：「孟衡可是有什麼話想與我說？」

「確實是有個喜訊想告訴祖母和岳母。」方孟衡一說完，老太太和韓氏臉上登時都露出喜色，韓氏的目光更是不加掩飾地往紀寶茵的肚子上打量著。

果然，方孟衡道：「今兒個出門時，茵兒有些不舒服，我母親便叫人請了大夫，這才發現她已有兩個月的身孕了。」

一時間所有人的視線都往紀寶茵的肚子上瞧過去，直叫紀寶茵羞得垂下頭。

「這可真是好消息，趕緊叫茵姊兒坐下，今兒個你該讓茵姊兒在家裡休息的。」老太太馬上叫丫鬟扶著紀寶茵坐下。

紀寶茵笑道：「我是坐馬車回來的，況且一路上馬車也行得極其緩慢，祖母別擔心，不礙事的。」

紀寶茵就是想著要親自回來，告訴祖母和娘親這個好消息。因為她三姊成婚後好幾年都沒懷孕，惹得她舅母一直想給三姊夫納妾，所以她一成親，韓氏便叮囑她要照顧好自己的身子，還帶她去問醫，就盼著她能懷孕，可千萬別像她三姊那般。

因而她得知自己有孕，第一時間便想回家告訴母親。

眾人都樂壞了，只是紀清晨一抬頭，就瞧見裴世澤意味深長地看了她一眼。

沒一會兒，老太太便留下紀寶茵說話，讓裴世澤和方孟衡兩個身為姊夫的人，帶著紀湛還有大房的幾個孩子出門去玩了。

紀湛早就躍躍欲試，他一直在等著七姊夫來教他滑冰呢。等下回溫啟俊再過來，自己肯定能比他滑得好。

連太液池都凍出了那般厚實的冰層，紀家花園裡的湖面，自是不在話下。

方孟衡也不會滑冰，所以便留在旁邊陪悅姊兒玩。

小姑娘說起話來又甜又軟，方孟衡一路抱著她，就聽她甜甜地喊著五姑父。他心底歡喜地想著，等明年，也會有個軟軟的小傢伙叫他爹爹了。

只是方孟衡完全忘記，就算明年紀寶茵生了孩子，等小傢伙能叫人，那也得是後年的事情了。

第一百三十三章

裴世澤穿上冰鞋，在冰上隨意地滑了一圈，叫紀湛看直了眼睛。

而岸邊，被方孟衡抱在懷中的紀悅更是高興地直拍手道：「小姑父好棒，好厲害。」

方孟衡氣得直咬牙，心中不禁想著：小姑娘，現在可是我在抱著妳啊。

可他也只敢在心底想想，完全不能拿小姑娘如何。

等裴世澤做出一個張開手臂的動作，在冰面上旋轉起來，紀湛都覺得眼睛要花了，直到裴世澤重新滑到他身邊，定住身形，問道：「想學嗎？」

「想。」紀湛猛地點了下頭。「我要學。」

「那還生姊夫的氣嗎？」裴世澤輕笑了一聲，問道。

紀湛馬上用力地搖搖頭。

待紀清晨找過來時，就見冰面上正勇往直前的紀湛，驚得她眼睛都瞪直了。待她走到湖邊，裴世澤一瞧見她，便立即滑到她身邊。

「湛哥兒已經學會了嗎？」紀清晨自是驚訝，畢竟這才多久的工夫，他怎麼學得如此快呢？

裴世澤回頭瞧了一眼，再回頭時，滿臉的驕傲。「這小子以後是個人才。」

紀清晨正要細問，結果便聽見一聲巨響，她再抬頭，就看見紀湛整個人趴在冰面上。她嚇得趕緊要跑過去，卻被裴世澤一把抱住。

「你放開我，沒瞧見湛哥兒摔倒了？」紀清晨著急地推著他。

誰知就在此時，趴在冰面上的小少年卻慢慢地爬起來。她只能瞧見他的背影，所以看不到此時他的臉上該有多痛的表情，可就算是這樣，他還是撐著手腳，努力地站起來。小傢伙大概是疼得太厲害了，他的雙手搭在膝蓋上，背微微彎曲著。

又過了一會兒，他便慢慢地往前滑過去。

紀清晨驚訝地看著他往前滑，本想要開口叫住他，可又怕讓他分心，要是因此再摔一跤可就不好了。

「我說過吧，這小子以後有出息。」裴世澤安靜地看著不遠處的紀湛。這種不達目的誓不甘休的精神不是誰都有的，也不是誰都能在摔倒之後，迅速地站起來。

在紀清晨還沒來的時候，紀湛就是這樣摔倒幾次，就爬起來幾次的。

不叫苦，也不喊一聲疼，他只是默默地站起來，然後再肆無忌憚地往前滑去。

紀清晨看著小傢伙倔強的背影，溫柔地笑開來。

紀寶茵的好消息讓整個紀家的人都開心不已。原本她是送年禮回來的，結果回去的時候，倒是又讓韓氏給塞了一堆東西帶回去。

紀寶茵臨走的時候對紀清晨道：「我好幾次叫妳來家裡玩，妳竟都不來。」

紀清晨也是因為剛成親沒多久，所以不想太頻繁地出門，不過她這次卻保證道：「五姊妳安心養胎，待過幾日我便去看妳。」

「那咱們可說好了，妳不許耍賴。」紀寶茵盯著她笑道。

待她上車離開之後，紀清晨也和裴世澤準備回去了。

曾榕一臉的不捨，低聲道：「妳爹爹今兒個在衙門裡，妳現在回去，倒是連他的面都見不上了。」

紀清晨被她說得鼻子一酸，連眼眶都酸澀得厲害，連忙道：「太太，我又不是不回來了。過幾天便是過年，到時候還要上門向您和爹爹討紅包呢。」

「好好好，這是妳頭一年成親，我給妳和世子爺包個最大的。」曾榕立即道。

紀清晨笑開來。曾榕每年都能找到理由給她包一個最大的紅包，去年的理由是，那是她在家裡過的最後一個新年。

待她上了馬車後，裴世澤也知道她回娘家後離開，心底總會失落，所以他沒說話，只是將她抱在懷中。

過沒兩天，裴玉欣突然來到她的院子。因裴玉欣的婚事就定在明年三月，所以婚事一定下，董氏便把她約束在房中繡嫁妝，她來紀清晨房中的次數已是屈指可數了。

她一進來，便把丫鬟都叫了出去。

紀清晨見她神色難得凝重，心中有些疑惑。

裴玉欣壓下心中的震驚，問道：「沅沅，我問妳一件事，妳要老實回答我。」

「什麼事？妳問。」紀清晨瞧著她的神色，心想到底是什麼事情竟讓她看起來如此忐忑不安？

裴玉欣抬頭看著她，細聲說：「三皇子的母親，真的是三哥的親娘嗎？」

紀清晨霍地瞪大眼睛，深吸了一口氣，想讓自己臉上的神情別那麼慌張。可方才那一瞬間的表情，早已洩漏了出去。「妳是怎麼知道的？」

紀清晨知道這件事終究是紙包不住火的，就算今日矢口否認，可安素馨是三皇子的親娘，遲早要回到宮中去。

舅舅喜歡安素馨，要不然從前也不會冒天下之大不諱，從遼城冒險到京城來救她。

可這份喜歡，如今卻叫旁人覺得難堪，定國公就是其中最沒面子的一個。

前定國公夫人假死之後，竟搖身一變成了新皇的寵妃，還生有一個皇子，這頂綠帽子就這麼蓋了下來，他連躲都躲不掉。

紀清晨見過裴延兆看著裴世澤，那種毫不掩飾厭惡的眼神。一個父親之所以會那樣痛恨自己的兒子，讓紀清晨不由得猜想，他會不會早就已經知道這件事了？

如今連裴玉欣都知道了……

「是我娘與我說的，我娘還說京城裡都在傳這個消息。」這件事差不多在世家大族之間都傳遍了，只是此事著實太過令人震驚，所以眾人也只敢在私底下議論紛紛。

其實半個月前便有這個傳聞了，只是誰都不敢當面詢問裴家的人，還是董氏這次回娘家，她娘家嫂子實在忍不住了，才開口問她這件事。

董氏聽了之後完全傻眼，她沒想到竟會有這樣的事情。

她原本還矢口否認，可後來才知道，竟是原本給定國公府提供各種珍貴花苗的一戶人家，也不知怎的走通了宮裡的路子，負責提供鏡春園裡冬天的花草。

這戶人家已有百年的手藝，原本一直是兒子在外頭行走，可這次是頭一回給鏡春園送花苗，因為怕有個什麼萬一沒伺候好，所以他家老子便也跟著進了園子，沒想到卻瞧見了已經死去的定國公夫人。

可京城的勛貴都知道，如今住在鏡春園的，乃是三皇子的母親。

其實之前關於這位三皇子母親的身分，早已傳得沸沸揚揚，可這會兒被揭露出來，到底還是叫人吃驚。

裴玉欣說完，也沈默了，半晌才顫抖著說：「怎麼會這樣？」

紀清晨不知道該怎麼說才好。明日便是大年三十了，如今她卻連一點過年的心情也沒有。雖然心底早有準備，可真正要面對時，還是讓她有些不知所措。

「三哥知道嗎？」裴玉欣抬頭問他。

紀清晨撇過頭，不再說話。

裴玉欣卻一下子明白了她的意思。三哥是知道的……

是啊，三哥曾經護送沅沅前往遼城，那時候他應該就知道了吧，可偏偏他什麼都沒說。

「你再說一遍！」裴延兆惡狠狠地盯著他。

裴世澤站在他的面前，身子挺得像松柏一樣筆直，眼睛直直地看著對面牆壁上的山水畫，只是臉頰上的一巴掌，讓他的耳朵一直嗡嗡地響。父親這巴掌壓根兒就沒留情面，不過，他也早已習慣了裴延兆對他的無情。

「你早就知道這件事了是不是？你就等著看老子笑話呢！」裴延兆氣得在原地轉了一圈，又惡狠狠地吐了一句。「那個賤女人。」

死都死不乾淨，竟叫他丟盡了臉面。一想到外頭那些人瞧他的眼神，裴延兆就恨不得提刀去殺了那個女人。

「如今她是宸妃娘娘，是三皇子的生母，父親你這般稱呼她，若是叫旁人聽見了，只怕會惹來大禍。」裴世澤靜靜地道。

裴延兆沒想到他會這麼說，抬起腳就狠狠地踢了過去。

裴世澤連躲都沒有躲，讓父親一腳踢在自己的腿上，可他仍站在原地，竟連半步都未退。

反倒是踢人的裴延兆像是受到了莫大的侮辱般，一張老臉脹得通紅。

這個長子早已長得比他還要挺拔，比他還要高大，眉宇間盡顯剛毅堅強，自己全力以赴的這一腳，竟讓他絲毫不放在眼裡。

裴延兆早就氣得發瘋，一想到安素馨給他帶來的屈辱，再加上她生的兒子居然還敢占著定國公府世子爺的位置……裴延兆走向牆壁上掛著的一把劍，他伸手握住劍柄，將劍拔出鞘。

寒光掠過，裴世澤抬頭看著那銀白耀眼的劍身，過往在眼前浮現。

他年少時，勤奮地學著劍術，比誰都還要努力，他曾以為，只要他變得強大了，父親就會喜歡他，可最後才發現，不管他再怎麼努力，父親的目光始終只關注五弟。

現在這拔出鞘的劍，也斬斷了他最後一絲奢望。

裴延兆提劍便往裴世澤衝過去，誰知房門卻「砰」地一下被撞開。他抬眼看過去，只見紀清晨闖了進來，當即怒斥道：「放肆！我的書房也是妳能隨便闖的？」

紀清晨方得知裴世澤被裴延兆叫進書房，便坐立難安，最後乾脆帶人闖進來。沒想到竟讓她看見，裴延兆膽敢提劍對著她的柿子哥哥。

「清晨，妳回去。」裴世澤立即低聲道。

事情發展成如今這般，紀清晨又怎麼會退縮。

她還不懂他嗎？平日裡不管裴延兆對他如何過分，他都是默默承受，每次都只會說，他是父親，自己是兒子，哪有兒子違逆老子的道理。

可現在呢？這老子都已經提劍要殺兒子了。

紀清晨抬頭看向他的臉時，只見白皙瘦削的臉頰上，一道五指手印清晰可見，一股怒氣瞬間升起，她冷冷地道：「那就請國公爺看清楚，如今站在你面前的，可不單單是你的兒媳婦，還是皇上親封的元曦郡主。」

「好呀、好呀！居然敢拿郡主的頭銜來壓我。」裴延兆已氣得雙目通紅，他恨不得立即殺了面前的兩個人。

失了理智的裴延兆，在下一刻已舉起了劍。
裴世澤見狀，馬上一個箭步過來，將紀清晨整個人護在他的身後。
紀清晨眼眶一紅，心中大慟。他從不違逆、也不反抗他的父親，可今日卻為了保護她，擋在他父親的面前。
「世子爺乃是皇上親封的，他也是朝廷正三品官員，國公爺如今拿著劍，是想做什麼？」紀清晨一腔悲憤，直勾勾地盯著裴延兆怒道。
裴延兆都敢拿著劍對柿子哥哥喊打喊殺，紀清晨也不再顧忌什麼了，大不了就是告到皇上跟前，看看她舅舅到底是心疼她這個親外甥女，還是會幫著這不知好歹的定國公？
裴延兆沒想到紀清晨平日看起來溫柔可人，笑起來更是甜美，如今卻是動動嘴就能把人堵得說不出話來。
「好呀，看來郡主是要教訓我這個當公公的了。」裴延兆連連吸氣，看起來震怒不已。
紀清晨知道他會用不孝的名義教訓自己，不過她也不在意了，只怒道：「要是國公爺行事妥當，我自是不會多說一句。」
裴世澤伸手握住她的手掌，低聲道：「沅沅，我送妳回去。」
紀清晨又氣又惱，卻堅決不走。
裴世澤見她這般，只得低聲道：「沅沅，妳聽話。」
「我不走，我若是走了，他還不知道要怎麼欺負你呢。」紀清晨落下眼淚，仰頭盯著他，一臉的悲傷。

裴世澤哭笑不得，就連對面的裴延兆聽見她的話，也突然冷靜下來。

他提劍能做什麼？無非就是嚇唬、嚇唬裴世澤。從前對這個兒子，他想怎麼教訓就怎麼教訓，可現在不行了，才剛罵兩句，就有人跑出來護短了。

謝萍如今天來得倒是快，紀清晨抵在門口死活不出去的時候，她便到了。一瞧見屋子裡頭亂成一團，她登時著急了，又看見裴延兆手上拿著的劍，她立即過去道：「老爺，世子爺再有什麼不對的地方，您口頭上教訓一下也就是了，何必這般舞刀弄槍的？要是傳了出去，可怎麼得了？」

她這一開口，倒是把錯全都推到裴世澤的身上。

紀清晨雖然知道他們待裴世澤不好，可還是頭一回這麼赤裸裸地瞧見他們的冷漠，竟連掩飾都不掩飾一下的。

待她說完，又轉頭對紀清晨道：「還有郡主您也真是的，國公爺與世子爺怎麼說也是父子，這父子倆哪有什麼深仇大恨，您說國公爺會欺負世子，那是把國公爺當成什麼人了。」

謝萍如再度反咬一口。

反正說來說去，錯的都不是裴延兆，是裴世澤不聽話惹了他爹生氣，而紀清晨更不懂事，居然敢在裴延兆打人的時候，衝進來維護自己的相公。

紀清晨氣笑了，既然謝萍如都不要臉了，她也沒打算給他們留臉面。

「太太，清晨所說都是實話罷了，她何錯之有？」裴世澤定定地看著謝萍如，眼中露出不屑。

謝萍如沒想到他會如此護著紀清晨，當即梗住。

她求助地朝裴延兆瞧過去，可此時裴延兆已徹底清醒過來。他看著紀清晨，眼中閃爍，要是這個兒媳婦只是一般人，他自是不用在意，可如今全京城誰不知道，皇上幾乎把她當成女兒一般疼愛。

若是她到皇上跟前說了他什麼壞話……

「好了，這件事就到此為止。」裴延兆看著裴世澤，要他離開。

紀清晨沒想到他會這麼輕易就讓他們走了，她如今站在這裡也是強撐著，所以裴延兆一揮手，她趕緊拉著裴世澤離開，生怕他再說些別的。

等兩人出了門，她還是拉著裴世澤一直往前走。

等到了花園裡，她踩著小碎石，險些跌倒，才叫裴世澤抱住。

「沅沅。」裴世澤摟著紀清晨，緩緩地喊道。身後的丫鬟都趕緊低頭，不敢偷看。

紀清晨一直憋著的委屈，這才徹底爆發了。

裴世澤心痛，一直抱著她，低聲說：「沅沅，對不起、對不起……」

「柿子哥哥，你有什麼錯？」紀清晨靠在他懷中，哭著說。

你有什麼錯？明明做錯事的是別人，可最後承擔後果的卻是你。

紀清晨從未像現在這般討厭安素馨和裴延兆，甚至連舅舅都是。上一輩人之間的荒唐事，最後卻要叫他們這些小輩來承擔。

紀清晨覺得不公平，卻忽然意識到，為何上一世他會一直孤身一人了。

那麼多的事情壓在他肩上，他又是個從來不會把苦和累說出口的人。上一世，他一定很辛苦吧。

就在裴世澤要將她抱起來時，紀清晨這才不敢再哭了。

她輕輕地拍了下他的手臂，帶著哭腔道：「不要，會被人家笑話的。」

「那妳還哭嗎？」裴世澤低頭看她。

紀清晨立即乖巧地搖頭，一張白嫩小臉微微揚起。

他看著她眸中的水光，心疼地親吻了下她的眼，鹹澀的淚珠沾在他的唇上，讓裴世澤忍不住將她摟得更緊。

她每一次哭都是因為他，明明不想讓她傷心，卻不想還是讓旁人把她給傷了。

「下回再遇到這種事，妳就乖乖待在院子裡，我會看著辦的。」裴世澤低聲說，他的拇指指腹在她嫩滑的小臉擦了下。

明日便是大年三十了，卻還叫她難過了一場，因此紀清晨委屈地說：「可你每次都只會乖乖地站在那裡挨打。」

「下次我不挨打了，他若是揍我，我就跑。」裴世澤輕笑一聲。

紀清晨噗哧一聲笑了出來。

她又是哭、又是笑的，這會兒淚珠還掛在臉頰上沒乾呢，就被他逗笑了。

她氣得在他肩膀上輕輕打了下。「別逗我。」

「沅沅笑起來才好看，我喜歡看妳笑。」他低頭，認真地說。

藉著清冷的月光，紀清晨看著他深邃如海的眼眸。從小到大他就是這樣認真，就連跟她說情話的時候，都是一本正經的模樣。

紀清晨抱著他。她喜歡的這個人，一直都沒變。

第一百三十四章

謝萍如將房門關起來後，便去將裴延兆手中的劍拿過來，待她把劍重新放回牆上的劍鞘裡，才輕聲道：「老爺這又是何必呢？」

「妳也知道了？」裴延兆一臉冷厲地問道。

謝萍如自然清楚他所問何事，只是現在再說這些，為時已晚。她輕聲說：「我也不過才剛聽說而已，這樣的事情，旁人又怎麼敢當面詢問妾身呢？」

「如今所有人都把咱們定國公府看成一個笑話了，那賤人不僅沒死，還幫皇上生了一個孩子。」裴延兆轉過身，一拳便捶在桌上。書桌上的筆架微微晃動，筆洗中的清水被震出一圈又一圈的波紋。

裴延兆恨不得親手殺了安素馨，可偏偏他連她的面都見不到。

「我早就與老爺說過了，這件事是瞞不住的。」謝萍如嘆了一口氣，幽幽地說。她瞧著裴延兆的模樣，心中真是又痛快又難受。

別以為她不知道他在外頭養了一個小妖精，就租了個宅子，藏在槐花胡同那邊。他以為藏得深，不會被發現，可謝萍如與他做了十幾年的夫妻，又怎會不知道他的這些小動作？

他雖然只是偶爾過去，可這些日子他竟連周姨娘那個賤蹄子都不碰了，可不就是被外面的狐媚子給迷花了眼。

周姨娘都能花銀子從他身邊的小廝打聽到消息，謝萍如自然是早就知道了。

不過，她可不會輕易提起這件事，就讓這兩個賤人先鬥鬥法，而她則是作壁上觀，等著她們兩敗俱傷。

所以這會兒安素馨的事情爆了出來，謝萍如自然是痛快多過痛恨。她是拿裴延兆沒法子，可安素馨的事情卻能時時讓他感受到恥辱，如今這件事爆發出來，他和裴世澤兩父子，在整個京城都要抬不起頭來了。

一個是被戴了綠帽子的男人，一個則是賤人生的種！

「老爺，您別太生氣，想來這些流言也只會在京城裡流傳一陣子，待過些時日，自然就煙消雲散了。」謝萍如溫柔地安慰他，一字一句皆是小心斟酌過。

果然裴延兆的臉色稍稍緩和了，只是眉宇間的戾氣還未散去。安素馨的事情固然叫他覺得丟人，可今兒個的事也讓他臉面盡失。他道：「這個元曦郡主仗著有皇上寵愛，便不將長輩放在眼中，著實可惡。」

謝萍如心中暗喜。雖說她一直都在裴延兆跟前有意無意地抹黑紀清晨，但總抓不到她太大的錯處，沒想到這一次她卻自己跳出來維護裴世澤，正好戳中了裴延兆的痛處。

因裴玉寧一事，謝萍如早就對紀清晨恨到骨子裡，平日她一臉笑意地與紀清晨說話時，腦子其實恨不得要她立刻去死，可她偏偏拿紀清晨一點辦法也沒有。好在如今連裴延兆也厭惡她，終於讓她等到這一天。

只聽她柔柔地嘆了一口氣，還是安慰道：「那又如何是好？誰叫人家是元曦郡主，聖上的心頭寶呢。」

「她是我裴家的兒媳婦，聖上難道還能寵她一輩子不成？」裴延兆怒道。

謝萍如又說：「可我聽說太子爺也挺喜歡她，以後就算是沒了聖上，太子爺不也照樣寵著她嗎？」

她這話簡直是火上添油，裴延兆怒氣越盛，卻毫無辦法。他的一股怒氣全悶在心裡，那就像是你瞧一個人不順眼，可她靠山著實太過強大，以至於你不得不憋著這口氣，盼著哪一天她的靠山倒了。可誰知轉頭卻又發現，就算她這個靠山沒了，下一個靠山還是一樣強大。

裴延兆瞬間感到喉頭有一股腥甜的味道，竟是氣到吐血了。

紀清晨醒來時，裴世澤就睡在她身邊。

這幾日衙門已停止當差，就連皇上都不處理公務，所以一向早出晚歸的裴世澤，有了難得休閒的時刻。

紀清晨想起昨晚，她被他帶回來，原本還想要接著再哭，誰知卻被他壓在床上，吻得意識模糊。

就連最後去淨房裡頭，都是被他抱著去的。

紀清晨透著晨光，細細地打量著他的臉龐。他少年時，身形消瘦秀氣，長相更是有種雌雄莫辨的美，可如今經過這麼多年在軍營裡的鍛鍊，早已褪去了年少時的面貌，變得英俊挺拔，就連肩膀都寬闊極了。

突然裴世澤一個轉身摟住她的肩膀，將臉埋在她的鎖骨中，深深地吸了一口氣，輕聲說：「沅沅，妳真香。」

紀清晨大笑，伸手便去捏他腰腹上的肉，還真是又硬又結實。

只要和他在一起，就算有再大的困難，似乎都不叫事了。

只是她沒想到的是，大年初一進宮的時候，會見到安素馨。

安素馨見到她一臉吃驚的模樣，便溫和一笑，輕聲道：「皇上見我一人在園子裡清冷，便叫我回宮過節。不過宮宴我是不便出席了，便想著在這裡等著，看能不能與妳說說話？」

紀清晨瞧著她一臉恬靜，一副歲月靜好的模樣，登時就笑了。

「只可惜我沒什麼話好與您說的。」紀清晨看著她，神情淡漠。

裴世澤為何會受到裴延兆的責難，紀清晨可是一清二楚，所以她不可能對罪魁禍首有什麼好臉色。

更何況，她還過得如此舒心安然，讓紀清晨心中感到更加厭惡。

「你們可還好？」安素馨沒想到她會這麼說，忍不住問道。

在她們說話前，紀清晨已叫身邊的丫鬟在旁邊等著，而安素馨的宮女也站在不遠處，所以此處只有她們兩人獨處。

紀清晨抬頭看著她。「如果宸妃娘娘知道如今京城裡的傳聞，就不會問我這句話了。」

「京中傳聞？」安素馨微微驚詫，隨後臉色一變，急道：「可是與本宮有關？」

紀清晨著實不願再見她這般無辜的模樣，轉身便離開了。

「郡主。」杏兒追上去，見她面色陰沈，小心地喊了一句。

紀清晨沒說話，徑直往前走。

裴世澤被皇上宣到勤政殿去了，而紀清晨則要到鳳翔宮給皇后娘娘請安。因今日宮宴人多口雜，再加上裴老夫人這幾日身子有些不適，因此謝萍如趕緊向宮裡告假，說要留在家中照顧裴老夫人。

原本紀清晨也想一併告假的，只是謝萍如卻說他們一家子都不進宮，倒也不好，所以紀清晨便進宮來請安，只是沒想到會在這裡遇到安素馨。

待她到了皇后宮中，便見殿內已有不少人在了。今日不僅長孫昭在，就連康安侯府的嫡次女孫新芳也在，她選秀的時候被指婚給二皇子。

先前當街調戲紀清晨的孫炎便是她的親哥哥。不過反正她是被指給殷明然的，紀清晨一向與這位二表哥井水不犯河水，他娶什麼樣的妻子，她自然不會在意。

「見過皇后娘娘。」當著眾人的面，紀清晨還是規規矩矩地叫了皇后，沒有如以往般稱呼其為舅母。

方皇后立即叫她起身，輕聲問道：「聽說裴老夫人病了，如今怎麼樣了？」

「昨兒個有些著涼，已請了太醫，今日晨起已好了不少。夫人留在家中照顧老夫人，無法進宮給聖上還有皇后娘娘請安，便讓臣女過來。」紀清晨微微笑道。

方皇后這才放心地說：「既是這樣，那就好了。」

紀寶璟今日也進宮來了，紀清晨坐下後，這才得空叫了一聲姊姊。

紀寶璟見她方才進來時，臉色微慍，此刻也不好問起，只好等一會兒得了空再問問她。

這會兒方皇后正與端妃說話，她乃是殷明然的母親，也是孫新芳未來的婆婆，而孫新芳此時就坐在她的身邊，一臉乖巧恬靜的模樣。

坐在紀清晨身邊的長孫昭，這時候突然轉頭問道：「郡主，元宵節妳是要進宮，還是在外頭賞燈？」

紀清晨沒想到她會問這個，想了一下之後，道：「我素來都是在街上賞燈的。」

其實宮裡製作的宮燈自是漂亮，掛在湖邊的長廊上，整整齊齊的一排，晚風一吹，微微轉動。可她素來就是個喜歡熱鬧的性子，外頭街上的花燈製作得或許沒這般精美，不過那樣的煙火人間氣息，卻叫紀清晨喜歡。

「那我能與妳一道嗎？」長孫昭期待地說，接著又自嘲道：「我娘親如今還在福建呢，恒國公府的其他人也都在福建，如今京城的宅子裡，只有我與我爹爹在，平日裡我連個說話的知己都沒有。」

紀清晨立即道：「當然可以，正好定國公府裡的姑娘多，到時候把大家約了一起賞燈，更加熱鬧。」

「好呀、好呀。」長孫昭點頭，直盯著紀清晨瞧。

紀清晨被她看得有點尷尬，就聽她輕聲道：「清晨妹妹，妳人可真好啊。」

長孫昭是個別人對她好，她就會主動和人家親近的人，所以這會兒紀清晨一答應，她馬上改口叫起清晨妹妹了。
不過她的性子倒是與裴玉欣有點兒相似，所以紀清晨才會一口答應。
等得了空，紀寶璟便拉著紀清晨到一旁說話，不過卻是思慮再三，話到了嘴邊，可怎麼也問不出口。
紀清晨瞧著大姊欲言又止，一副想問又不知該從何問起的模樣，登時笑道：「大姊，妳是不是想問我關於宸妃的事？」
紀寶璟見她主動說了，便問道：「這件事是真的嗎？」
紀清晨點點頭。紀寶璟雖然早覺得這樣的話絕不是空穴來風，可還是一驚，隨即便道：「那三皇子，豈不是……」
豈不是裴世澤的親弟弟？
紀寶璟突然覺得這關係可真夠亂的。殷景然是紀清晨的親表弟，然後又是裴世澤的親弟弟，這都叫什麼事啊。
倒是紀清晨還挺泰然的，笑道：「事已至此，便是再說，也無濟於事了。」
「我當初聽到這些傳言時還不敢相信，沒想到竟是真的。」紀寶璟無奈道。
紀清晨又將她方才遇見安素馨的事情，告訴了紀寶璟。紀寶璟目瞪口呆，連連道：「她這時候竟還敢進宮來？」
「她有什麼不敢的？她可是舅舅親封的宸妃呢。」紀清晨嘆了一口氣。別說是搶臣子的妻子了，在史書的記載中，皇帝搶親兄弟妻子的也不在少數啊；況且安素馨如今是三皇子的生母，丟臉的也只有定國公府。

紀寶璟自然不會怪罪殷廷謹，畢竟她一心向著殷廷謹，何況當年可是舅舅救了安氏的。只恨這個安氏，竟是個貪生怕死的，當初既然一走了之，如今又何必出來禍害人呢？

「世子爺知道這件事嗎？」紀寶璟倒是有些擔心裴世澤。她也是打小便與裴世澤認識，知道他這個人有什麼事都喜歡自己扛著。

紀清晨與紀寶璟之間沒什麼秘密，自是都說了。

關於裴延兆針對裴世澤一事，她也與紀寶璟說了。這些事，她一向埋在心底，連曾榕都沒說過。畢竟說了又能如何？人家親爹怎麼對待自己的兒子，豈是外人能干涉的。

可這次裴延兆著實太過分，因此紀清晨便忍不住與紀寶璟抱怨一番。

等紀寶璟聽到她與裴延兆翻臉時，便又是溫柔，又是無奈地瞧著她，輕笑道：「妳還真是打小就這般護短。以前有一次我與三妹吵架，妳衝在前頭幫我，最後祖母還罰妳跪了祠堂，妳可還記得？」

那是紀清晨第一次被老太太罰跪，自然記得格外清楚。

可不管是那一次還是如今，她從來都沒後悔過。她想保護她要保護的人，如果連這種時候她都不站出來，那要等到什麼時候呢？

紀寶璟捏著她的耳垂，柔聲說：「我知道妳的性子，勸妳肯定是沒用的，可不管如何，可不能讓自己吃了虧。」

紀清晨微微揚了下頭，輕哼道：「姊姊，從小到大，妳見我吃過虧嗎？」

紀寶璟見她還得意起來，登時捏了下她的臉蛋，笑道：「都多大的人了，怎麼還這樣孩子氣？」

「在姊姊跟前，我永遠都是小孩子。」紀清晨抱著她的手臂，撒嬌道。

待到了元宵節，就連一心備嫁的裴玉欣都獲得恩准，與紀清晨她們一道出門去。

雖說二房也有兩位嫂子，不過二房素來與她們大房和三房的姑娘不熟，所以三個姑娘還是更願意跟著紀清晨。

之前裴玉敏因為姚姨娘的事，一直戰戰兢兢的，過年的時候，她甚至還繡了好些個繡品送給裴世澤。

紀清晨知道他這個人雖然有時候心軟，可素來就是個說到做到的人。自從那次姚姨娘哭鬧的事件之後，關於裴玉敏的婚事，他便再未阻攔過。

裴玉晴大概也聽說了一點兒消息，因此同樣戰戰兢兢的，每回和紀清晨說話，都小心翼翼。原本她們之間相處得還算融洽，被這一番折騰，倒像是又回到了之前彼此陌生的時候。

只是人生本就不能一帆風順，這一世，她早已得到太多，如今便是有些挫折，又能如何呢？

裴老夫人如今年紀大了，自然不能去人多的地方，若是一個不小心擠著、碰著而受傷，那還得了。

倒是謝萍如今兒個卻來了興致，拉了董氏還有二太太王氏一起出門。

紀清晨因與長孫昭約好了，所以便叫人預先定了酒樓，倒也沒定在別處，就是她自個兒的酒樓。這間鋪子是她的陪嫁，雖說未名滿京城，不過勝在鋪子的位置不錯，在繁華的大街上，如今一間包廂的價格，那可是得以翻倍的價格才能訂到。

謝萍如在人前一向待紀清晨大方，況且她又約了未來的太子妃，自然不好耽擱，於是她吩咐兩句，便讓她們趕緊出去。

裴玉欣她們姊妹三人還是頭一回見到長孫昭，雖說早已耳聞，可聞名不如見面。長孫昭身材高眺，眉宇間有著女孩少有的爽朗英氣，一雙明眸顧盼生姿。

「這位便是長孫姑娘。」紀清晨介紹道。

接著她又替長孫昭介紹了裴家三姊妹，介紹完之後，長孫昭便笑道：「也不知妳們都喜歡什麼樣的，我便叫人多買了幾個上來。」因長孫昭比她們來得早一些，所以已叫人下去買了面具上來。

何止是多買了幾個，這桌上擺著十幾個面具呢，她們也不過才四個人而已。

「哪裡用得了這樣多？」紀清晨登時笑道。

長孫昭又說：「沒事，妳們就挑自個兒喜歡的，反正妳們不是還帶了丫鬟來嗎？一人一個便是了。」

於是，大家開始精心挑了起來。

紀清晨選完之後，便往窗子邊站過去。

此時裴世澤就在對面，方才她上來的時候，就瞧見對面有賣糖葫蘆的，便鬧著叫他給自己買糖葫蘆。況且樓上有長孫昭在，他對長孫昭來說是外男，上來不方便，所以她便叫他在樓下等著，待她與長孫昭打過招呼，便下去與他一塊兒看花燈去。

裴世澤今日身穿寶藍圓領錦袍，腰間繫著一條銀色暗紋腰帶，頭上戴著的玉冠在周圍燈火的照耀下，光華越發溫潤內斂。

此時他正好回頭，就瞧見二樓窗口的人，面上戴著一個小兔子面具，正衝著他招手。淘氣。他搖頭一笑，便叫子息付銀子，買了幾串糖葫蘆。

紀清晨看著他拿了一根糖葫蘆在手裡，衝著她的方向揚了下，似乎在問，妳怎麼還不下來？

就在此時，突然一行人走到裴世澤身邊，紀清晨定睛一看，為首的竟是柏然哥哥。

只見殷柏然的穿著極為低調，就連身邊帶著的侍衛都是普通打扮。他走到裴世澤的身邊，與他低聲說了一句。

接著紀清晨便看見裴世澤手中的糖葫蘆，掉在了地上。

然後他走了。

她沒看見他臉上的表情，她只瞧見他轉身離開的背影，有些倉皇、無助。

紀清晨轉身便往樓下衝，待她一路跑到對面時，殷柏然正準備離開。她擋在他的跟前，喊道：「柏然哥哥。」

她雖戴著面具，可殷柏然知道是她。

小姑娘抓著他的衣袖，想問究竟發生什麼事了，可嗓子彷彿被堵住般，出不了聲。

直到殷柏然按著她的肩膀，輕聲說：「沅沅，宸妃只怕快撐不住了，妳也一起去吧。」

一年一度的元宵節，街上來來往往都是臉上掛著微笑的百姓，手上則提著猜謎得來的花燈，頭頂的那輪明月，又大又圓，散發著柔和月輝。

可是在這樣歡喜的時刻，紀清晨的心就像是沈到水中，整個人僵在原地。她的雙腿猶如千斤重，連抬都抬不起來。

殷柏然見她這般模樣，只得柔聲道：「沅沅，妳別難過……」

可是一想到殷景然，他卻又越發無奈。

還是紀清晨終於忍不住了，抓著他的衣袖，顫聲道：「柏然哥哥，怎麼會這樣？」

「誰都不願意這般的，妳先跟我一起去鏡春園吧。」殷柏然嘆了一口氣。說到底她還是安素馨的兒媳婦呢。

這也是殷柏然匆匆帶人來找裴世澤的原因，因為，宸妃一直在喊著他的名字。

第一百三十五章

待他們匆匆離開的時候，剛從酒樓出來的長孫昭和裴家三個姑娘，朝街上四處張望。可這會兒人潮湧動，哪裡還看得見紀清晨的身影。

好在她們剛在酒樓門口站了一會兒，就見一個身穿錦袍的男人走過來，對長孫昭行禮道：「長孫姑娘。」

長孫昭未曾見過此人，見他與自己打招呼，有些驚訝，開口問道：「請問您是？」

「卑職乃殿下身邊的人，方才郡主隨殿下離開了，殿下吩咐卑職前來與姑娘說一聲。」男子恭敬道。

他雖只是喊了「殿下」，可是連一旁裴家的三個姑娘都知道這個人一定是太子殿下身邊的人。

裴玉欣鬆了一口氣，又有些好奇地問：「那我三哥……裴世子可是一同過去了？」

方才是裴世澤護送她們過來的，所以裴玉欣知道裴世澤就在樓下，而且還被紀清晨指使去買糖葫蘆了。可是一下來，他們兩人都不見了蹤影，所以她只能猜測，裴世澤是和紀清晨一起隨著太子殿下離開了。

男子點頭，恭敬道：「裴姑娘請放心，幾位姑娘可安心遊玩，殿下已吩咐屬下保護幾位姑娘的安全。」

「這怎麼好意思。」裴玉欣當即輕笑道。

男子立即又恭敬道：「姑娘不必客氣，這都是屬下的職責所在。」

紀清晨是坐著殷柏然的馬車離開的，裴世澤早已先他們一步離開了，而且他是騎馬走的，所以應該會比他們先到達鏡春園。

馬車的車壁左右都有小暗格，一推開便能拉出一個架子，此時兩顆夜明珠就鑲嵌在架子上。夜明珠散發著瑩潤的光輝，將車內的黑暗驅散。

「宸妃娘娘是什麼時候出事的？」紀清晨輕聲問，她緊緊地握住自己的手，指甲險些陷進手掌心的肉裡。

殷柏然回答道：「是一個時辰前。今日三弟前往鏡春園陪她過節，娘娘與他用了晚膳，便說要休息一會兒，後來三弟著人去請娘娘看宮燈，宮女這才發現她已經服毒了。」

「服毒？」紀清晨猛地倒抽了一口氣。

不知為什麼，她明明坐在密不透風的馬車內，卻覺得冷，比方才她站在街上還要冷。那種沁入骨子裡的寒冷，讓她的牙關顫抖，忍不住伸手環抱住自己。

她甚至都不敢問安素馨到底為何會想不開？因為她想到那日在宮中，自己與她說過的話。

紀清晨心中慌亂，她忍不住輕聲喊道：「柏然哥哥，我好害怕。」

「沅沅，別太擔心，有雲二先生在，再加上太醫院的太醫也都趕過去了。」殷柏然以為她是因為太擔心安素馨的安危，所以開口輕聲安慰她。

此時馬車外面已經沒那般熱鬧，元宵的熱鬧彷彿被拋在腦後，只聽到車輪不停轉動的巨大聲響。

紀清晨摀著臉，帶著哭腔低聲道：「她為什麼要這樣？」

為什麼苟延殘喘了這麼多年，在得到了一切之後，又要這樣呢？紀清晨不明白，她明明已經有了舅舅，有了景然，還有什麼不滿足的呢？

殷柏然不知道該怎麼安慰她。他與宸妃也才見過數面而已，他在很早之前便知道她與景然的存在，甚至連祖父都知道吧，她是父親不得不養在府外的女人，在靖王府動亂的時候，父親留給他離開的後路，他給了殷景然。

對於這個同父異母的弟弟，殷柏然不厭惡亦不喜歡。

可偏偏他又和沅沅有著這樣千絲萬縷的關係……

他伸手拍了拍紀清晨的後背。小姑娘抽泣的聲音壓抑又痛苦，他從未聽她這樣哭過，亦不願她這樣哭。

「柏然哥哥，我犯了大錯。」紀清晨已經把錯先攬在自己身上。是她告訴安素馨京城的傳言，她肯定是知道了那些流言蜚語，才會受不了的。

殷柏然不明白她的意思，可見她哭得上氣不接下氣，只好拿出帕子，替她擦了擦眼淚。只是他還是說道：「沅沅，宸妃不管有沒有服毒，那都不關妳的事，那是她的選擇，無人強迫她。」

可紀清晨知道，他這是在安慰自己。

怎麼會不關她的事？那些流言蜚語，若不是她的話，根本就不會傳到安素馨的耳中，是她告訴安素馨的，就算不是她將安素馨逼死，可她也是幫凶之一。

不知何時，馬車停下了。門口的侍衛在查看了車夫的腰牌之後，在馬車外行禮請安，便放馬車進入院中。

殷柏然先下了馬車，隨後他才伸手扶著紀清晨下來。

此時的鏡春園，籠罩在一片黑暗之中，只有頭頂明月的清輝，淺淺地照著。

早有人通傳太子殿下和元曦郡主到了，此刻已有宮人提著燈籠，為他們照路。

鏡春園主殿為春輝滿堂，因平日裡只有宸妃在此居住，所以他們直奔著春暉滿堂而去。越往園子的中心走，燈火越發璀璨，特別是鏡春湖旁的抄手遊廊上，掛滿了宮燈。原本應該是歡歡喜喜地賞燈，如今廊上卻連一個人都沒有。

一陣湖風吹過，宮燈被吹得滴溜溜直打轉。

待到了春輝滿堂，就見偌大的殿宇中燈火通明，院中人影綽綽，待他們進去，就看見正有人來回地進進出出，卻連一丁點聲響都沒有。

「我不管，你們必須救活母妃！要是母妃出事的話，我要你們一個個都人頭落地。」充滿戾氣的話，從配殿中咆哮吼出。

只聽一個蒼老的聲音悲愴道：「三殿下，宸妃娘娘服用的乃是劇毒，若非三殿下手中有雲二先生的解毒丹，及時給娘娘服下，只怕娘娘連如今這一刻都撐不到啊……」

此乃太醫院院使的聲音，可他剛說完，就聽見一聲巨響，像是有人摔倒，接著便是殷景然怒吼道：「廢物！廢物！都是一幫廢物！」

殷柏然立即走進去，一進殿內，就看見滿頭白髮的院使此時正倒在地上，而殷景然則是滿臉通紅地看著面前的每個人。

「三弟！」殷柏然怒斥了一聲。

他立即叫人將院使扶起來，又親自問了宸妃的情況如何。

此時內殿中，裴世澤看著面前一臉蒼白的人，他半跪在床榻前，卻只是遠遠地看著她，並未上前。突然，她的嘴角嘔出點點血跡，毒素已進入她的心肺中，她不停地咳血，雲二先生的解毒丸，顯然只起到了緩和作用。

「澤兒。」安素馨看著面前的兒子，是多麼的俊美無儔，是讓所有人都羡慕的兒子。可她卻丟下了他，獨自苟延殘喘了這麼多年。她不是個好母親，甚至連「母親」這兩個字都不配。

裴世澤木然地看著面前的人。在聽到這個消息的瞬間，他驚慌失措，可如今看著她就這麼躺在那裡，他卻一點兒都不想上前。

其實旁人說得對，他就是個冷情冷心，沒有心肝的人。

「別恨娘。」她看著他，在聽到外面殷景然咆哮的聲音時，閉上了眼睛，輕聲道：「好好照顧景然。」

「我不會照顧他的。」裴世澤看向她，咬牙說道。「他與我有什麼關係？他是高高在上的三皇子，而我不過是定國公世子，若是妳走了，便是留他一個人在那深宮當中，妳以為皇上會護著他嗎？皇上能護得住嗎？」

安素馨猛地開始咳嗽，血沫一直從嘴角流出，她眼含悲慟地看著他。

可裴世澤依舊面無表情，只冷冷地道：「我不會保護他的，我與他沒有任何關係，就算他以後做出再大的錯事，我也不會拉他一把的。」

「母妃。」就在他說完，殷景然便衝進來，他趴在安素馨的床榻上，握著她的手，拚命道：「雲二先生馬上就到了，您等等，再等等。」

安素馨的手掌在他的臉頰上摸了下，可她實在沒力氣了。

這麼多年來，她一直在想，自己當年為什麼要跑？汝南侯全府上下這麼多人都死了，她為什麼要逃呢？

所以，她現在去找爹娘，也不算太晚吧。

紀清晨站在門口，一看到裴世澤望過來，她馬上別過頭，淚眼婆娑。

「娘、娘……」殷景然的聲音，一聲賽過一聲的淒厲。

直到最後，安素馨握著他的手掌，吃力地說：「要聽哥哥的話。」

她的聲音又輕又小，可偏偏殷景然每個字都聽得如此清楚。

「娘！」殷景然彷彿拚盡了全身的力氣，大吼一聲。

殿外站著的宮女和太監登時跪了一地，就連太醫院的那些太醫，也都匍匐在地上。

「皇上駕到。」一聲長調響起，像是從遠處傳來的哀樂。

殷廷謹身著明黃龍袍，慢慢地走進殿內。

紀清晨扭過頭，不敢再看，直到一隻手將她牽住。她抬頭，從朦朧的淚眼中看到了面前的裴世澤。

他牽著她離開了哀聲、哭聲齊鳴的殿宇，兩個人走在夜幕之下，孤獨卻又相互依靠。

一陣陣悲痛欲絕的哭嚎聲，隨風飄向遠方。

裴世澤握著紀清晨的手，兩人走在這陌生的鏡春園中。這是裴世澤第一次來，也是紀清晨第一次來。

或許，他們寧願永遠都沒來過這個地方吧。

「柿子哥哥，你若是想哭，就哭出來吧。」紀清晨帶著哭腔與他說。

可裴世澤卻只是看著不遠處。他們一路往前走，尋著光亮，最後來到之前紀清晨經過的鏡春湖邊。對面的抄手遊廊上依舊掛著宮燈，站在這裡望過去，就像夜幕中的點點繁星。

紀清晨垂著頭，不知道該不該告訴裴世澤，她曾和安素馨說過的那些話。

她知道，就算她不說，這件事也不會被旁人發現，永遠都不會有人知道，是她告訴安素馨那些傳聞。

可她沒辦法欺騙裴世澤，這世上她唯一不想做的，就是騙他。

「柿子哥哥，我有話想和你說。」一開口，紀清晨馬上又濕了眼眶。

她害怕，她好害怕。

她怕裴世澤會怪她。要說這一世她最怕的事，那就是柿子哥哥不再喜歡她了。她可以不是郡主，不要這些榮華富貴，但她沒辦法眼睜睜地看著他與她漸行漸遠。

裴世澤「嗯」了一聲，兩人之間卻沈默了好久。

他站在湖邊，心想風可真大啊，吹得他眼睛都疼了，所以眼眶才會那麼酸、那麼澀的吧。

裴世澤握緊手掌，脖頸上的青筋已一根根地凸顯出來了，周圍的風帶著一陣又一陣的哭聲，顯得特別哀戚。

紀清晨深吸了一口氣，才輕聲道：「對不起，柿子哥哥。」

裴世澤轉頭瞧著小姑娘，伸手將她抱在懷中，即便是在自己必須強忍著情緒的時候，他也不想看她難過。他的下巴輕輕抵在她的頭髮上，聲音柔軟得像是在湖水中浸潤過。「沅沅，妳永遠不必同我說這句話。」

紀清晨見他在這個時候還要安慰自己，不禁覺得自己實在是太沒用了。

明明這一切，都是她的錯。

「是我告訴她京城中的那些流言的，柿子哥哥。」紀清晨哭道。

裴世澤身子一僵，雙手握住她的肩膀，輕聲問：「妳說什麼？」

「過年時，我在宮中見過她，她問咱們可還好？我一想到你被國公爺那般對待，心中氣惱極了，於是當時我便對她說，若她知道京中流言，就不會這麼問。她後來肯定是知道了……」紀清晨哭得上氣不接下氣，一張嘴，一口冷風更是灌進了肚子裡。

她說著說著，便覺得肚子好疼。

裴世澤越聽越心驚，壓著她的肩膀，低聲道：「妳怎麼會這麼想？」

紀清晨哭得難受。從得知這件事開始，便覺得安素馨服毒定與自己有關，她想必是受不住那些流言蜚語，自己就不該多嘴的。

裴世澤揚起頭，憋住眼眶中的淚水，再低頭，低聲怒道：「清晨，妳抬頭看著我。」

紀清晨知道自己這時候不該哭，她伸手擦了擦眼淚。她得安慰柿子哥哥啊。可偏偏一抬頭，就看見裴世澤眼中的水光，他的眼睛本來就亮，此時更是亮堂得逼人。

「我不知道她為什麼要這麼做，或許誰都不會知道了。但妳不要胡思亂想，這件事和妳沒關係，妳不過是說了一句話而已，沒有人會因為一句話便自尋短見的，她更不會。」裴世澤悲愴地說。

若會的話，也不至於在那麼多年前，便跟著皇上離開。

紀清晨沒想到他會如此堅決果斷地說出這些話，她淚眼模糊地抬頭看他，問道：「你不怪我嗎？柿子哥哥？」

「沅沅，上次父親拿劍要殺我，是妳來救我的啊。」裴世澤伸手抹去她小臉上的淚水，接著說：「這一世，旁人我不管，我只知道，妳對我來說是最重要的。如果沒有妳，這一世如此漫長，我該怎麼熬過？」

紀清晨趴在他懷中，痛哭出聲。她知道他說的是什麼意思，因為她看過他一個人孤獨度過一生的模樣。

明明他是那般尊貴的人，卻能整日坐在書房裡，連一個說話的人都沒有。

那樣的孤獨，那樣的形單影隻。

前一世做孤魂時，還覺得有個人能陪著她可真好，可她卻忘了，她能看見他，他卻瞧不見她。他身邊連個女人都沒有，孤家寡人，就是他的前一世。

「柿子哥哥，我不會讓你孤單一個人，這一生咱們都會在一起的，我不會丟下你，也不會提前離開你。」紀清晨趴在他懷中，哭得好不淒涼。

遠處似有鐘聲被敲響了。

第一百三十六章

宸妃突然去世，皇上哀慟，五日未曾上朝。

她在世時，一直在鏡春園中休養，死後倒是回到了這座宮殿。長樂宮乃是早就準備妥當的，只是她一直未能搬進來，如今停靈在此，也算是讓她住上了一回。

皇上親自下旨，冊封宸妃為宸貴妃，陪葬帝陵。

三皇子的情況卻十分不好。那日他險些砍殺了一幫太醫，要不是殷柏然及時攔住，只怕他早已闖下大禍。

可皇帝偏偏卻連一句責備的話都沒有，反而是奪了太醫院院使的官職。

殷柏然知道父皇這是在遷怒。父皇連她的最後一面都未見到，難免震怒，而帝王震怒，本就是雷霆雨露。

殷柏然只得先安撫院使，請他回家等候消息，日後必會替他求情。

方皇后嘆了一口氣。宸貴妃的葬禮顯然已有些逾制，只是方皇后此時也不好再規勸，她與殷廷謹的夫妻情分雖還算深厚，可也確實是她竭力阻止安氏入宮的。

如果知道她會這樣做，自己或許就不會再那般強烈地反對了吧。

畢竟這史書上頭，搶前朝皇帝老婆的，就連搶親弟弟老婆的皇帝都有，如安氏這樣的女子也不是沒有出現過，可這會兒再想這些事情，也無濟於事了。

「娘娘，皇上說守靈的人著實太少了。」楊柳是被楊步亭派過來的，他說這話的時候，有些戰戰兢兢的。

按著規制這一百零八人哭靈，已是貴妃位分上能有的最多人了，可皇上卻還嫌不夠。楊步亭是個躲事的，就派了楊柳過來。

方皇后一聽，瞬間一愣，直接道：「你回去與皇上說，規矩不可廢，這都是按著祖宗家法來的。」

楊柳也沒想到皇后會這樣強勢，登時張了張嘴。

坐在一旁的殷柏然則搖頭道：「母后何必在這個時候與父皇置氣呢？更何況，父皇也是為了安撫三弟。」

「三皇子那性子，竟是越發地……」方皇后嘆了一口氣。沒想到他小小年紀竟會那樣暴戾。

只是他到底不是自己親自教養的，如今又剛喪母，皇后也不好太過責備。

殷柏然倒是淡淡地道：「母后也別太過擔心，三弟只是太過悲痛，一時失了心智罷了。待日後慢慢走出喪母之痛，定不會再像如今這般。」

「你身為大哥，要多關心關心他。」方皇后叮囑殷柏然。

突然間，方皇后想起了他的婚事，說道：「再過幾個月便是你大婚的日子了，竟又撞上這樣的事情。」

家中出了白事，到底是不大吉利。

「母后，兒臣的婚事還是稍後再提吧。」殷柏然苦笑一聲。

皇后深深地嘆了一口氣，擺擺手，便不再提起。

這幾日，長纓院裡都是靜悄悄的，便是平日裡有些活潑的丫鬟，這會兒都不敢說說笑笑。

紀清晨坐在羅漢床上，手裡還拿著正給裴世澤繡的中衣，上下眼皮已重得抬不起來了。還是杏兒輕聲道：「若是郡主累了，便去內室休息一會兒吧，反正離世子爺回來的時辰還早著呢。」

這幾日裴世澤越發早出晚歸。宮中正在辦葬禮，雖說只是貴妃的，不過還是頗為隆重，所以這些日子，京城各家勛貴也都停了宴飲。

紀清晨嘆了一口氣。柿子哥哥一直在安慰她，叫她不許再胡思亂想。

其實她也是太慌亂了，只覺得安素馨出事與知曉流言的時機太過巧合，才會覺得是與她有關。可她也知道，流言只怕是壓倒她的最後一根稻草。

只是她沒想到，安素馨堅持了這麼多年，竟會以如此決絕的方式離開。

「郡主、郡主。」杏兒見她手裡還拿著東西，就歪倒在大紅色繡海棠花的靠背上睡著了。這會兒天氣還冷，杏兒趕緊叫人抱了錦被過來，又把羅漢床上的小几拿下去，再扶著她躺平，讓她好睡一些。

香寧給紀清晨蓋好被子，擔憂地道：「咱們郡主也不好過，妳瞧瞧給累的。」

「香寧，妳覺不覺得郡主這兩日，好似特別愛睡覺？」杏兒狐疑地說。

香寧想了下，好像是這麼回事，不過她又道：「可能是剛出年節，太累了吧。妳瞧瞧這正月開始之後，咱們郡主哪天是能好好在家裡歇著的？」

大年初一進宮，初二回娘家，然後又是各種宴會，還得在家中宴請親朋好友，而元宵節的時候，又出了那樣的大事。

真是沒一天叫人省心的。所以累了，也是在所難免。

裴世澤回來的時候，一進暖閣就看見紀清晨正乖巧地睡在那裡。她的長髮披散在錦枕上，眼睛輕輕閉著，待他走過去，在她身邊坐下，瞧了一會兒，才把杏兒叫進來。

「郡主是從什麼時辰開始睡的？」他問道。

杏兒說了個時辰，裴世澤聽完有些吃驚，說道：「兩個時辰還未醒？」

「奴婢先前也叫了郡主一回，只是郡主不耐煩得很，所以奴婢便不敢再叫了。」杏兒小聲道。

裴世澤立即皺眉，問道：「可是病了？」

「也不是病了，就是郡主這兩日似乎有些倦，總愛睡的。」杏兒如實道。

裴世澤只覺得心跳如擂鼓，他猛地抓住自己的手，竭力克制自己的情緒，緩緩道：「妳去找子息，叫他拿上我的帖子，去請大夫回來。」

「要請大夫？」杏兒沒想到，居然要到請大夫這般嚴重。她也不敢多問，趕緊叫子息去了。

待香寧點上房中的燭火，裴世澤才輕聲將紀清晨喚了起來。

她揉了揉眼，一臉無辜地望著他。

裴世澤輕柔地道：「還沒睡醒呢？」

「柿子哥哥，你回來了啊。」紀清晨有些尷尬地起身。

裴世澤扶著她起來，問道：「可睡飽了？」

「沒呢，還是睏。」紀清晨趴在他懷裡嬌軟地說，語氣聽起來確實還是睡意濃濃的樣子。

他看著她的模樣，軟軟的、嫩嫩的，窩在他懷裡，像一團白雲般柔軟，讓他不想放手。

裴世澤哄她道：「即便再睏，也得先用了晚膳。」

晚膳早就備好了，裴世澤叫人拿了上來。

紀清晨瞧著便沒什麼胃口，不過裴世澤還是哄著她多吃一些，連粥都喝了一整碗。

剛撤下膳食，大夫便來了。

紀清晨有些愣住，這是誰病了呢？結果說是要給她把脈的，她立即道：「我又沒生病。」

「沒說妳生病，只是叫大夫瞧瞧罷了，就當是把平安脈了。」裴世澤柔聲道。

紀清晨這才沒推脫。

待大夫給她把了脈，又仔細地確認後，才拱手笑道：「恭喜世子爺，恭喜郡主，這是喜脈啊。」

房中出現一瞬間的安靜，隨後紀清晨抬頭看著裴世澤，就看見他臉上綻放著巨大的歡喜。他俯身將她緊緊抱住，開心到不知所措。

紀清晨瞧著這一屋子的人，連大夫都在，她登時覺得不好意思，推了他一把，輕聲喊道：「世子爺，人都在呢。」

「萬先生，這邊請。」子息趕緊把大夫請出去。至於丫鬟們這會兒自然也不敢再留在這裡礙眼，一個個都趕緊悄悄地退了出去。

紀清晨這才安心地窩在他懷中，放鬆了身子，軟軟地靠著他。他的肩膀又寬又硬，靠著不舒服，可卻令人安心。

兩人都沒有說話，房中靜謐又溫馨。

許久後，裴世澤低頭抵著她的額頭，輕聲說：「沅沅，謝謝妳。」

「恭喜你了，柿子哥哥，你要當爹爹了。」紀清晨此時仍沈浸在喜悅當中，她抬起頭調皮地與他說。

裴世澤微微往後退了下，低頭看著她的肚子。這會兒還穿著棉衣，只是收腰的衣裳依舊顯得腰肢纖細，難以想像裡頭居然孕育著一個和他血脈相連的孩子。

他突然有些激動，覺得自己該做點什麼，可是又不知道究竟該做什麼。他就這麼眼巴巴地瞧著，想著如今還小小一團的小東西，以後會慢慢長大，待十月懷胎之後，瓜熟蒂落。

裴世澤眼眶一熱。這麼多天以來，這是他第一次有落淚的衝動。

他自小便強硬冷漠，就連生母去世，雖悲傷卻能坦然面對，可現在他有種迫不及待的感覺，想要做些什麼去確認。

「妳累嗎？餓嗎？會不會想吐？」雖然他未經歷過這些事情，可在軍營時，偶爾會聽下屬閒聊時提到。

之前一個侍衛長的妻子懷孕，半夜竟想要吃如意樓的水晶豬蹄，他只好到如意樓敲門，將人家的師傅從床上拉起來，趕緊做了一份水晶豬蹄。結果買回來，夫人只吃了一塊便不願再吃了。

這樣的抱怨，卻得到了大多數人的附和。

聽他們聊這些話時，還是在去年冬天，裴世澤剛成親，當時聽他們說著，他有些羨慕。沒想到這樣的歡喜，竟這麼快就到來了。

紀清晨見他一連問了好幾句，搖頭笑道：「柿子哥哥，你不要這麼緊張，我不餓，也不累的，而且一點兒都不想吐。」

她見裴世澤的眼底發亮，知道他是打從心底開心，便溫柔地寬慰他。「你不要太過緊張，如今我一點兒反應都沒有呢。」

「怎麼會沒反應，妳這般愛睡覺。」裴世澤瞧著她，伸手摸著她的臉頰。真是個粗心的娘親。

經他這麼一說，紀清晨這才反應過來。

她這幾日確實變得愛睡覺，今兒個也是，一直睡到他回來才被叫醒，她還以為是因為這些天太過疲倦了，所以才會如此嗜睡。

她立即笑道：「沒想到柿子哥哥比我還細心。」

裴世澤未享受過父母的疼愛。他的父親原本只是冷落他而已，如今卻是厭惡；至於他的母親，在他五歲的時候第一次離開，如今又再次徹底離開了。旁人家的父嚴母慈，他從未體會過，所以成親之後，便一直盼著能有這一天。

他總想著，若是有一日他有了子嗣，不管男女，都會細心地教養他們。

這是好消息，待兩人說過話，便叫丫鬟立即去稟告老太太還有裴延兆夫婦。沒一會兒，謝萍如便過來了，畢竟還是兒媳婦，自是要關心一番。

她一進來，紀清晨便起身要行禮，她也不託大，立即道：「郡主快坐吧，如今郡主身子嬌貴，需得好生休息才是。」

「夫人說得是，清晨不敢不從。」她輕聲道。

兩人正說著話，就見杏兒急匆匆地進來，稟告道：「郡主，老夫人來了。」

原來是裴老夫人得知這個好消息後，一時按捺不住，非要過來瞧一瞧紀清晨。她沒想到這才成親幾個月便有了好消息，自是喜不自勝。雖說她早已有了重孫，可那到底是庶出二房的子孫。

如今紀清晨肚子裡的這個，才是真正與她血脈相連的重孫子啊。

連謝萍如都嚇了一跳，趕緊起身，便與紀清晨一道往門口走。不過老夫人這會兒已進來了，丫鬟挑起簾子，就見裴老夫人一臉樂呵呵地走進來。

「外頭這樣冷，天又黑，老太太怎麼過來了？」謝萍如上前扶著她，嘴上雖這麼說，心底卻暗道這老太太當真是偏心極了。

裴老夫人一瞧見紀清晨，便上下打量一番，心疼地道：「我早說過沅沅還是太瘦了。如今這肚子裡有了孩子，可不能再像從前那般，用膳只抬那麼幾下筷子。」

「祖母教訓得是，孫兒以後會盯著她的。」裴世澤隨即上前替紀清晨開口說道。

其實紀清晨天生就是瘦長形，肩膀窄，個子又有些高挑，所以瞧起來便又比旁人還要纖細些。

裴老夫人趕緊叫她坐下，又問她這幾日吃得如何、睡得如何、是否想吐？

待聽紀清晨說，她吐倒是不想吐，就是睡得多了，整日裡睡個不停。

裴老夫人立即笑了，說道：「那妳可是個有福氣的，竟不想吐，只愛睡覺而已。」

「可不就是，我瞧著有些女子懷孕吐得可厲害了。」謝萍如跟著說道。其實她自個兒就是這樣的，當初懷孕的時候，折騰母親折騰得厲害，只是裴世澤在這裡，她不好說罷了。況且她也不打算說，反正她說了，也未必有人願意聽。

裴老夫人點頭，道：「嗜睡也好，那從明日開始，妳就不要去請安了，多睡一會兒。」

紀清晨登時愣住了，趕緊道：「這如何能行？我如今不過是剛有孕而已，謝祖母心疼，不過我還能堅持得住。」

「我知妳是個懂規矩的孩子，不過這懷胎的頭三個月最要緊，妳如今又嗜睡，就算多睡一會兒，也不會有人說妳的。」說完，裴老夫人轉頭瞧著身旁的謝萍如，淡淡道：「妳說是吧，大媳婦？」

「娘說得是，郡主從明日開始就別再來請安了。其實我之前也說過不用日日來請安的，只是郡主這孩子實在是太懂事了。」謝萍如訕訕地道。

紀清晨因為是第一次有孕，也很緊張自己的身子，所以便應下了。

待又說了一會兒，裴老夫人見天色不早，便先回去了，臨走時還吩咐裴世澤要好生照看紀清晨。

「祖母放心，孫兒知道。」裴世澤輕聲說。

先前派人向裴老夫人稟告的時候，裴世澤也不忘叫人趕緊去向紀家還有晉陽侯夫人報喜。畢竟女子懷孕後要怎麼照顧，他不太瞭解，所以打算明日就請紀夫人還有紀寶璟過來一趟，也好與沅沅說一說有孕後要特別留意的事。

到了晚上，紀清晨去淨房時，裴世澤都跟前跟後的。他瞧著那偌大的池子，就擔心她在裡頭洗澡，萬一不小心摔倒了該怎麼辦？

紀清晨有些哭笑不得，伸手捏了下他的臉頰，笑道：「我竟不知柿子哥哥也有這麼婆媽媽的時候。」

「我是擔心妳。」他伸手將她抱在懷中，又低頭去瞧她的小腹。

紀清晨的小腹又白又平坦，哪裡像是有了孩子的模樣。

他伸出手掌，輕輕地摸著她的小腹，沈聲問：「沅沅，妳有感覺嗎？能感覺到小傢伙的心跳嗎？或是能感覺到他在動嗎？」

紀清晨搖搖頭，有些失望地說：「他還太小了。」

「沒事，咱們慢慢來。」裴世澤輕笑一聲。

突然他伸手將池子邊的白巾拉過來，然後鋪在池邊，雙手再輕輕扶著她的腰身，將她抱起放在池邊坐下。

好在淨房裡的地龍本就燒著，況且這周圍水氣氤氳，她一點兒也不覺得冷。

裴世澤俯身在她的小腹上，輕輕落下一吻。「小東西，我是爹爹啊。」

原本紀家都已經關門落鎖了，不過二房卻還是被人硬生生地給叫開了。守門人裹著衣裳正要怒罵一句，就聽外面人喊道：「我是定國公府的，世子爺派我來報信。」

守門的一聽是國公府裡的，便趕緊開了門。

曾榕這才剛叫人準備熱水，待要去淨房，就見紀延生急匆匆地進來，道：「妳明日去一趟定國公府。」

「怎麼了？」曾榕被他急急躁躁的模樣給嚇了一跳，還以為是紀清晨出了什麼事，嚇得臉色都白了。

誰知紀延生突然眉開眼笑道：「沅沅懷孕了，明日妳趕緊去瞧瞧她。」

「懷孕了？」曾榕忍不住拔高聲音，真是又驚又喜。

她沒想到竟會是這樣的好消息傳來。「可是定國公府派人來說的？你怎麼也不叫我過去，該多問兩句的。」

「我就是急著回來與妳說，便把人打發走了。」紀延生說道。
曾榕笑道：「待明日我親自去一趟定國公府。估計老太太這會兒也睡了，要不然定會派人過去和她老人家說說。」
紀延生雖然高興，不過也知道老太太素來晚上便睡得早，這會兒只怕早睡下了，便不叫人打擾她老人家，待明日再將這個好消息說給她聽，也讓老太太高興高興。
「這可真是太好了，果然法華寺的香火就是靈驗，回頭我再給菩薩還願去。」曾榕喜孜孜地說道。
今年她在法華寺可是捐了一千兩啊，求了家人平安，也特地給紀清晨求了孩子早日到來，沒想到這麼快就靈驗了。
紀延生一向對這些宗教迷信不甚關心，畢竟聖人說過，子不語怪力亂神，可這會兒他倒是點點頭，說道：「回頭夫人也替我求求升官發財之道吧。」
曾榕知道他這話是在說笑，不過還是笑嘻嘻地應下了。

第一百三十七章

因紀清晨不用給謝萍如請安，所以杏兒和香寧便都沒打擾她，就連世子爺臨走前都吩咐她們別叫醒郡主，只管讓她繼續睡，待什麼時辰醒了，便什麼時辰起身。

誰知紀清晨辰剛醒，謝萍如的丫鬟便前來稟報，說是親家母紀夫人，還有晉陽侯世子夫人一塊兒過來了。

聽到太太和大姊都來了，紀清晨高興得直叫杏兒她們趕緊給自己穿衣裳。

剛梳妝好，便有人把曾榕還有紀寶璟給領了過來。

說來她們都是頭一回過來，畢竟沅沅是嫁到人家家裡，哪有娘家人時常上門的道理。

況且紀清晨出入宮闈時，能與紀寶璟見面，就連她成親以來的這幾個月，剛好是回門、送年禮和過年的時節，因此也回家了好幾趟，所以曾榕也沒必要過來。

這會兒還是因為沅沅懷孕了，她們才會過來的。

她們進來時，就瞧見紀清晨剛從內室裡出來。領著她們過來的是謝萍如身邊的大丫鬟，她們已先去拜訪過裴老夫人。本來是該叫紀清晨過去的，不過裴老夫人如今緊張她緊張得厲害，哪裡捨得讓她來回奔波，不過說了幾句話，便叫人直接領著她們過來。

曾榕是頭一回來長纓院，倒是被這寬敞的院子給驚住了。

門口有一道影壁，再進門，院子大得直叫她咋舌。這已是個兩進的院落了，待走到五間正堂前面，就看見廊下站著的丫鬟，穿著清一色的青色比甲，樣子都還算齊整，不過曾榕和紀寶璟卻都沒見過。

紀清晨帶來的那六個丫鬟都是能進屋伺候的，原本長纓院伺候的丫鬟少，不過後來紀清晨來了，便又撥了一些丫鬟和婆子過來。

等謝萍如的丫鬟走了，曾榕才敢問她。「沅沅，妳這是剛起身？」

紀清晨點頭，道：「如今我就是經常犯睏，嗜睡得緊。」

紀寶璟不禁心疼了。她經歷過生產這件事，而且她還是孕吐比較厲害的，有段時間真是吃什麼、吐什麼，就連溫凌鈞回來，都得先沐浴更衣，讓身上沒一丁點外面的味道，才能到她的屋子裡。

「可開始吐了？」紀寶璟立即擔心地問道。

紀清晨搖搖頭。「那倒沒有，姊姊妳放心吧。」

待說完，紀清晨才發現眾人都還站著，便趕緊讓她們在羅漢床上坐下來。

曾榕坐在左邊，紀清晨則陪著紀寶璟坐在右邊，兩姊妹肩並肩挨著。

「世子爺的心情如何？」曾榕小心地問道。其實昨日一聽說沅沅有孕的消息，她就先擔心起裴世澤來。雖說宮裡頭未說，可宸貴妃乃是前定國公夫人一事，早就在京城裡傳得沸沸揚揚，而她也問過紀寶璟，這件事確實是真的。

這親娘前腳剛走，媳婦就懷孕了，曾榕怕裴世澤還沈浸在喪母的苦楚中，會因此忽略了紀清晨。

「他不知多開心呢。」紀清晨說道。

其實她也知道裴世澤這些日子以來，都是勉強擠出笑容；不過昨日他抱著她時，那種渾身都微微顫抖的激動，讓紀清晨知道，他這次是真的開心。

「他早上出門時，還讓杏兒她們不要叫醒我呢。」紀清晨不知道曾榕為何會這樣問，趕緊替他說起好話。

曾榕這才放下心來。其實她一直都挺喜歡裴世澤，他雖然看起來冷漠，可對紀清晨卻是好得沒話說。

火器營駐紮在西山大營的營地，而裴世澤如今執掌火器營，拱衛京師。

如今火器營分為左右兩翼，各有一名翼長，皆是正四品。雖然火器營是駐紮在城外，不過他們在京城中卻有專屬的衙門，就在都統衙門的大四合院內。

裴世澤平日偶爾也會住在此處，前後共有十六間屋子，還配有馬號。

今日乃火器營在此議事。前些日子就有人上書，說如今天下太平，早已無戰事，火器營因是精銳部隊，配給也比一般大營要高出許多，是以希望皇上能以減輕國庫負擔為考量，削減火器營的規模。

幸虧張晉源大將軍及時給他透露消息，裴世澤連夜寫好摺子，將火器營的作用以及未來戰事中可能會展現的威力逐一條列後上呈。

不過如今皇上仍沈浸在悲傷中，只怕一時還無心處理此事。

這件事卻給火器營上下都提了個醒——他們雖然拿著最精銳的武器，得皇上重用，可同時也叫某些人眼紅不已。

左翼長鄭聰是個大老粗，一張嘴那嗓門就能叫這十六間的大四合院都聽見，大家湊在一塊兒，自然是臭罵那些酸儒文官一頓，整日裡就知道沒事找事。爺們在前頭拚死拚活的時候，一個個就知道在後頭鬼扯蛋，如今天下太平了，又要卸磨殺驢。

右翼長徐仁才倒是個文雅的，可這會兒也文雅不起來了，不過罵人的粗話他說不出口，只是聽著鄭聰罵罵咧咧的。

他們說了半天，就見坐在上首的世子爺全無反應，眾人頓時感到奇怪。

裴世澤回過神後，突然問徐仁才：「我還未恭喜你又得一子呢。」

徐仁才前幾日才得了一個嫡次子，如今正是人逢喜事精神爽，一聽裴世澤這麼說，趕緊笑著回道：「世子爺實在太客氣了，還送了那樣的厚禮過來。」

裴世澤坐在椅子上，身子也沒坐得挺直，有些想要閒話家常的意思，又問道：「哪裡，待過些日子，我便領著郡主登門拜訪，也叫她好好跟嫂夫人學一學。」

學一學？學什麼？眾人一愣。

徐仁才算是個腦筋轉得快的，登時便反應過來，當即便道：「可是郡主有喜了？那下官真是要恭喜世子爺了。」

大家一聽，原來是這樣的好事啊，眾人紛紛抱拳，連連說恭喜。

裴世澤依舊淡淡淺笑，可心底卻有著說不出的得意飛揚。往後他們再也不能在他跟前炫耀有兒子了。
老子也有後了！
他一向性子寡淡，就是得意，也只會藏在心底。不過此時他忍不住翹起的嘴角，叫所有人都大吃一驚。
眾人又說了一會兒話，便有人送了書信過來。裴世澤便起身去了他辦公的地方，留下這一屋子的大老爺們。
「沒想到咱們世子爺如此硬氣的一個人，提起媳婦來也會傻笑啊。」說這話的是鄭聰。他和裴世澤打從西北戰事的時候，就在一起共事了。
世子爺剛來時，當真是細皮嫩肉，一副烏衣子弟的模樣。
鄭聰當時看見他就不爽，所以在他背後也沒少下絆子。可三個月之後，裴世澤就讓他們所有人都心服口服。
況且如今在軍營裡摸爬滾打了這麼些年，裴世澤也早就褪去了當初俊逸少年的模樣，他如今那挺拔的身姿，叫鄭聰都羨慕不已。
「肖霆，咱們這些人裡，就你見過郡主娘娘，你也跟咱們說說，郡主長得什麼模樣啊？」別說鄭聰好奇了，這一屋子的人都豎起耳朵聽著。
肖霆和裴家姑娘訂婚之時，一班人都說他走了大運，如今他也算是世子爺的妹夫了。
肖霆確實見過紀清晨，只是叫他形容郡主的模樣，他還真說不出來。那就是美，特別美，是帶著仙氣的美。於是他想了想，道：「仙女什麼樣，郡主就什麼樣吧。」

「你大娘的，老子要是知道仙女長什麼樣，還問你小子。」鄭聰怒道。

眾人隨即哄堂大笑，好不熱鬧。

三月逢春，百花盡開，太子殷柏然大婚的日子便定在這個月；不過定國公府裡，卻還有另外一樁婚事，裴玉欣的婚事也在三月。

柏然哥哥是在三月二十六日大婚，而肖霆與裴玉欣的婚事定在了三月初八。後天就是婚禮，紀清晨一臉急躁，她瞧著窗外，問道：「世子爺還沒回來嗎？」

杏兒不想讓她著急，可是一直都沒傳回消息，所以她也不知道該怎麼說？

三日前，宮中突然急召裴世澤進宮，這一去竟是到今日都沒回來。

紀清晨本來也想進宮的，殷柏然卻派人來告訴她，要她在家裡乖乖地等著。她只得聽從柏然哥哥的話。只是這幾日，她睡不好也吃不下，就連裴老夫人都瞧出她一副心神不寧的模樣。

裴老夫人也知道裴世澤進宮好幾日未歸，不過這也不是什麼了不得的事情，她自然是沒太擔心。

況且先前宸貴妃那麼大的事情，她也不可能不知道，只是待她知道的時候，安素馨已經離世了。所有的恩怨是非，都是人死為空，隨風而逝。

老太太事後聽說，也只是長嘆一聲，便再未提過。

宸貴妃出殯時，裴世澤是隨行護衛。那日皇城中是鋪天蓋地的白幡，宸貴妃的棺槨自宮中抬出，三十二人抬棺，三皇子景然披麻戴孝，走在棺後。

紀清晨一直都擔心他，雖然他面上不說，可到底是他親生母親。如今先人永逝，那些再苦的回憶都平添了一分前所未有的美好，然而活著的人卻得承受悲傷。

在她又嘆了一口氣時，就見杏兒進來，笑著喊道：「郡主，世子爺回來了！」

紀清晨起身想出去迎他，門簾卻已被掀起，穿著暗青色朝服的男人走了進來。

「柿子哥哥。」紀清晨猛地抱住他的腰身，一頭栽進他的懷中。

裴世澤瞧著她這般擔驚受怕的模樣，立即將她抱緊，安慰道：「別怕，我這不是回來了。」

「我原本想進宮去見你的。」紀清晨趴在他懷中，憂心地說。

自他們成親之後，就算裴世澤偶爾要在軍營小住一晚，紀清晨也不會如此擔心。可他被宣進宮中多日不歸，還不許她進宮找他，真的是讓紀清晨嚇壞了。

裴世澤一手扣著她的後腦勺，低頭在她的額上親吻了一下，低聲說：「沒事的，我沒事。」

「舅舅宣你進宮，到底是為了什麼？」紀清晨一臉擔憂地問。她不知道為什麼柏然哥哥不許她進宮，她心裡既擔心，又著急，可偏偏只能乾等著消息。

裴世澤的臉色瞬間出現一絲僵硬。

當時他看到那殿閣內一地的血時，不禁打心底發寒。明明他自己也是從刀山血海裡出來的，可想到那一幕，還是覺得心寒。

殷柏然不讓她進宮，就是不想嚇著她，裴世澤自然也不會告訴她真相，只得柔聲說：「景然病了，皇上宣我進宮，是為了讓我開解、開解他。」

紀清晨又問：「景然病得嚴重嗎？」

到底是她的親表弟，又是裴世澤的親弟弟，於情於理，她都得關心。況且他又是舅舅最小的兒子，一向得舅舅寵愛，他病了，確實叫人擔心。

「如今已經安定下來了。」裴世澤淡然道，聲音裡透著一絲疲倦。

紀清晨這才鬆了一口氣。

「既是景然病了，柏然哥哥為什麼不許我進宮啊？」紀清晨又有些奇怪地問。

裴世澤立即道：「如今妳懷有身孕，太子爺是怕妳過了病氣，才不許妳進宮的吧。」

他不想再多提殷景然的事，便低頭瞧著她的肚子。如今已換上春衫，衣裳雖然單薄，可她依舊還沒顯懷，畢竟也才兩個月多月的身孕，尋常人都是等三、四個月之後才開始顯懷呢。

「妳這幾日還好嗎？」裴世澤瞧見她有些蒼白的小臉，擔心地道：「是不是沒睡好？妳的臉頰看起來又瘦了些。」

「我吃得可香，睡得可好著呢。」紀清晨立即表示道。

誰知她這麼說了，裴世澤卻不信，便叫了杏兒和香寧進來。

他仔細問了她這幾日在家中的情況。這兩個丫鬟倒是有一說一，完全沒瞧見紀清晨在給她們使眼色，叫她們不許再說了。

裴世澤是越聽臉色越沈，最後連紀清晨自個兒都默默地垂下頭，不敢再望著他了。

「是我的錯，不該一直留在宮裡的。」裴世澤低聲嘆了一句。

他這麼說，卻讓紀清晨更加愧疚了。

殷景然剛剛喪母，又生病了，他身為親兄長，被舅舅宣進宮也是皇命難違，她確實不該讓他擔心。

她小心地拉了拉裴世澤的手臂，輕聲說：「柿子哥哥，你別生氣，我保證以後一定會乖乖用膳的。」

裴世澤可不相信她的甜言蜜語。就知道哄他開心。

紀清晨也是個聰明的，見他不為所動，便轉移話題道：「景然身子好多了吧？那過幾日我也進宮去瞧瞧他吧。」

「不用，妳別去。」裴世澤斷然否決道。

紀清晨沒想到他會是這般堅定的態度，她有些奇怪地看著他。

裴世澤大概也知道自己失態了，立即搖頭，勉強扯出一個笑容，道：「他如今身子還未大好，太醫說最好是靜養。」

聽他這樣說，紀清晨又覺得好像有哪裡不大對勁，可到底還是沒問出口。

裴世澤今日回來，也是因為後天便是裴玉欣大婚的日子，他雖是堂哥，不過這門婚事乃是他從中牽線，所以定是在家中舉辦婚禮。

待到了後日，一大清早，定國公府的正門便大開。府裡早就已經張燈結綵，裴玉欣這樁婚事是一波三折，如今終於出嫁了，自然是要風光出嫁。

紀清晨今日也早早起身，還特地選了一身洋紅底子繡百花穿蝶嵌金線邊的長褙子，她膚白如雪，這樣的紅色更能襯托出她的好氣色。

待坐在梳妝鏡前，瞧著明眸善睞的自己，紀清晨不由有些擔心地問：「杏兒，妳說若是再過幾個月，我會不會變醜啊？」

這懷孕了，身子自然會有些變化，紀清晨先前就聽過有人懷孕臉上長了斑的。一想到自己長了滿臉的斑，她心底就有些害怕，說不準，她還會發胖呢。

到底是個女子，誰會不擔心自個兒的面容。

「郡主，您要是醜了，奴婢這樣的豈不是連活路都沒有？」香寧正在給她梳頭髮，立即哀怨地道。

紀清晨登時噘嘴嬌笑道：「妳就會哄我開心。」

第一百三十八章

等她準備妥當，便想著先去裴玉欣的院子裡，只是兩個丫鬟卻是一左一右地護著她，後頭還跟著丫鬟、婆子，這般浩浩蕩蕩，叫她有些不適應。

紀清晨瞧著她們如臨大敵的模樣，登時笑道：「妳們這樣子是不是有些過頭了？」

「郡主，今兒個人多，萬一有人不長眼把您給撞著了，奴婢們可是萬死難辭其咎啊。」杏兒擔憂地道。

紀清晨沒法子，只得帶著她們過去。

不過在進入裴玉欣的院子前，倒是叮囑了一句，待會兒進屋子時，只許兩個大丫鬟跟著她一塊兒進去，旁人都得在外面等著。

全福夫人此時已經到了，紀清晨進去的時候，正碰上董氏與全福夫人說話。董氏見她來了，立即笑道：「郡主來了，便進去與玉欣說說話吧。」

待丫鬟挑開大紅簾幔，就瞧見此時坐在梳妝鏡前的裴玉欣，只見她身上已穿著大紅喜服，她的丫鬟站在她身旁。

原本裴玉欣還手掌撐著下巴，發著呆，見有人來了，立即回頭，一瞧見是她，便笑道：「沅沅，妳來了啊，趕緊過來坐下。」

這些日子，裴玉欣要繡嫁妝，紀清晨又在安胎，兩人見面也沒之前那般頻繁。今日是她最後一天作為裴家姑娘，待在這定國公府裡，因此裴玉欣在瞧著她緩緩走過來時，竟是眼眶一紅。

紀清晨見她紅了眼眶，立即道：「妳若是哭的話，我馬上掉頭就走了。」

「誰要哭了？我這是看見妳開心呢。」裴玉欣口是心非地說。

紀清晨登時笑了。

沒一會兒全福夫人進來給裴玉欣上妝，紀清晨便出去。此時外頭已站了不少人，有董氏的娘家人，也有裴家的親戚，屋子裡充斥著一陣陣的歡聲笑語。

不少人都是頭一回見到紀清晨，又聽說她如今已有孕，嘴裡都是說不完的吉祥話。

大概是這屋子裡人有些多，不少人身上還抹著香粉，紀清晨只覺得呼吸漸漸有些不順暢，還想要吐。

董氏瞧出她的臉色不大好，便低聲關心道：「郡主，這是怎麼了？身子不適嗎？」

紀清晨只得如實說，董氏趕緊道：「那郡主還是先回去休息一會兒，這迎親的隊伍一時半會兒還不會來呢。」

她實在是不舒服，便沒和董氏客氣，低頭應了一句，趕緊回去了。

等出去之後，微風一吹，她腦子倒是有了幾分清醒。

待她回到院子正準備休息一會兒，沒想到子息過來了，稟告道：「郡主，三皇子來了。」

「什麼？」紀清晨一驚，從羅漢床上站起來，皺眉道：「世子爺人呢？」

「世子爺剛被太子的人給叫走，這會兒不在家中。」子息也是皺眉。怎麼偏偏世子爺剛走，三皇子就來了？而且三皇子還是偷偷進來的，連國公爺都不知道。

若不是門房的人將三皇子領到世子爺的書房，連子息都不知道。

紀清晨趕緊起身跟著他去瞧瞧。她心底感到奇怪，不是說景然病了，怎麼又出宮來了？

子息已派人去找世子爺，可一時也趕不回來，三皇子又開始發脾氣，他只能請郡主先過去瞧瞧。

待紀清晨到了書房門口，正要推開門時，就聽到屋裡傳來一聲又嬌媚又高亢的喊聲，竟是個女人的聲音。

她臉色大變。這聲音她一下子就聽出來是怎麼回事。

站在她身邊的子息也聽出來了，臉色登時煞白，身子都顫抖起來。

「還有誰在裡頭？」紀清晨又急又怒地說。

子息立即低聲道：「先前奴才讓丫鬟送茶進去給三皇子。」

說話間，裡頭傳來砰砰砰的撞擊聲，還有男子的悶聲低喘，以及一聲又輕蔑又邪魅的話語。「給我叫出來。」

紀清晨立即轉身往外走，一直走到院子裡，離書房老遠，這才穩定了心神。

子息則是嚇得腿都軟了。

紀清晨心底那股隱隱的噁心又湧了上來。她已經站得這般遠，可是那撞擊聲似乎還在耳邊沒有消散。

「三皇子殿下。」子息在外面叫了一聲。

屋子裡的人只發出一陣輕蔑的笑聲，便又按著身下的女人，讓她趴在書桌上，那曖昧又肉慾的撞擊聲，一聲又一聲地鑽進子息耳中。

也不知過了多久，房門被打開了。

殷景然穿著一身湛藍繡竹葉紋錦袍，頭上束著玉冠，一張風流俊朗的臉，竟隱隱有著一絲邪氣。

待他往前走沒多久，就來到站在遠處的紀清晨跟前，他不禁咧嘴一笑，親熱地喊了一聲。「表姊。」

紀清晨看著他的臉，此時發現她還一直將他看作一個孩子，可實際上他早已生得高大挺拔，如今站在她面前，竟比她還要高出半個頭。

她臉上帶著薄怒。

誰知殷景然卻突然舔了下嘴角，邪魅地說：「那丫鬟還不錯，表姊就把她賞給我吧。」

紀清晨被氣得渾身發抖，她死死地盯著面前的殷景然，怒道：「你可知那是你哥哥的書房？」

「裴世子的書房不錯。」殷景然嘴角一揚，眼神中流露出來的盡是邪氣。

紀清晨不知為何好好的一個孩子，會在短時間內有如此巨大的轉變？瞧著他此時的模樣，她第一次真實地感覺到，他如今是個男人，並非是她第一次見到時，那個彆扭又可愛的少年。

此時她終於再也忍不住心底的噁心，摀著胸口便吐了出來。

杏兒嚇得趕緊上前扶住她。

殷景然輕蔑地看著她，嗤笑一聲。

跟在三皇子身後出來的子息，剛想叫紀清晨進房中坐著休息一會兒，可又想到屋子裡頭的情況，他也是說不出口。

就在此時，裴世澤回來了。

他一臉惱怒，在看見院中的紀清晨，以及站在她旁邊的殷景然時，先是一驚，隨後便趕緊過去將紀清晨扶在懷中。

「沅沅，妳怎麼了？」裴世澤著急地喊道。

紀清晨搖搖手，趕緊用帕子摀著嘴，好不容易才道：「我沒事。」

「你給我在這兒待著！」裴世澤衝著殷景然狠狠地道，說完便一把將紀清晨抱起來，快步往回走。

等回到他們的院子後，杏兒立即叫桃葉拿了銅盆進來。

紀清晨這一次孕吐來得著實太凶猛，連番作嘔，竟像是停不下來一般，直到半刻鐘後，她才緩和下來。

裴世澤擔憂地瞧著她，又替她撫著背部，直到紀清晨微微轉頭，瞧著他問道：「景然怎麼會變成那樣？」

「妳不要想這樣的事情，有我在呢。」裴世澤伸手摟住她，輕聲道。

可紀清晨卻是怎麼都想不通。喪母之痛是叫人悲傷，但殷景然著實是變化太大了。先前她在宮中的冰嬉盛會上見到他時，他還是個乖戾的少年模樣，雖然言語中滿是戾氣，卻更像是少年那種害羞又不自在的彆扭。

但今日不一樣，他站在她的面前，那一臉的邪氣笑容，讓紀清晨打從心底發寒。

「他在你書房中做……」紀清晨到底說不出來。一想到那個嬌媚又高亢的呻吟，還有那句冷漠邪氣的「給我叫出來」，她原本已經緩和下來的胃，又開始呈現翻江倒海之勢。

裴世澤登時臉色大變，問道：「他在我書房中做了什麼？」

「他讓我把一個丫鬟給他。」紀清晨彆扭地道。她說得夠婉轉，不過也足夠清楚了。

裴世澤面色一愣，隨後便意識到是什麼事情。這才鬆了一口氣，幸虧不是他所想的那般。不過瞧著紀清晨這模樣，也知道她是被殷景然嚇得夠嗆，他更緊地摟住她，叫她不要胡思亂想。

待紀清晨穩定心緒之後，便推了他一下，催促道：「你趕緊去瞧瞧景然吧，我已經沒事了。」

裴世澤自然不想在此時離她而去，反正殷景然如今也在定國公府裡，暫時也跑不了。所以他抱著她，輕聲說：「妳先靠在我懷中歇息一會兒。」

他身上舒適又溫暖，胸膛硬邦邦的，可靠上去卻又特別讓人安心。紀清晨靠在他的懷中，漸漸地眼皮越來越重，過沒多久竟睡著了。

「來，張嘴。」殷景然手中捏著一片瓜果，拿到坐在自己腿上的少女嘴前，一臉溫柔笑意。

清秀少女原本身上穿著的青色比甲已經被他脫了一半，先前辦事的時候，也是撩了裙子便插進去的。少女還是頭一回，做完之後雙腿發顫，趴在地上好久都沒起身。

裴世澤帶著紀清晨回去後，殷景然便又回了書房，把少女抱在腿上哄了好半天，還吩咐子墨去拿了瓜果進來。

只是少女此時渾身有些顫抖，一半是怕的，一半是疼的。

殷景然瞧著她這副小可憐的模樣，便伸手在她裙子上揉了揉，薄唇輕啟，問道：「還疼？」

先前少女被他強行抱在懷中的時候，嚇得不得了，可是壓著親的時侯，沒一會兒就渾身軟得跟一灘水似的。她叫起來的聲音不錯，雖說容貌普通了些，可是又浪又會叫，倒是讓殷景然有些捨不得了。

小丫鬟輕輕地搖搖頭，咬著唇瓣，一臉嬌羞。

殷景然這會兒才想起來自己還不知道她的名字，便問道：「說來，我還不知道妳叫什麼呢？」

小丫鬟一臉嬌羞，聲音如蚊蚋。「回殿下，奴婢叫碧珠。」

「什麼？說大點聲。」殷景然的聲音突然冷了下來。

碧珠想起方才自己被他按在書桌上，一邊打著臀兒，一邊叫她大聲點兒，嚇得趕緊抬頭。

可她一抬頭，殷景然突然低頭在她的唇上親了一下，還斜眼睨著她，笑意盎然地說：「真甜。」

裴世澤進來時，就看見這一幕，登時氣得太陽穴猛跳。

「世子爺。」碧珠正春心蕩漾，卻聽見身後有腳步聲，這一轉身，就看見裴世澤進來，她嚇得馬上要起身好跪地求饒。

她是定國公府裡的丫鬟，可是卻在世子爺的書房裡叫人破了身子，就算將她亂棍打死，那也是活該的。

殷景然見她要從他身上離開，便一把將她抱了個滿懷，下巴抵在她的肩膀上，笑了起來。「就這麼害怕？」

碧珠抖得都不敢說話，可殷景然卻不放過她，還特別惋惜地說：「可是剛才妳不是一直爽得直叫喚，還說我好大、好硬？」

這話露骨得讓跟著進來的子息和子墨兩人都不敢聽了。

裴世澤冷著臉，眼睛直勾勾地盯著他瞧。

碧珠嚇得眼淚撲簌簌地直往下掉，就是不敢說話。

殷景然嘆了一口氣，卻又有些興奮，抬頭對裴世澤說：「哥，你把這個丫鬟賞給我吧。」

他之前從不叫裴世澤哥哥，如今倒是一張嘴如親兄弟般親熱，還帶點撒嬌地說：「我喜歡這丫鬟，浪得很。」

「你要胡鬧到什麼時候？」裴世澤滿臉盛怒。要不是此時碧珠還坐在他腿上，只怕他已上前動手了。

可殷景然卻一點也不生氣，反而低頭在碧珠的臉蛋上輕啄了一口。他的容貌本就是占全了父母的優勢，一雙眼睛像極了安素馨，桃花眼上翹，含情脈脈，讓少女瞬間忘記了哭泣。

「子息，把這丫鬟給我帶下去。」裴世澤冷聲喊道。

碧珠嚇得抬頭，哭得更厲害了。

殷景然臉上的笑意也收斂了，冷聲道：「我看誰敢動她。」

「這丫鬟乃是我定國公府裡的家生子，便是三殿下要她，也該問過我這個主人家的意思。」裴世澤不懼他的威脅，冷漠地說。

殷景然又笑了，還是那副懶懶散散的模樣，卻抱著碧珠不鬆手。「哥，你就把這個丫鬟賞給我吧。」

裴世澤冷著臉不說話，而殷景然還是那個樣子，還有心思哄著懷裡的碧珠，叫她別害怕，說自己會帶她回宮的。

「妳願意跟我回宮嗎？」殷景然幽幽地問道。

碧珠不敢說，卻聽殷景然又陰惻惻地說：「妳若是不願意的話，我只能把妳交給我哥哥了。」

「奴婢願意，求殿下帶奴婢走吧！」碧珠嚇得立即喊道。

就在殷景然得意地哈哈大笑時，殷柏然來了。他一進來，便瞧見坐在書桌後面的人，腿上坐著一個女子，看起來頗為親密的模樣。

「大哥，你也來了。」殷景然抬頭看著他說，隨後又立即道：「大哥，你幫我跟哥哥說一聲，讓他把這個丫鬟送給我吧，我喜歡。」說著他又在碧珠的臉上親了一口。

殷柏然臉色未變，只淡淡地問他。「你喜歡？」

「是啊，我喜歡。」殷景然露出笑容，天真又溫柔地說，此時他的眼神中全無邪氣。

「你今日不該亂跑。」殷柏然倒是沒在碧珠的事情上糾纏，只是淡淡地教訓了一句。

殷景然倒也認錯得快，立即道：「我聽說定國公府裡有熱鬧可以看，便想過來看看嘛，誰知道竟驚動大哥你了。」

裴世澤自始至終都未說話，還是殷柏然輕聲說：「既然他喜歡，這個丫鬟就讓他帶走吧。」

「太子爺。」裴世澤皺眉，眉宇間皆是反對。

殷柏然瞧著他，輕聲說：「再順著他一回。」

「這個丫鬟給你也行，但你以後不許再這樣亂跑。」殷柏然鎮定地說。

殷景然立即點頭，還特別認真地保證道：「大哥，你放心吧，我以後肯定聽話。」

因殷柏然是低調前來，加之今日定國公府裡有喜事，他也不便多逗留，於是領著殷景然回宮，而裴世澤親自送他們離開。這會兒門口的賓客已來了不少，所以裴世子特地讓人備了轎子，一路送他們上了馬車。

待上車的時候，裴世澤站在馬車外面，殷景然從車上的窗子探出頭，笑道：「哥，你幫我與表姊說聲抱歉，我今日並非故意嚇著她的。」

裴世澤冷漠道：「你若是真心悔改，日後就別再做這樣的事情。」

「我聽你的。」殷景然乖巧地說。

待馬車行駛後，殷景然撇頭看著坐在自己身邊，縮手縮腳的丫鬟，登時嗤笑一聲。他往後靠去，一雙長腿大剌剌地放在前方。

「坐上來。」殷景然聲音冷得像是冰雪般，碧珠一抬頭就瞧見他面無表情的樣子。可是他方才分明和世子爺說他喜歡自己……

碧珠眼角還掛著淚，卻被殷景然的喜怒無常給嚇得連哭都不敢哭了。

「不是叫妳坐上來嗎？還要我親自動手？」殷景然冷冰冰地說。

碧珠瞧著他雙腿間，那處還軟趴趴的，她便磨磨蹭蹭地坐下去，拿屁股去磨他那裡。

殷景然先是一愣，沒想到她竟是如此聽話又聰慧，接著哈哈一笑。

沒一會兒原本軟趴趴的地方，慢慢有了感覺。

碧珠自然也感覺到了。她抿著嘴，小心地磨蹭著，可到底剛破了黃花，又不是窯子裡出來的，哪有那麼多的技巧。

馬車在行駛回皇宮的路上，看似平常地向前行去。

但在巨大的車輪轉動聲中，夾雜著一陣柔媚又痛楚的歡愉聲。

第一百三十九章

三月二十四日，宮裡已是張燈結綵。

紀清晨進宮之後，剛在方皇后宮中坐了一會兒，便想去向殷柏然賀喜。

「去吧，說來妳還未去過東宮吧，這幾日太子也一直都在。皇上把他手上的差事都先停了，什麼事都沒大婚重要。」方皇后滿臉的喜氣。

紀清晨自然也高興，於是便告辭去了東宮。

宮牆林立，就連春風都像被這高聳的牆壁所阻隔。

待到了東宮，倒是瞧見那探頭的春意。其實東宮並非叫東宮，而是叫奉慶宮，只是眾人習慣將太子所居住的地方稱為東宮，所以這奉慶宮的名字反倒叫得少了。

奉慶宮乃是前後四進的院落，前頭三進的院落錯落有致，待一直走到第四進院子，才是正殿奉慶殿。前殿面闊五間，縱深三間，黃琉璃瓦歇山頂，從前門到奉慶殿之間，是一個頗大的漢白玉大理石廣場。

此時陽光一照，整個宮殿彷彿熠熠生輝。

她一進門，就有宮人進來通報。這會兒殷柏然身邊的太監已經過來迎接，一瞧見她，趕緊請安道：「給郡主請安，太子爺一聽說您來，連書都不看了。」

她正要進門，卻見殷柏然已走出來，瞧見她便道：「沅沅妳來得正好，我正打算去釣魚呢。」

「釣魚？」紀清晨登時笑了。

可誰知他還真領著紀清晨出了奉慶殿，去釣魚了。太液池有些遠，他們就選在御花園的池塘裡釣魚，只是紀清晨瞧著那碧綠的湖水，一臉狐疑道：「錦鯉只怕不好吃吧？」

「哪裡就是錦鯉了，是鱸魚。」殷柏然搖頭，在她額頭上敲了一下。

紀清晨一時沒躲開，被打了個正著。

此時宮人不僅搬了椅子過來，竟還搬來一把大紙傘，杏黃色的紙傘將兩人都遮擋住了。其實春日裡陽光本就不烈，空氣又宜人，清風拂過時，還帶著一股隱隱花香。

自從紀清晨成親後，兩人便再難得有如此閒暇的時光，此時兄妹兩個，安靜地盯著湖面，倒像是回到了小時候一樣。

「沅沅。」殷柏然突然開口喚了一聲。

紀清晨轉頭看著他，殷柏然瞧著她亮晶晶的眼睛，微微搖頭，輕笑了一聲。「成親好玩嗎？」

好玩？

紀清晨仔細盯著他的臉瞧了一會兒，噗哧一聲便笑出來。殷柏然感到有些無奈，問道：「有這麼好笑？」

「柏然哥哥，你是不是有些擔心啊？」紀清晨壞笑著問他。

與其說是擔心，倒不如說是浮躁。他這兩日在奉慶宮裡，明明手裡拿著書，可半天都沒翻上一頁，一聽說紀清晨來了，才拉著她出來找個自在。

他一向沈穩，少年時就十分冷靜自持，少有如此浮躁的時候，如今倒是被妹妹看笑話了。

「不許笑。」殷柏然沈著臉，呵斥一聲。

可紀清晨哪裡還忍得住，笑得前俯後仰，好不得意。

她自五歲識得柏然哥哥，可從未見過他這番模樣。不過也是，如此大齡青年，好不容易才娶了個媳婦，可不就得緊張一下嘛。

她問：「你覺得長孫姑娘如何？」

「跳脫。」殷柏然盯著面前的湖水，抿嘴說道。何止是跳脫，想到先前他親自去恒國公府拜訪時發生的一件事，他便覺得頭疼。

這丫頭竟趁著他不注意，偷親了他！

雖說他貴為太子爺，可到底那也是未來的老岳丈，又是國家的肱骨之臣，即便登門拜訪也不會丟了他身為太子的威嚴。可誰知與長孫昭見面的時候，她竟趁人不備，先是摸了他的手，而後又在他的臉頰上親了一下。

他轉頭瞧著她，她竟還信誓旦旦地說，左右都是要成親的人了，親一下有什麼關係？

她彷彿絲毫不知道，身為太子妃必須要端莊文雅。

可紀清晨卻對她極有好感，笑著說：「說來我家那幾位姑娘，倒是挺喜歡長孫姑娘的，說她性子大方有趣，先前元宵節看花燈時，也多虧她護著幾個姑娘呢。」

殷柏然當然知道長孫昭在人前確實是端莊大方，說話也是一板一眼的，只是偏偏與他在一處時，她似乎就沒了姑娘家該有的矜持。

可這些話，殷柏然卻不好與誰說，就連紀清晨他都沒法說，就怕會壞了長孫昭的名聲。他思來想去，到底還是把話悶在心底了。

紀清晨有些奇怪地問道：「柏然哥哥，你為何突然問這個？」

「不過是隨口問問。」殷柏然嘆了一口氣。

那丫頭只怕也是吃定他了，所以才會這麼肆無忌憚吧？

裴世澤來接紀清晨回去時，她撲到他身邊，先是低低地說了一句，又霍然笑了起來。

裴世澤搖搖頭，一臉的寵溺。

而依舊坐在湖邊的殷柏然則懶懶地道：「沅沅，別以為妳說得小聲，孤便聽不到了。」

「我可什麼都沒說，是吧，柿子哥哥。」紀清晨狡黠地衝著裴世澤眨眼。

裴世澤上前恭敬道：「見過太子殿下。」

「免禮吧。」殷柏然轉過頭，突然沈著臉問道：「孤命你將方才元曦郡主說的話，再給孤說一遍。」

紀清晨沒想到他竟會這樣說，當即便大喊道：「柏然哥哥，我知道錯了，你別為難世子爺了。」

「當真是潑出去的水啊妳。」殷柏然在她額頭上敲了一下，無奈地說。

裴世澤只是一笑帶過，並未多說。而在瞧見殷柏然面前的釣竿時，他淡淡地道：「太子殿下還是好興致。」

「閒來無事。」他回頭瞧了裴世澤一眼，道：「你若無事，便也過來與孤一道釣魚吧。」

紀清晨以為裴世澤會拒絕，可誰知他竟是叫宮人拿了釣竿過來，在湖邊一起坐下了。殷柏然坐了半晌，一條魚都沒釣上來，就算他貴為太子爺，可這些水裡游的小東西依然不給面子。

小太監正在旁邊著急，想著該怎樣才能叫魚兒上鈎？誰知裴世澤的竿子才甩下去沒多久，就見那魚線不停地抖動，一旁的殷柏然眼尖，喊道：「上鉤了，趕緊拉線！」

裴世澤雖然不喜歡釣魚，卻也瞧過旁人釣魚，便一竿子拉上來，此時站在旁邊的小太監們都被甩了一頭一臉的水。只見二尺長的魚在草地上翻騰滾動著，兩個小太監趕緊上前將魚抓住。

紀清晨雖然站在另外一邊，還是覺得臉上被濺了好幾滴水。

「你倒是好運氣。」殷柏然瞧著小太監將那魚捧起來放在水桶裡，便笑道。

裴世澤這會兒又坐下來，臉上露出一絲笑意。「太子爺承讓了。」

這句話讓殷柏然輕哼一聲，紀清晨則雙手托著腮，繼續安靜地瞧他們釣魚。

裴世澤看了她一眼，溫和道：「沅沅，妳累不累？」

「不累啊。」她不過是在這裡坐著，有什麼可累的？

只聽裴世澤又說：「乖，到旁邊的涼亭去歇一會兒，這裡風大。」

紀清晨歪頭看著他，又瞧著旁邊的殷柏然，知道他這是要支開自己，與柏然哥哥說話。好啊，他居然還跟她耍心眼了。不過她一向聽話，便起身往涼亭去了，還特別貼心地將一干太監和宮女都帶走。

「今日皇上與微臣說起了火器營削減軍費一事。」裴世澤聲音裡隱藏著薄怒，顯然他沒想到，竟然真叫那幫文官上疏成功了。

裴世澤如今不僅掌管著火器營，還是京衛軍的副指揮使，拱衛京城。這個位置還從未有過像他這個年紀的人，權勢雖不至於滔天，卻也叫人不敢小覷，就連內閣那些個老臣瞧見他，都要恭恭敬敬地喊一聲「世子爺」。

只是他沒想到在京城裡，真有人有膽子敢挑戰他！

殷柏然盯著面前平靜的湖面，他的釣竿又換了一回魚餌，可至今仍沒有一點兒動靜。他輕聲道：「火器營早已是樹大招風。」

可不就是，軍費是別的營三倍之多，光是那火炮還有火槍，就叫人眼紅。一樣都是西郊大營的將士，憑什麼你就能吃香喝辣，我就只有跟著喝湯的分兒？

「你近日可與張晉源談過？」殷柏然嗤笑一聲，問道。

裴世澤一愣，隨即明白殷柏然提點他的意思。他以為是內閣瞧著火器營的軍費太多，故意要給他下馬威，卻沒想到，其實軍中也有人要給他使絆子。

「我與張將軍之間素來和睦，我一向敬重他。」

這話確實不假，畢竟當年西北與蒙古人的戰事，他就是自張晉源的手下裡出頭的，要不是張晉源不拘一格地提拔自己，只怕如今他還只是個世子爺，而非掌握著實權。

都說當局者迷，殷柏然倒是沒想到他竟也會犯這樣的錯誤，當即笑道：「當年你是初生牛犢，更何況老國公在軍中威望甚重。先皇封張晉源為征北大將軍，本就不服眾，他拉著你等於是扯上了老國公的大旗，自然會對你百般重用；如今你羽翼豐滿，不僅掌管著最重要的火器營，還在防務上插手，你覺得他會容得下你？」

如今邊疆並無戰事，無外敵在，自然是把精力都放在內鬥上頭了。

裴世澤心底還念著征北時的那點情分，卻不知人家已經磨刀霍霍，準備掀了他的老底。

「沒想到張將軍如今的胃口，竟越發大了。」殷柏然冷笑一聲。他這個太子爺對誰都是溫潤可親，一張嘴更如春風細雨。

上位者的溫和寬厚，有時候也會被說成是懦弱無能。

這種說法雖沒人敢當著他的面說，可是殷柏然多得是耳目，自然會知道，不過他全然不在意。不想想如今是誰當家？父皇正值盛年，一心圖治，他這個做太子的若是咄咄逼人，那成什麼樣子了。

殷柏然不介意此時的溫和，反正他心底自有一本帳，只待日後徐徐圖之。

倒是這會兒張晉源和裴世澤之爭，早已在眼前了。無論從何處考慮，殷柏然都是站在裴世澤這邊的，可他要站卻不能明站，更不能暗暗拉攏。

裴世澤身上的權柄太搶眼，又是火器營，又是京城防務，說句不好聽的，若是誰想造反，頭一個拉攏的一定是他，而不是張晉源。

此時水面還是平靜無波，只聽裴世澤輕聲道：「多謝太子爺。」

太子爺大婚，可謂是舉國同慶，那陣仗可不是哪家婚事能比得上。

便是過去兩日了，這滿城的百姓依舊還在討論那日的熱鬧。當時街上都是全副武裝的軍士，腰間佩著大刀，排成一排，倒也沒趕人，只是不許超過沿途拉著的紅線。

就連紀清晨都覺得，她自個兒大婚時都沒這兩日這般累，大概也是因為她如今懷有身孕，所以才會覺得特別疲倦吧。

熱鬧還未過去，殷珍一家總算到了京城。

殷珍是皇帝還活著的唯一妹妹，先靖王的子女不多，兩子兩女，幼女琳琅早已仙逝，先世子爺也已過世三年，如今就只剩下殷珍了。

可是光從皇上登基三年才叫他們一家子上京，便可知皇上對待這位妹妹是真不上心。

不過就算是不上心，方皇后這個做皇后的卻得表現出熱情來。公主府是與齊王府一塊兒修建的，不過府邸的位置和規模自然是趕不上齊王府。

只是如今還未正式冊封，所以陳家一家人便暫住京城的會館之中。那本是給外邦進貢時住的地方，不過如今沒有外邦，又因為會館比驛站要好些，便將陳家安排在此處。

次日殷珍進宮，紀清晨和紀寶璟兩人也都得了宣召。

這次安靖太后宣陳家進宮，就連陳蜀和陳修父子兩人都一道進宮來了。不過他們是去給皇上請安，而殷珍和陳蘊母女則是跟著宮女到了安靖太后的宮中。

此時方皇后和太子妃都到了，還有紀清晨和紀寶璟兩姊妹也已在座。

待殷珍一進門，便向安靖太后磕頭，口中喊道：「女兒見過母后。」

這一聲母后倒是真真切切，腔調中帶著的哭意，當真叫人動容。

安靖太后這兩年在宮中過得也算舒心，瞧著她才想起一點當年在遼城時候的歲月，一時也是淚眼婆娑。

「可憐妳了，在外頭飄零了這麼多年，如今總算回來了。」安靖太后柔聲說道。

宮人自是伶俐的，趕緊過去將殷珍扶起來。

殷珍趕緊拭淚，又朝左手邊的皇后和太子妃請安。方氏她自然是認識的，雖說太子妃未見過，可瞧著這般年輕又打扮如此華貴的年輕女子，一想便知道是剛大婚不久的太子妃了。

「見過皇后娘娘。」殷珍這會兒看著方氏，不禁感慨世事無常。

方皇后如今的模樣，無比的雍容華貴，似乎與當年在靖王府的方氏，早已經不是同一個人了。

方皇后溫和地道：「妹妹起身吧。這些年陳大人在外為朝廷效忠，妹妹這個賢內助做得好啊。」

之前安靖太后說什麼殷珍在外頭飄零，便叫方皇后心頭有些惱火。陳蜀乃朝廷命官，外放本就是應該的，怎麼到了她嘴裡便是飄零了？

所以方皇后這時才會如此說。這一屋子裡頭的都不是傻子，自然都聽出了方皇后言外之意。

殷珍立即笑道：「不辛苦，本就是應該的。」

瞧見她臉上討好的笑容，安靖太后的臉色頓時陰沈下來。

此時皇帝正好來了，而且還將陳蜀和陳修父子都帶來，說是他們在外這麼多年，也該來向太后請安，敬一分孝道。

眾人皆起身，給皇帝請安。

待皇帝走到安靖太后身邊坐下後，陳蜀便與兒子陳修一道給太后請安。

紀清晨是頭一回見到這位姨丈，瘦弱矮小，不過據說官聲還算不錯，不過可惜的是，本朝駙馬不得在朝為官。

安靖太后讓他們起身，卻見陳修站起來時，目光若有似無地掃過了站在太后身邊的殷月妍，而殷月妍也恰好在此時抬眼，兩人四目相對。

安靖太后今日興致不錯，還留了眾人在宮中用膳；不過皇帝倒是未留下，他能過來瞧瞧，已經是給安靖太后臉面了。

他對殷珍這個妹妹一向淡淡的。當年她可沒少欺負琳琅，只不過如今礙於臉面，不得不冊封她罷了，要是依著皇帝原本的性子，恨不得讓她一世都淪落在外頭才好。眼不見為淨！

是以皇帝坐了一會兒，便起身回去了。

倒是安靖太后叫殷珍一家子都留下來。

皇后皺眉，只因陳蜀和陳修乃是外臣，如今留在後宮中也就算了，哪有讓她與太子妃還留在此處的道理？

不過好在安靖太后如今也不再像從前那般說一不二，瞧著皇后的表情便揮揮手，叫她們離開了，就連紀清晨和紀寶璟兩人也沒留下，得了太后的准許，也一起離開。

待回了方皇后的鳳翔宮，她有些心疼地瞧著紀清晨，問道：「沅沅今兒個可還累？」

紀清晨的肚子已有點顯懷，不過她穿著寬鬆的衣裳，倒也瞧不出來，這樣問也是怕她累得厲害，卻憋在心中不說出來。

她立即搖頭，臉上還是一副輕鬆的表情。「舅母放心，我不累。」

「也就是今日進宮來見一見面，往後妳便在家裡安心養胎，不必再像今日這般了。」方皇后安慰她道，原本她是不想叫紀清晨進宮的。

如今她懷著身孕，正是頭三個月，這馬車來回顛簸的，萬一不小心碰著、撞著了，誰能擔得起這個責任？只是安靖太后卻說殷珍好不容易回京，她和紀寶璟都是做外甥女的，難道連自己的親姨母都不來瞧一瞧？

人言可畏，方皇后也是考慮到這一點，才叫她們進宮來的。

長孫昭瞧著她的肚子，笑道：「真想早些見到沅妹妹的孩子，不知該有多漂亮呢！」

她這話說得還真是有依據的。裴世澤生得高大挺拔，又那般俊美無儔；而紀清晨則是跟天仙一般明豔絕倫的女子，這兩人的孩子，只怕得是京城裡最好看的小娃娃吧。

「妳若是喜歡孩子，便自個兒生一個，羨慕旁人可不行。」方皇后似笑非笑地睨了長孫昭一眼。

長孫昭沒想到一向端莊的母后竟會對自己說這樣的話，登時有些羞澀地紅了臉頰。

她眉目英氣，一向少有小女兒姿態，這會兒臉頰紅撲撲的，倒是顯現出幾分女兒家的羞澀和嬌媚。

第一百四十章

待出宮之後，紀寶璟與紀清晨說著話，順口說起了家裡的事情。「太太如今著急上火，四處幫六妹相看人家。爹爹倒是有個同僚，不過一家子被放到外頭做官去了，因此衛姨娘死活不願意，說是若要把六妹遠嫁，不如叫她去死。」

這些閒話，紀寶璟原本不想與她說的，可是又怕她在外頭聽到一些不好的傳言，便還是說了一聲。

紀清晨聽了之後，立即皺眉道：「為何要將六姊遠嫁？喬策如今還好端端地在京城待著呢，他都能待得住，六姊憑什麼要避開他？」

紀寶璟轉頭瞧著她，不禁笑開來，沒想到她竟會幫紀寶芙說話。

「祖母說的也是這個理。」紀寶璟微微一笑。

紀清晨想起方才殷月妍和陳修的那番對視，便問道：「我聽說陳蘊和陳修兩人都尚未婚配。」

「聽說姨母想著日後要回京，便沒多著急。」紀寶璟自然能想得通殷珍的意思。如今舅舅成了皇帝，連帶著一家子都成了貴主兒，殷珍是皇帝的親妹妹，怎麼說一個公主的位分是跑不掉的。

湖廣那地界上的人，殷珍左右是瞧不上了，只盼著回京呢。

不過陳修是個男子，就算到了二十歲還沒說親也不算遲；可陳蘊這會兒卻已經十七歲，到底是大姑娘了，估計這一回京便要替她先相看人家。

「姨母這個人……」紀清晨不屑地嗤笑了一聲。也就因為看在殷珍是長輩，她才沒有明說她的不好。

她想起當初在靖王府時，殷珍看上了殷月妍，便讓陳修去勾引她，而那時還是外祖的喪期。

若不是被她撞見了，只怕如今她的表姊夫還未必是喬策。

聽紀清晨說起這段往事，紀寶璟一時間目瞪口呆。她竟不知道殷月妍和陳修竟還發生過這樣的事情。

紀寶璟連連搖頭，問道：「舅舅也知道？」

先前殷月妍與喬策訂婚，還說什麼郎才女貌、捨命相救，說的比話本子上唱的還好聽，沒想到這裡面竟還有這樣的事情。

紀清晨點頭。這會兒兩人已經上了車，定國公府和晉陽侯府都在內城，而且相隔不遠，所以姊妹兩人是坐同一輛馬車回去的。

而紀寶璟對這位姨母的所作所為更是驚嘆連連。她之前未曾與姨母接觸過，尚不知她的性子如何，今日一聽紀清晨說的這些事，往後她見到姨母，自然要退避三舍了。

「雖說是親戚，不過日後少來往便是了。」紀寶璟也交代紀清晨一聲。待把她先送回定國公府，紀寶璟這才回去。

等紀清晨回到院子之後，留在家中的香寧迎上來，對她說道：「郡主，今兒個東川伯府的伯夫人來了，是舅太太陪著一塊兒來的，這會兒只怕還沒走呢。」

因紀清晨未在宮裡留膳，所以回來得早，倒是趕上了。

她皺了皺眉。先前裴世澤不看好這門婚事，只因東川伯乃是個寵妾滅妻的，那妾室不但生了長子不說，就連東川伯府的世子之位也遲遲沒立下來。

可卻叫姚姨娘鬧了一通，如今姚姨娘被禁足，這門婚事倒是沒被耽誤。

估計姚姨娘要是知道了這件事，也只會覺得自個兒這一番鬧騰，總算沒有白費。

紀清晨哪裡想管這樣的事，直接便道：「妳派人去與夫人說一聲，就說我已經回來，只是太累了，身子乏得很，便不過去了。」

香寧點頭，便要過去回話，卻又被紀清晨叫住。「皇后娘娘賜了一盒點心，妳順道拿過去吧。」

杏兒站在旁邊，立即道：「可姑娘您不是時常念叨著酥油鮑螺嘛。」

今兒個紀清晨在安靖太后宮裡吃了一個酥油鮑螺，方皇后大概是瞧見了，便叫人給她準備了一匣子，裡頭放了四個；還有在牛油松瓤卷酥和蓮蓉酥，都是她喜歡吃的。

每回從宮裡回來，不管是皇后還是舅舅，總會賞她一些糕點。大概她這愛吃的印象著實令他們太過深刻，就連如今她懷孕了，還是照賞不誤，甚至賞得更多了些。

「先前在太后宮中吃了一個，才發現想著這味道，可吃到嘴裡，卻又覺得有些噁心。」

紀清晨忍不住扶額。這會兒她確實是有些倦了，便揮揮手，叫香寧趕緊把東西送過去。

其實她叫香寧送東西，只是為了堵住她們的嘴。

畢竟顯慶伯夫人也來了，她是謝萍如正經的嫂子，是舅太太。她既然來了，按理紀清晨應該要過去的，可上回為了裴玉敏的婚事，紀清晨可沒跟她客氣，如今人家眼看著就要成就一門美滿婚事，她過去做什麼？

但若只是叫人過去說自己累了，難免有點恃寵而驕，所以她才叫香寧把宮裡帶回來的點心送過去。這是要拿皇后的勢去壓一壓她們，省得到時候又傳出什麼不好聽的謠言。

香寧叫了兩個小丫鬟，將食盒小心翼翼地捧到謝萍如的院子裡。

裴玉敏和裴玉晴兩姊妹都在，不過今兒個的主角是裴玉敏，東川伯夫人就是過來親自相看她的。雖說是個庶出的，可瞧起來卻是斯文大方，言談間也不見瑟縮，先前雖說也見過幾回，但那時還沒往兒媳婦上頭去考慮。

只是再一細想，她不過是個庶出的姑娘而已，東川伯夫人又覺得心有不甘。

正在說話間，就聽一個丫鬟進來通稟，說是郡主身邊的丫鬟來了。

「不是說郡主進宮了嗎？」顯慶伯夫人一聽，登時變了臉色。上回來，郡主說的那些話，可還言猶在耳呢。

杏兒進來之後，便給謝萍如請安，道：「夫人，郡主方才剛從宮裡回來，本想著過來給太太還有舅太太見禮，只是身子實在是疲乏，有些不適，便不能過來了。」

「郡主身子可要緊？要不叫大夫過來瞧瞧吧，這可不是小事。」謝萍如關切地道。

一旁的裴玉敏和裴玉晴臉上也都露出了擔憂的表情。

杏兒趕緊解釋道：「只是身子有些乏累，郡主說休息、休息便好了。」

「郡主年紀輕，又是頭一回有孕，可不能不拿自己的身子當一回事。妳回去好生照顧郡主，若是還有不適，便趕緊過來通報。」謝萍如說得情真意切，叫一旁的顯慶伯夫人都不得不點頭。

杏兒及時把話題扯開，指著她身後小丫鬟所捧著的食盒。「這裡的點心乃是皇后娘娘賞賜的，郡主得知兩位夫人也在，便叫奴婢送來，給太太和夫人們嚐嚐鮮。」

皇后娘娘賞賜的糕點啊……即便是顯慶伯夫人和東川伯夫人如今都甚少能得到宮裡的賞賜，所以瞧著這麼一盒糕點，雖然不是什麼名貴至極的東西，卻意味著得到了宮中貴人的寵愛。

原本這兩位夫人還只是聽說而已，如今倒是眼見為憑了。

東川伯夫人本還覺得，裴家的庶出姑娘配她的兒子，對方是高攀了，可如今想著自家的前程光景，她咬了咬牙。

就定下這姑娘了！

紀清晨不知她竟還順道促成了這樁親事，她一覺睡到晚霞照滿天。

「世子爺還沒回來嗎？」紀清晨一起身便問道。

杏兒搖搖頭，回道：「還沒呢。」

結果一直等到天黑了，裴世澤還是沒回來。她一開始還不大著急，可眼瞧著戌時已過，竟連個送信的都沒有。

自她懷孕之後，他若要值勤，都會提前與她說一聲，就算臨時有什麼事情，也會派人回來告訴她。可是今日，卻一直沒有任何消息傳回來。

她趕緊派杏兒去書房瞧瞧，沒想到子墨卻說，世子爺一直沒派人回來。

「郡主，您先別著急，指不定是因為什麼要緊事，在外頭耽擱了。」杏兒安慰她。

京城郊外，只見一處院落突然紅光四起，沒一會兒，便將整片天空照得透亮。

一行人騎馬直奔小院而去，待在山莊上停下後，打頭的人剛勒住韁繩，便猛地跳了下去。推開院門，就聽見裡面還有女人哀號哭泣的聲音。

裴世澤心頭一鬆，可是才慶幸沒多久，他就瞧見地上的血跡。

紅光映得夜幕都亮了，他腳下新鮮的紅色血液就像是毒汁一樣，蜿蜒而流。

當他抬起頭時，就看見殷景然手中拿著劍，悠閒地從屋裡出來。此時著火的是這一戶人家中的柴房，離正屋還有些遠，所以他一點兒都不慌忙。

「哥哥。」殷景然看見他來了，突然歪頭，調皮地喊了一聲。

裴世澤眼眶一下逼紅了，赤著雙目問：「你知不知道你在做什麼？」

「報仇啊。」他嘴角揚起笑意，天真得一如往昔的少年模樣。

「景然，你不要……」裴世澤看著他，眼中終於露出心疼的表情。

殷景然低頭看了一眼手中握著的劍，此時劍尖上還滴著血。

旁邊傳來婦人大喊的聲音。「大人，求您救救咱們，救命啊！」

那婦人懷中抱著一個小男孩，在看到裴世澤之後，雖不知對方是何人，可她卻聽懂了他方才有想要勸阻對方的意思，所以此時就把裴世澤當成是救命稻草。

殷景然見她居然還有臉喊救命，便提起手中長劍，怒吼道：「閉嘴，若是再敢多言一句，我就把你們都殺了！」

此時裴世澤帶來的人也跟著進了院子。在瞧見大火之後，裴游上前，低聲問：「世子爺，可要救火？」

殷景然臉上露出冷笑，紅光照在他手中提著的劍上，雪白的劍身在黑夜中泛著冷冷的光輝，他低頭看著手中長劍。「這是父皇賜給我的，今日我用來殺掉陷害我母親的人。」

「景然，沒有人害她，她是自我了斷的。」裴世澤看著他，聲音裡帶著一絲顫抖。

可這句話卻像是拂了殷景然的逆鱗，他抬起劍對準了裴世澤，怒吼道：「不是！若不是這些人生出口舌是非，母妃不會丟下我的。她本來就活得艱難，可是這些人卻還是不放過她。」

此時柴房中的火勢越燒越厲害，甚至蔓延到了旁邊的花房，而花房中草木繁茂，頃刻間就被火舌吞噬。

那個一直抱著孩子的婦人，總算聽明白了。

這是……是宮裡頭的貴人！難怪自家公公這些日子來一直戰戰兢兢的。自從公公從鏡春園回來，便鬧著要回老家去，不想在京城待著了。

他們家是伺候花草的，手藝連宮裡的匠人都趕不上。這些年來，靠著侍弄花草的本事，早就連大屋子都蓋上了，卻沒想到，進了鏡春園一趟，竟是要落得一個家破人亡的下場。

這會兒知道了殺人的是誰，婦人也不想著報仇的事情，這可是天家的皇子啊。她哭嚎著喊道：「三皇子殿下，娘娘的事情真的不是從我家傳出去的，我公公是被冤枉的，真的不是他亂嚼舌根！他回來後，連家裡人都沒說，還是娘娘出事之後，他才同咱們說的。」

老花匠也是怕這件事會連累到兒子，就叫他們趕緊回老家去，不要再留在京城了。至於他自個兒，反正都這麼大的年紀，也不想再跑了。

可是這才準備著呢，禍事便降臨了。

方才殷景然提著劍衝進來，一劍便插在了老花匠的心窩上，血噴了他一臉。老花匠的兒子也被他一腳踢開，撞到桌子上，這會兒還生死未卜。

婦人雖嚇得腿軟，可身邊的孩子嚎哭起來，她聽著哭聲，竟生出一股勇氣，抱著孩子跑出了屋子，可還未跑出去，裴世澤便來了。

公公說的話此時還迴蕩在耳邊，婦人雖是個不識字的，卻也知道此事有多要命。

老花匠為人不錯，之前鏡春園的活計是一個與他同鄉的內宦介紹給他的。

都說貴妃娘娘是病死的，可是公公進鏡春園時，娘娘還好好的，待這京城裡傳起了流言，娘娘便沒了。

雖說貴妃的死因被皇上封了口，可市井之間總是有些消息互通有無。

「若不是這些流言蜚語，母妃又怎麼會撐不住？她活著一日，也不過是想替外祖討回公道。」殷景然的眼神中透著恨意。

母子兩人相依為命時，安素馨便會與他說起京城的往事，她幾乎從未提過定國公府的事，說的都是在汝南侯府裡度過的時光。

她的父親乃是鎮守東海的戰神，幼年時她曾隨著父親前往福建。那裡的港口停靠著成千上萬艘的海船，漁民出海捕撈，幾日後回來，便會有數不清的海味可以享用。

只有說到這一些的時候，母親的眼裡才會閃著光。

母親還曾與他說道：「景然，你的外祖絕不是什麼殺良領功之人，他率軍抗擊倭寇海盜，是了不起的大英雄，我餘生之夙願，便是能替你外祖平反。」

可是她的夙願尚未實現，便撒手而去。

殷景然恨這些人。他們畏懼父皇的天威，不敢有絲毫冒犯，卻偏偏將所有的罪過都推到母妃的身上。

對，他是外室之子又如何？

他行事不端、恣意妄為，就是要叫這些人瞧一瞧。他們不是喜歡上疏嘛，他還巴不得他們有所動作，這樣他才能知道，究竟是誰巴不得母妃和他去死？

「夠了。」裴世澤揮手，沈著聲音吩咐道：「把三殿下請回去。」

裴游點頭上前，只見殷景然冷笑一聲，拿劍擋在身前。可誰知他剛一動，突然覺得脖頸一痛，接著便全身痠麻，慢慢地竟連意識都開始模糊起來。

片刻後，砰的一聲，他便倒在了地上。

裴游收起手中的暗器，上前將他扶起來。

待走到裴世澤身邊時，他回頭看著那對母子，輕聲問：「世子爺，這對母子該怎麼處置？」

深夜的鏡春園中，漏夜而來的太子，一身玄色長袍，就連腰間束著的腰帶都是墨色的。待他走到正殿內，就見到站在殿內的裴世澤。

「見過太子爺。」裴世澤回頭，看見他進來，恭敬地喊了一聲。

殷柏然朝裡面瞧了一眼。「他如今怎麼樣了？」

「微臣叫人用暗器將他打昏帶了回來。」裴世澤神色黯然，卻還是說：「他還是殺了那個花匠。」

意料之中的事。上次殷景然吵著要出宮，皇上雖擔心他的身體，還是不忍心拒絕他的要求，所以便同意了。

殷柏然派人跟著他，待他一甩開那些侍衛，殷柏然便叫人趕緊去了花匠家中，誰知他居然沒有前往。

倒是後來去了定國公府，想來上回他不過是刻意迷惑他們罷了。

「三皇子如今是得了心病，若是長此以往下去，只怕會釀成大禍。」裴世澤盯著殷柏然，聲音無奈又苦澀。

看著面前難得露出如此表情的裴世澤，殷柏然也是長嘆了一口氣。「方才若不是我攔著，只怕父皇也會前來。如今對父皇來說，三弟的身子才是最要緊的。」

早在殷景然發狂殺了安素馨宮中的宮女和太監時，皇帝便得知了此事。可他只是著人將那些太監和宮女給安葬了，還給了他們家裡一筆不小的安葬費，卻一點也沒有責怪殷景然之意。

這些日子以來，殷景然在宮中不乏有荒唐之舉，卻都叫皇上給壓下來；皇上甚至還將他封為永安王，這其中的寵愛之心，溢於言表。

所以如今就算是殺了一個花匠，只怕皇上連責怪都不會責怪。可長此以往的縱容，真的不會讓他更變本加厲嗎？

「太子爺，三殿下此番行徑早已失了偏頗，若是皇上還不嚴加管教的話，只怕以後會叫他更加肆無忌憚。」裴世澤開口說道。

殷柏然苦笑一聲，抬頭看著他，微微搖頭，卻是再也說不出話。

裴世澤歸家時，已至深夜。他輕手輕腳地進門。方才已去了淨房洗漱，如今身上只著一件中衣，待坐到床邊，正要掀開被子時，床榻上的人突然微微翻動了一下。

「柿子哥哥。」紀清晨啞著聲音喊了一句。

裴世澤沒想到還是把她吵醒了，只得輕笑一聲，壓低聲音問：「吵醒妳了？」

紀清晨自懷孕之後便開始嗜睡，大概是白日裡睡得有些多了，所以如今到了晚上，反倒睡得不如從前安穩。方才裴世澤輕輕掀開被子，她便有了感覺。

裴世澤躺下來，將身旁的小人兒抱在懷中，撫著她的後背，柔聲安撫道：「我回來了，別擔心了。」

紀清晨雖感覺到他的動靜，可是這會兒連眼皮都抬不起來了，便迷迷糊糊又睡了過去。

第一百四十一章

待第二日醒來時，她只見外面一片灰濛濛的，就連簾帳內也是一點光亮都不透。

她轉頭瞧著身旁的裴世澤，他睡得正深沈，深刻俊朗的面容此時安靜又柔和。他側著身子，一條手臂還搭在她的身上。

過了一會兒，就見他眼睛未睜開，卻問道：「今日怎麼醒得這般早？」

尋常他起身去上朝了，紀清晨都未必醒來。

「你昨日是去哪裡了？」紀清晨擔憂地問。

裴世澤沒說話，只是把頭埋在她的肩窩。

他頭髮毛毛的，就抵在她脖子那裡，叫紀清晨忍不住扭了一下。她再問道：「又是因為景然的事情？」

他一向做事穩妥，如今想想，除了景然的事情，還真沒別人能叫他這般操心了。

「他沒事，妳別擔心。」裴世澤立即說道，接著便伸手去摸她的小肚子。如今小傢伙已經好幾個月了，原本平坦的小腹這會兒也已經微微隆起。

他掀起被子，鑽進到她的肚皮處，在上面親吻了一下，輕聲問道：「小傢伙今天有乖乖的嗎？」

紀清晨噗哧笑了出來，說道：「如今他還沒多大點兒呢。」

裴世澤也笑了笑，伏在她的身上，撐著手臂，在她的唇上親了下。「我起身了，妳再睡一會兒。」

「我也起身，反正是睡不著了。」紀清晨立即道。

裴世澤想了下，點點頭。反正如今她是想睡便睡，也不用擔心睡眠不足；況且自從她懷孕之後，夫妻兩人便鮮少在早上一同起身。

今兒個紀清晨不但早起，還特地親自伺候他穿衣。

難得被媳婦伺候的人，一臉柔和，彷彿大清早便吃了蜜一般。

待送走裴世澤之後，紀清晨便叫人陪她去花園裡採露珠，她早上洗臉用的都是露水。

誰知竟遇到了裴玉敏。她大約是要去給謝萍如請安，而裴玉敏在看見紀清晨後，便趕緊走過來。

「三嫂，妳今日怎麼起得這般早？」裴玉敏柔柔笑問道。

小姑娘瞧見她倒還是十分客氣溫柔，不過紀清晨心底待她卻無法像從前那般了。畢竟出了姚姨娘的事情之後，她深覺姚姨娘乃是自作自受，可偏偏裴玉敏似乎真的一點兒也不怨恨他們，處處還是同從前一般。

這樣深沈的心機，只怕都能趕上當了十幾年國公夫人的謝萍如了，讓紀清晨實在是喜歡不上來。倒是裴玉晴那樣的柔順性子，她才是真的喜歡。

紀清晨現在懷有身孕，便處處小心，就連吃食都一定要杏兒和香寧親自看著。

雖說以她這樣的身分，旁人對她下手，那便是自尋死路，可在這世上，總是有些活得不耐煩的人。

「看來我這懶散的名聲，都傳遍整個國公府了。」紀清晨手中按著長頸玉瓶，微微一笑。

裴玉敏一愣，連忙斂起笑容，解釋道：「三嫂，我不是那個意思。」

紀清晨笑得溫和，趕緊擺手道：「三嫂是與妳說笑呢。」

見她又笑得如此溫柔，裴玉敏這才放心。她匆匆告辭，趕緊往謝萍如的院子裡去。

「四姑娘可真厲害啊。」香寧待她走後，笑了一聲。

紀清晨轉頭瞧著香寧。「怎麼個厲害法？」

「姚姨娘被送走，聽說四姑娘只叫人送了銀子過去，竟是連看都沒去看過呢。」

紀清晨淡淡道：「那是她沈得住氣。」

大概是想等著自己真的嫁入東川伯府的那一天，再風風光光地把她親姨娘接回來吧。只是姚姨娘犯了那樣的事，叫她在莊子自省，已是看在她為國公爺生了一個女兒的分上了。

再說了，只怕謝萍如也未必想讓姚姨娘回來。

待紀清晨回到自己的院落，就聽人來稟告，說是方家二少奶奶來了。她愣了下，這才反應過來，是她五姊紀寶茵來了。

紀寶茵懷孕已快六個月了，她進來的時候，是由一左一右兩個丫鬟扶著她的。

紀清晨讓她趕緊坐下，又吩咐丫鬟上茶。

這不年不節的，紀寶茵卻跑來找她，自然讓紀清晨感到奇怪，便問道：「五姊，妳可是有事？」

紀寶茵瞥了她一眼，涼涼道：「若是沒事，我就不能來尋妳了？」

這話中含有怨氣啊……紀清晨立即閉嘴。

因為她懷孕，所以也不敢叫她喝濃茶，於是香寧泡了清雅淡香的花茶上來。

只見紀寶茵端著茶盞，也沒往嘴裡送。

紀清晨見她這般，知道她肯定有事，便小心地問道：「五姊，妳可是有什麼心事？」

這話其實問得多餘，若是沒事，也不至於懷孕了，還挺著個大肚子到定國公府裡來。可是瞧她這個樣子，一時半會兒似乎又說不出口。

待紀寶茵輕輕將手裡的汝窯青花瓷茶盞放下，便喚紀清晨道：「沅沅。」

聽她叫自己的名字，紀清晨抬頭。可紀寶茵又停了好一會兒，見她這般為難，紀清晨還真以為是什麼天大的事情，便趕緊說：「五姊，妳若是有什麼話便只管與我說，不管如何，我肯定會幫妳的。」

說罷，她便吩咐丫鬟們都先下去。讓紀寶茵這般難以啟齒的話，只怕她也不想被外人聽到。

等丫鬟都出去了，她才帶著點哭腔問：「自從妳懷孕之後，世子爺可有……」

紀清晨睜著大眼睛，一臉不懂地瞧著她，還是紀寶茵自個兒實在忍不住，乾脆咬牙問道：「世子爺可有去找旁人？」

「旁人？」待紀清晨明白她的意思，立即便道：「柿子哥哥才不是這種人呢。」

誰知紀寶茵一聽，登時就嚶嚶地哭了出來。

紀清晨一看她哭了，便有點心急，趕緊扶住她的肩膀，輕聲問道：「五姊，妳先別哭啊，妳可是受了什麼委屈？是不是方孟衡欺負妳了？妳放心，我回頭就上門去找他算帳。」

「沅沅，我婆婆今日賞了我兩個丫鬟，說、說是給二爺的。」雖然方二太太話裡沒明說，可那意思就擺在那裡了。說她如今懷著身孕，總該找旁人來伺候二爺，別叫他一個爺們給憋壞了。

雖說她知道，男子三妻四妾都是尋常的事，就是她三姊那般強勢的性子，都挨不住表哥一個又一個地往房裡抬人。可是她喜歡方孟衡啊，當初知道要嫁的人是他，她歡喜得不知所措。

如今卻要叫她眼睜睜地看著別的女人與自己一同分享他，紀寶茵是無論如何都接受不了的。

紀清晨怒了，問道：「是方二太太逼迫妳的？」

說逼迫倒也不適合，畢竟這婆媳之間，婆婆賞下兩個丫鬟給兒子，那傳出去也是心疼自己的兒子。禮法便是這般，就是做媳婦的，也只能咬牙硬忍下去。

所以不少人多年媳婦熬成婆之後，不僅沒體諒兒媳婦的難處，反而比自己婆婆當初還要難纏。

紀清晨自然是見過這位方二太太的，畢竟方家是方皇后的娘家，宮中宴會也常碰到面。這位二太太家世不顯，也不是什麼名門閨秀，說話行事也是直白得很，這種人妳倒是不用怕她會在背後給妳下絆子。

「先前她便與我說過，說什麼爺們家房中有通房那是尋常的事情，還說如今我懷孕了，卻老是霸占著孟衡，傳出去會叫人笑話的。」紀寶茵的這些委屈連韓氏都沒說，若不是今日方二太太給她賞了兩個丫鬟，她只怕還會繼續忍耐下去。

她三姊倒是不忍耐，可是鬧得雞飛狗跳，最後還和表哥離心離德。

紀寶茵出嫁之前，便一直以紀寶芸為反面例子，還想著無論如何都不能走上她的老路。可如今她倒是能理解，為何三姊要那般不顧一切地鬧騰了。

「真是荒唐，女子懷孕本就艱難，如今孕吐不說，生孩子便如同闖鬼門關一般。她也是女子，不體諒妳也就罷了，還賞什麼丫鬟，當真是可惡至極。」紀清晨如今也有了孕吐反應，有時候一丁點的氣味，便能叫她難受得連飯食都用不了。

要是誰敢給裴世澤塞什麼丫鬟，她只怕連弄死對方的心都是有的。

紀寶茵就是需要與她同仇敵愾的人，她不願意回娘家，也是這個原因。只怕她說了此事，母親估計還會叫她暫且忍耐，畢竟她爹爹也是有妾室的，她庶出的二哥與大哥也只差了兩歲而已。

所以紀清晨這般同她說，她心底一時間好受多了。

「那五姊夫怎麼說？」紀清晨問她。

她看那方孟衡是個溫和善良之輩，應該不會這般喜新厭舊吧。

紀寶茵搖搖頭，道：「今日我去給婆婆請安的時候，他已出門了。如今他在書院裡潛心讀書，我也不知。」

她也不知方孟衡是什麼態度，畢竟方二太太這般突然就把人塞到她房中，她就是怕人家母子已通氣，只叫她一個人還傻傻地被蒙在鼓裡。

「好了，五姊，妳先別哭，這件事說不準就是方二太太自作主張，我瞧著五姊夫也不是那等有花花腸子的人呀。」紀清晨還是先安慰她。

可紀寶茵如今是越想越傷心，眼眶泛淚，恨恨地道：「男人有幾個不花的？相信他們的話，還不如相信母豬能上樹呢。」

說罷，她還點著紀清晨的鼻子道：「妳也要看住裴世子，他那般容貌又有如此尊貴的身分，就算整日裡冷著一張臉，也不知道有多少女人願意湊上去。」

紀清晨立即幫裴世澤說話。「柿子哥哥才不是那種人。」

「妳姊夫成婚前，不也是老實得很。」紀寶茵一說，又是眼眶含淚，看起來是真的傷心了。

紀清晨總算明白了，她就是懷孕，又被婆婆這般刺激了下，就變得胡思亂想起來。

待用過午膳後，紀清晨便叫人給紀寶茵鋪床，留在她在院子裡休息一會兒。等紀寶茵睡著了，她又派人去通知方孟衡。

方才紀寶茵言語裡都是不願回家，只是紀清晨覺得，夫妻之間的事情，總是要說明白，若是這樣悶在心裡不說，反倒會傷了夫妻之間的情分。

待夕陽西下，紀寶茵醒了，她瞧著外面的日頭，心裡有些不知所措。雖說嘴上說了不願回家，可她又怎能住在堂妹家。

「算了，我還是先回娘家住幾日吧，省得回家看見那兩個小蹄子心煩。」紀寶茵沒精打采地說。

紀清晨登時笑了。「五姊，妳若是走了，萬一那兩個丫鬟乘機勾引五姊夫怎麼辦？」

「勾引便勾引吧，他若是輕而易舉地就叫人勾引了去，我便是整日在家裡守著，又有什麼意思？還不如把地方給人家騰出來，也好眼不見為淨。」她說這些話時，看起來一副悶悶不樂的樣子。

紀清晨立即板起臉，道：「五姊，妳說什麼氣話呢？如今也只是方二太太自作主張罷了，五姊夫的心意妳還不知道呢。妳這般一竿子把人都打死，叫人家知道了，心底該如何想？」

她這些話是真的為了紀寶茵好才會說的。

紀寶茵心底也明白，所以這會兒眼淚一子便落下來，委委屈屈地說：「沅沅，我心底真的特別害怕。我把人領回去，就想著待他晚上回來，再與他說這件事；可是我又不敢等，我怕他真的收了那兩個丫鬟。我越想心底就越害怕，於是在家裡我是一刻都待不住了。」

紀清晨瞧她眼睛都哭得紅紅的，便伸手摸摸她的背，輕聲安慰道：「五姊，我懂的。妳別難過了，也別胡思亂想，我相信五姊夫的人品。」

「沅沅啊，若是這次他不願意，難道就沒下回了嗎？沅沅，妳知道大姊夫那樣的人有多難得嗎？成親一年、兩年身邊都沒旁人，那都沒什麼，可是像大姊夫那般，成親九年，眼中、心裡和身邊都只有大姊一個人的，妳知道京城裡有幾個嗎？」
紀清晨被她說得愣住了。
紀寶茵又羨慕又悲苦地說：「就一個啊，大姊夫這麼多年就只守著一個女人過日子，大姊真的是叫全京城的女子都羨慕、嫉妒著呢。」
是啊，成親一、兩年，正是蜜裡調油的時候，身邊只有妻子一個人的，也大有人在。可是待過了幾年，生了嫡子，男人的花花腸子便開始動起來。剛開始的時候，還只是通房而已，後頭便是要納妾。
接著就是一個又一個的新人往家裡抬，正室的體面是有的，可那心裡的苦，還不是得往自個兒的肚子裡頭嚥。
也有不許丈夫納妾的，但傳出去，那就是悍婦、妒婦。
紀寶環那樣的，簡直是絕無僅有。
紀寶茵出門去交際，旁人一聽說她是紀家的女兒，便總會有意無意地提起紀寶環，言語裡都是羨慕，也有泛酸的。
溫凌鈞是如何待紀寶環的，這麼多年來，都叫人看在眼中了。
紀清晨也知道這世道女子艱難。好不容易盼著成親了，便又急著懷孕，想早些給丈夫開枝散葉。
可是等有了孩子，婆婆不先心疼媳婦，倒是心疼自己兒子沒人伺候。
「要是五姊夫真的敢這樣做，我就叫柏然哥哥揍他，妳放心吧。」紀清晨登時一股子怒氣衝上心頭。懷孕本就這般難受了，竟還連最後一點安生都不給她們。

紀清晨剛說話，杏兒便進來了，說是方姑爺來接五姑奶奶了。

一聽見這話，紀清晨就瞧見紀寶茵臉上那擋都擋不住的歡喜。

哎，口是心非啊。

方孟衡來得著急，一進門瞧見妻子便鬆了一口氣。

紀清晨站起來，道：「世子爺這會兒也該到家了，我去迎一迎。」

待她帶著丫鬟出去，方孟衡這才仔細地打量紀寶茵，小聲說：「茵茵，那兩個丫鬟的事情，我也是方才知曉的。」

紀寶茵一聽他居然還敢提那兩個丫鬟，登時別過頭，臉上帶著一絲薄怒。

「我發誓我絕對不會碰她們的，妳先與我回去，我立即與母親說去。妳別生氣，小心孩子。」方孟衡坐在她身邊，柔聲地說。

紀寶茵轉頭瞧著他，一臉傷心難過的樣子。「所以你來哄我，也都是為了孩子？」

「當然不是，我是為了妳。」方孟衡急急地道：「茵茵，妳知道我不會說話的。我保證，我絕對沒有動過這樣的念頭，若是妳不信我，我可以跟妳發誓。」

紀寶茵見他就要舉手，登時便哭了，方孟衡見她哭，就更加著急了。

其實她也不是故意要無理取鬧，只是覺得她如今還懷著身孕，婆婆便等不及要給他塞通房，她心底就覺得委屈。

可是這會兒聽著方孟衡的保證，她又覺得自己有些對不住他。

裴世澤回長纓院時，就看見紀清晨坐在葡萄架子下面。他走過去，笑道：「今兒個怎麼在這裡坐著？」

「五姊和五姊夫來了，我便把地方讓給他們說話。」紀清晨笑著把他拉著坐下，順手給他理了理衣襟。

待聽完紀寶茵的事情，裴世澤也只是笑笑的沒說話。

見到紀清晨斜眼瞧他，他登時一笑，還拿手指敲了下她的小腦袋。「別胡思亂想，不會有這樣的事情。」

她連連嬌笑，此時紀寶茵與方孟衡也出來了。

一看見裴世澤都回來了，紀寶茵的臉頰更紅了。她這般胡鬧地跑出來，還待到這麼晚，倒是叫人家看笑話了。

方孟衡先是多謝紀清晨勸慰紀寶茵，又向裴世澤告辭，這才要離開。

紀清晨瞧著紀寶茵站在方孟衡身邊，一副小鳥依人的模樣，她忍不住朝紀寶茵做了一個嘴形。

紀寶茵自是瞧出來了，她說的是母豬二字。被她這般揶揄，紀寶茵不禁回瞪了一眼。

紀清晨一看便樂了，還敢瞪眼，乾脆開口說：「五姊，妳不是母豬……」

紀寶茵趕緊摀住她的嘴，惹得一旁的兩個男人紛紛轉頭瞧著她。

見到方孟衡不解的眼神，紀寶茵立即道：「我先前與沅沅抱怨，說我如今懷孕，胖得跟母豬一般。」

方孟衡登時皺眉，柔聲說：「妳這樣哪裡胖了，我瞧著還得多補補才是。」

第一百四十二章

紀清晨還是留了他們夫妻用晚膳，畢竟難得來一趟。待天黑之後，裴世澤便命裴游護送他們夫妻回去。

他們走後，紀清晨坐在羅漢床上，撐著手臂，幽幽地嘆了一口氣，輕聲說：「做女子可真不容易。」

坐在旁邊的裴世澤聽了一愣，旋即伸手一把將她撈入懷中。「不許胡思亂想。」

紀清晨還是有些悶悶不樂。她靠在他的肩膀上，輕聲問：「柿子哥哥……」

「我以後肯定不會這樣的，妳也不會遇到這樣的事。」她還沒說完，裴世澤就已經堵住她的話頭。

紀清晨抬頭瞧了他一眼，輕聲哼了下，嬌聲道：「我都還沒說完呢。」

「那就不用說。」裴世澤低頭睨了她一眼，涼涼地道。

紀清晨愕然，隨即噗哧一笑，有些嬌怒道：「柿子哥哥，你怎麼這麼討人厭啊！」

裴世澤低頭看著她，輕聲反問：「我討人厭？」

可下一刻，他便低頭吻在她的唇上。方才她吃了莓果，此時輕輕吻著她的唇瓣，嘴唇上似乎還殘留著果子的清香味。

紀清晨小心地仰起頭，承受著他的親吻。自從她懷孕之後，兩人就連擁抱都帶著幾分小心翼翼的架勢。

只是裴世澤是個男人，而且是個血氣方剛的男人，素了二十多年，好不容易娶了個小媳婦抱在懷中，如今又要素著，若說不難受，那是騙人的。

可要叫他去碰別的女人，那他也不會一直等到紀清晨嫁給他了。

裴世澤的性子打小就霸道慣了，是他的別人碰一下都不行，不是他的，他連看一眼都覺得多餘。

紀清晨抱著他，只覺得隔著輕薄的衣衫，他渾身都在發燙。

她伸出細長的手掌，白嫩凝滑的指尖帶著一絲冰涼，探進他的衣裳中。

裴世澤微微往後退了一下，兩人四目相對，直到他沈聲說：「不要招惹我。」

小姑娘登時得意地笑了，就像是一隻偷腥的小貓兒。她的眉眼嫵媚，帶著說不出的得意。與喜歡的人在一起，總是能這般，就算是偶爾的口舌之爭，也能迅速地變成旖旎曖昧的氣氛。

到了六月的時候，紀清晨的肚子像是吹氣般地大了起來，就連裴家老夫人瞧見了，都直說這肚子裡恐怕不止一個。

方皇后也不放心，派太醫來給她把脈，只是太醫醫術雖精明，卻也無法探出這肚子裡究竟有幾個孩子。

不過紀清晨也不著急，反正再過四個月，不就都知道了。

倒是曾榕一個月便要上門來瞧一瞧紀清晨。知道她如今懷孕了不能時常回家，她乾脆就自己過來了。

紀湛也鬧著要來，之前曾榕都沒帶著他，這次卻是被他鬧騰得沒法子，才把他帶過來。

他一進門，就瞧見紀清晨挺著個大肚子，登時喊道：「姊姊，妳怎麼變成這個樣子了？」

紀清晨如今最怕旁人說她胖了，她有些擔心地問：「是變醜了？」

「妳別聽他一個小孩亂說話，哪裡就變醜了？我瞧著還是跟之前一樣，除了肚子以外，竟是一點兒都沒變。」曾榕立即道。

紀湛哼了一聲。他如今正是抽高的時候，都說小少年八、九歲的時候最是難看，可他卻一點兒也不，反而越發清朗俊秀。

紀清晨好些日子沒見到他，便招呼他到身旁坐下，細細地問他學業上的事。

「姊姊，妳什麼時候能生完孩子啊？」偏偏紀湛就只對她的肚子感興趣，還是一個勁兒地直問。

紀清晨笑道：「再過幾個月吧。怎麼了，是不是等不及要看小外甥了？」

「我是想姊姊妳能早些回家。」紀湛突然說。

這話讓紀清晨一愣，隨後她才想明白了紀湛的意思。雖說他們也能來看望她，可這裡總歸不是紀家，他是想要她回家去了。

紀清晨瞧著眼前彆扭的小傢伙，笑著伸手去摸他的小腦袋，輕聲說：「你來看姊姊不也是一樣？」

曾榕生怕他說錯話會惹得紀清晨不開心，便道：「先前不是說沒來過定國公府，要叫杏兒陪你去花園逛逛？」

紀湛撇嘴，在心底哼了下。還真當他是小孩子啊！可他卻沒法駁了曾榕的意思，只能跟著杏兒她們出門去了。

此時六月，外面的日頭雖然有些烈，不過也沒到難以忍受的程度。

待到了定國公府的花園，一過轉角，便瞧見對面有一棵大槐樹。那看起來有數百年歷史的槐樹，樹冠高大繁茂，還有各種鬱鬱蔥蔥的花草布滿花園的各處。

紀湛又不是小姑娘，哪裡喜歡逛什麼花園，他知道母親不過是想把他支開來，好單獨與姊姊說話。

大概又是那些叮囑的話，紀湛可沒什麼興趣聽。

杏兒見他一副意興闌珊的模樣，便小心地問道：「小少爺，要不咱們去前頭逛逛吧？那邊的亭子可以觀賞湖裡的錦鯉。」

「杏兒，妳都多大了？」紀湛回頭瞧她。

杏兒一愣，隨後低聲說了自個兒的年紀，可誰知就聽到噗哧一聲，待她抬頭就看見紀湛咧著嘴，露出雪白的牙齒。「那妳現在是在哄孩子呢？怎麼還如此幼稚。」

「小少爺，您怎麼能這麼逗奴婢啊。」杏兒登時著急了。

紀湛哈哈大笑，忽地瞧見對面匆匆走過來一個男子，他奇怪地問：「那是誰啊？」

「是府裡的五少爺。」杏兒立即低聲說。

五少爺如今大都是在書院裡讀書，這個時辰不應該在家中才是啊……杏兒覺得奇怪。

紀湛見她的表情，不禁笑了一下，道：「咱們跟上去瞧瞧，不就知道了。」

「小少爺，這可萬萬使不得啊。」杏兒怕他闖禍，便要攔著他。

可紀湛並不想逛花園，這會兒剛好碰到有趣的事，自然想上前去瞧瞧。

杏兒著急得都要哭了，一旁的紀湛卻笑著安慰她，不過就是跟上去看看他想幹麼而已，就算被瞧見，再找個藉口搪塞過去便是。

杏兒不知他為何對裴洐的事情這般有興致，又勸不住他，只能小心地跟著他過去。

「五少爺，您總算回來了。」這一片乃是在花園中的花牆，就聽到一個丫鬟又低又焦躁的聲音。

只聽一個男聲有些無奈地道：「妳有什麼事情嗎？」

丫鬟大概沒想到他竟是這樣冷漠，一時間慌了手腳，低聲抽泣起來。

裴洐確實是臨時回來的，不過他是被謝萍如叫回來的，說是為了他的親事。他如今也二十了，這兩年娘親一直給他相看婚事，只是未尋到滿意的。

「五少爺，我懷孕了。」一聲低泣後，丫鬟說的話，簡直是石破天驚。

別說杏兒震驚了，就連紀湛都睜大了眼睛。

杏兒趕緊伸手去摀住紀湛的耳朵。要命、要命，竟聽到這般骯髒事，可真是玷污了她家的小少爺啊。

紀湛雖然年紀小，可是卻不傻，一聽便明白了，想來是這位少爺與丫鬟有了苟且之事。

紀湛沒想到他頭一回來定國公府裡，就能聽到如此驚人的秘密。他撇撇嘴，看來，這個定國公府也不過爾爾嘛。

裴渺震驚得不能動彈。他年方二十，雖說在書院讀書，可自幼相識的都是一些勛爵家中的子弟，這些個人，哪個不是十六、七歲便開始有了女人，就是尋常去花樓尋歡作樂，也是常有的事情。

只是謝萍如一心想讓裴渺娶個門戶高的媳婦，便沒在他房中塞通房，畢竟這些事情若是有心打聽，自然就能知道。

可她卻沒想到，竟然有丫鬟敢在她的眼皮子底下，爬上自家兒子的床。

偷聽的杏兒都要哭了。她不明白五少爺為什麼不在自個兒的房中說這些污穢事，非要跑到花園裡來；她更不懂的是，自家的小少爺，為什麼非要跟過來偷聽？

好在此時紀湛已準備偷偷離開。反正他已經偷聽到最關鍵的了。

就在兩人準備離開的時候，紀湛先往前跑出月亮門，可誰知杏兒跟著跑時，卻不小心踩到石子，啪嗒一聲，她整個人撲倒在地上。

杏兒疼得齜牙咧嘴，疼完之後，她整個人都僵住了。

因為她想起身後隔著一片不怎麼厚實的花牆，而花牆的後面，就是五少爺還有那個懷孕的丫鬟。

此時裴渺已聽到了動靜，別說他聽到了，那個丫鬟更是嚇得連眼淚都要落下來。

裴渺一把摀住丫鬟的嘴，指著對面，示意她從另一邊離開。此刻他心中有些後悔，不該在花園這樣人多口雜的地方說話。

不過他萬萬沒想到，這個該死的丫鬟，竟是要與他說這樣的事。

家中的丫鬟他自是沒放在心上。之前不過是嘗鮮，玩了一次而已，所以方才那丫鬟求著要見他，他怕讓她進自己的院子會被別人瞧見，乾脆就約在這花園，準備說兩句話就把人打發走。

丫鬟這會兒嚇得淚眼汪汪，不敢再說話，趕緊轉身離開了。

待裴渺出來時，就看見一個丫鬟，此時正摀著膝蓋坐在地上，而旁邊則站著一個十歲的少年。「我就說了，叫妳快點追，妳看現在都飛沒了。」

此時杏兒抬頭，瞧見裴渺，緊張得差點沒喊出聲來。

就見紀湛也跟著抬頭瞧了他一眼，還「咦」了一聲，疑惑道：「你是誰？你怎麼會在這裡啊？對了，你可有看見一隻五彩斑斕的大蝴蝶？」

「你們在捉蝴蝶？」裴渺定睛看著他們，只是丫鬟此時已跪在地上，垂著頭，看不見表情。

小少年點頭，遺憾地說：「我頭一回看見如此漂亮的蝴蝶，結果追到這裡竟然不見了，我這個丫鬟還摔倒了。」

裴渺注意到杏兒摔倒的位置。靠近月亮門，卻離他方才站著的花牆十分遠，若她真是追著蝴蝶進來才摔倒的，那便不可能聽到。

裴渺又看向紀湛，問他道：「你是何人？是來家中作客的嗎？」

「我姊姊是元曦郡主，你又是誰啊？」紀湛微微揚著頭，一臉傲嬌的模樣。

裴渺有些驚訝，原來是三嫂的親弟弟。他又低頭瞧了一眼跪在地上的丫鬟，輕聲說：「我是裴府的五少爺，按理你該叫我一聲哥哥。」

紀湛本就生得好看，這會兒一仰頭，叫了一聲「哥哥」，倒是有幾分小少年的天真可愛。

隨後他又四處張望，還惋惜地低聲說：「真可惜那隻大蝴蝶了，我還沒見過像那樣又大又好看的呢。」

「若是喜歡，哥哥下回幫你捉。」裴渺一笑，只當他是小孩子。

紀湛笑著說好之後，這才伸腳踢了一下杏兒的後背，惱火地說：「都怪妳，沒用的東西，我要叫姊姊罰妳去廚房裡幹活。」

「小少爺饒命、小少爺饒命啊！」杏兒哭著求饒。

裴渺見他一臉驕縱的模樣，就知道他是在家中被寵大的。「你也別責罰她了，人哪能追得上蝴蝶，你看她不是因為追蝴蝶都摔傷了嗎？」

紀湛聽罷，這才勉強饒過杏兒。只是他又凶巴巴地叫她起身，還抱怨道：「這裡一點兒都不好玩，我要回去找姊姊。」

就見杏兒起身，眼裡含著淚，一臉的擔心受怕。

待他們走後，裴渺還是站在原地，看著他們離去的背影。

等走遠了，杏兒才低聲問：「小少爺，你說五少爺有沒有看出來啊？」

紀湛哼了一聲，淡淡道：「我也不知，不過應該沒事吧。」

他心底也有些懊悔。方才不該去偷聽，只是一聽說那個裴渺是定國公夫人的兒子，紀湛便想跟過去，誰知還真叫他聽到不得了的事。

而裴渺在原地站了一會兒，這才轉身回去。然而卻見原本花牆下面的泥土，腳步凌亂，其中一枚小小的腳掌引起了他的注意。

曾榕正與紀清晨說一些孕後要注意的事。知道她晚上睡覺小腿會痠痛，心疼地道：「若是疼了，便叫丫鬟進來給妳揉揉，我那會兒懷紀湛的時候，也是這般，半夜總是痠痛得特別厲害。」

不過曾榕這次來，也是有事情想問她。

紀寶茵的事到底還是叫紀家知道了，只是方孟衡沒收下那兩個通房，這點讓老太太和韓氏都放了心。曾榕一想，如今紀清晨也是這般情況，難免擔心。

她知道裴世澤不是那等輕狂的人，可這位定國公夫人是繼母，萬一從中作梗，撥個丫鬟來壞了他們夫妻的情分，豈不是叫仇者快、親者痛。

所以曾榕迂迴地提到如今裴世澤身邊可有人伺候時，紀清晨噗哧一笑，趕緊道：「太太放心吧，世子爺可不是那樣的人。」

況且紀清晨也不是全然不理他的，就算是身子不方便，也曾用手幫他紓解過，他又不是飢不擇食的人，怎麼可能會瞧得上旁人呢。

見曾榕還要說，卻見紀清晨撩了下頭髮，得意地說：「太太，難不成妳還覺得那些個庸脂俗粉能比得上我？」

這話說得太得意了，其實也並非她狂妄，不過是想說這些話來叫曾榕安心而已。

曾榕面上果然露出了輕鬆的笑容，卻微微斥責道：「說這樣的話，也不怕旁人聽見了笑話妳啊。」

「我只偷偷地與太太說，才不告訴別人呢。」紀清晨挽著她的手臂，柔柔地說。

外頭傳來一陣腳步聲，沒一會兒紀湛已掀起簾子進來了，後頭還跟著哭得眼眶都紅了的杏兒。

紀清晨一眼便瞧見她裙子上沾染的泥土，像是摔著了。

「這是怎麼了？」曾榕自然也瞧見了，還以為是紀湛闖禍，急忙要責備他。

卻聽杏兒道：「郡主，方才奴婢和小少爺聽到不得了的事情。」

接著她便把他們去偷聽的事，告訴了紀清晨和曾榕。

待她說罷，曾榕不由怒上心頭。「你可真會搗亂，先前在家中不是說過了，到這裡來，不許四處亂跑，你竟敢去偷聽人家說話！」也不怪曾榕生氣，這麼大的事情都被他們聽到了，這要是真翻臉，受罪的還是紀清晨啊。

紀清晨見紀湛垂著頭，一臉低頭認錯的樣子，便安慰曾榕道：「太太先別著急，不是說五少爺也沒懷疑他們。」

紀清晨有些頭疼。沒想到裴渺竟是這樣的性子。平日裡她和裴渺接觸得不多，況且又有裴世澤這個事事都出類拔萃的哥哥，身為嫡次子的裴渺自然被掩蓋在哥哥的光輝下。

可沒想到他此次鬧出的動靜，卻叫紀清晨都有些瞠目。

「姊姊，我不是故意的，妳別生氣。」紀湛這會兒也知道自己只怕是闖了大禍，馬上低頭和紀清晨認錯。

不過紀清晨伸手摸了摸他的小腦袋，提醒道：「有好奇心是應該的，只是下回行事不可這般魯莽。今日姊姊便不生你的氣，但若還有下一回的話，就得罰你了。」

「姊姊，妳放心，肯定沒下一次了。」紀湛抬頭保證。

紀清晨微微一笑，一旁的曾榕卻忍不住嘆氣。「本是好心來看妳，卻不想竟給妳招惹了麻煩。」

「放心吧，太太，只要咱們守口如瓶，就不會有事的。」紀清晨還是先安慰曾榕。

臨走的時候，曾榕還是憂心忡忡，一個勁兒地叮囑她，要是有事的話，便叫人趕緊送信回來，可不能一個人默默地受著。

她是怕謝萍如因為這件事找紀清晨的碴，畢竟裴渺是謝萍如的親生兒子，她自然會向著自己的親兒子，一想到這裡，她又忍不住要責備紀湛。這個兒子到底是叫她寵壞了，在別人家裡，也敢這般恣意妄為。

紀清晨怕她還要責罵紀湛，便拉著她的手解釋。「太太只管放心吧，就算她是國公夫人又如何？我可是郡主，在這個家裡，除了老太太之外，有誰敢給我臉色瞧呢！」

這話倒是說得沒錯。

曾榕便不再多說什麼，只是再次叮囑她，若有事一定要叫人送信到家裡來。

等他們走後，紀清晨才把杏兒叫來，又仔仔細細地問了方才發生的事情。

杏兒知道事關重大，也不敢大意，便將當時的情況都仔細地回憶了一遍。

「那個丫鬟妳可瞧見是誰？」紀清晨問她。

杏兒搖頭。「奴婢聽聲音，一時也沒聽出來。」

那就不是謝萍如身邊的那幾個大丫鬟。

她又叫人去打聽裴渺今日是何時回來的，回來後都去了哪些地方？後來知道他回來的頭一件事就是向謝萍如請安，因此最先知道他回來的人，必然是謝萍如院子中的人。

裴渺在家時，便時常給謝萍如請安，在她院子裡出入久了，與哪個丫鬟有了私情，也不是什麼難以理解的事。

只是如今，卻叫自己的丫鬟撞破了，還是有心去偷聽的，謝萍如此時要是知道的話，必會把她當作眼中釘。

「妳從現在開始就儘量少出門，除非我帶著妳出去。」紀清晨對杏兒說。

「奴婢遵命。」杏兒趕緊點頭。知道郡主是為了她著想，不敢有一絲怨言。

第一百四十三章

謝萍如正坐著喝茶看帳本。紀清晨雖然嫁進來了，卻沒叫她碰定國公府的庶務，如今這些事情還是牢牢地捏在謝萍如自己的手中。

雖說裴延兆如今心思不在她身上，身邊又有了年輕新鮮的小妖精，可是謝萍如如今也看開了。男人不都是這般朝三暮四的性子，反正她只要抓住手中的東西就好。

這麼些年來，她掌管定國公府的庶務，雖不敢太過分，可光是抹下一層油，也足夠讓裴渺風風光光地娶個媳婦了。

「太太，五少爺來了。」

聽見丫鬟進來通傳，她感到有些奇怪。不是剛來請安過，怎麼這會兒又回來了？

裴渺進來，一瞧見旁邊站著的丫鬟，便揮揮手，皺眉吩咐道：「妳們都先下去吧，我有話要與母親單獨說。」

丫鬟們瞧了謝萍如一眼，見她點頭，這才魚貫地走出去。

此時已到了夏日，所以槅扇都是敞開的，兩面大敞，寬敞又通風，透著一股涼爽之氣，可裴渺額上卻冒著一層密密的汗珠子。

等丫鬟一走，他便撲通一聲跪在謝萍如面前。

「母親，救我。」

待謝萍如聽完他說的話，保養得當的白皙面容，竟像是一下老了好幾歲一般。

她失望地瞧著面前的兒子。她盼著他能好好讀書，能在這京城出人頭地，雖說他出身好，可是未來這國公府卻不是他的，如今這個裴五少爺的名頭，也是別人看在他親爹是定國公的分上才有的，若是將來同父異母的哥哥當了定國公，他的身分便是一落千丈。

這些簡單的道理，謝萍如以為他懂，所以這幾年來，她一直給他精挑細選，就是想選一個有力的岳家當他的靠山。

可她沒想到的是，他竟被一個低賤的丫鬟給勾引了，還鬧出孩子來。

雖然男人三妻四妾是尋常事，可若是哪家少爺敢在未成親之前便鬧出孩子，就是一般體面點的人家，也不願意將女兒嫁過來的。所以在這些少爺未成親之前，就算放了通房在屋子裡，也一定要叫喝避子湯的。

要是哪個丫鬟敢偷偷懷上孩子，母子都是留不得的。

「你糊塗啊！」謝萍如已經顧不得偷聽的事情了，在她看來，懷孕這件事比偷聽還要嚴重百倍。

她壓低聲音怒道：「你可知如今我幫你說的是哪家的姑娘？吏部尚書宋顯祖的嫡長孫女啊！宋家如今在朝堂上地位頗高，宋顯祖更極有可能是下一任內閣首輔，這樣好人家的姑娘，我是小心翼翼地替你去說親，你倒是好，竟給我惹出這等醜事。」

吏部乃是六部之首，百官的選調、監察都是由吏部負責，就算宋顯祖遇到如今的首輔郭孝廉，都不必讓轎。況且郭孝廉先前在皇上先父的封號問題上，聯合百官一直給聖上難看，只怕聖上早已經惱火他了，因此宋顯祖替代他成為內閣首輔，也不過是遲早的事。

清流和勛貴之間一向甚少聯姻，更何況是頂級的文官世家與定國公這樣的百年勛貴。可謝萍如卻清楚，若是想要對抗裴世澤，她兒子的婚事就必須尋得真正有實權的人家。

裴渺低頭。「是兒子不爭氣，叫母親為難了。」

謝萍如冷冷地哼了一聲，可到底是親兒子，如今再責備也無濟於事，還不如趁早解決這個問題。

「我會叫江姑姑領個大夫進門，先給那丫鬟把脈，若是真的話……」謝萍如眼中閃過一絲寒光。

裴渺心中有些擔憂，問道：「母親，那三嫂那邊？」

「你可知道那個丫鬟是誰？」謝萍如問他。

裴渺立即回道：「兒子先前在三嫂的身邊見過那丫鬟。」

應該是紀清晨身邊的貼身丫鬟……謝萍如點頭，一聽就明白，這丫鬟不是杏兒就是香寧，紀清晨總帶著的便是這兩個人。

江姑姑得了令，便趕緊去找了大夫，給了一錠銀子，讓大夫替那丫鬟把脈。

江姑姑自然哄著那丫鬟，說夫人雖然知道這件事了，生氣歸生氣，可妳肚子裡如今懷著的是五少爺的孩子，那就是夫人的孫子，夫人還是心疼親孫子的。

丫鬟叫芙蓉，是謝萍如院子裡的二等丫鬟，模樣倒是長得挺標致，只是一顆心卻太大了，竟妄想靠肚皮上位。也不想想謝萍如的性子，她怎麼會允許一個賤婢懷了五少爺的孩子？

芙蓉心中歡喜極了，雖然這些天她也擔驚受怕，可五少爺回來後，卻還是立即稟明了夫人。

她扶著肚子，臉上露出甜美的笑容。

江姑姑端了碗進來，心中冷笑，臉上卻帶著溫和又討好的笑容，喊道：「芙蓉姑娘，方才大夫說了，妳身子弱，要喝幾服藥好生調養。妳先把這個喝下去，夫人還叫人拿了燕窩過來，也是給妳補身子的。」

聽著對方一口一個芙蓉姑娘，還給她喝燕窩……芙蓉的臉上登時揚起一抹嬌羞的微笑。

她接過江姑姑手中的小碗，慢慢地喝了下去。

待江姑姑收了碗後，便叫她在床上躺著。只是等江姑姑出去時，芙蓉聽到她關上門，隨後就是一陣唏嚓的聲音。

她心頭登時生出一絲驚疑，待起身下床時，小腹竟傳來劇痛。她強撐著走到門口，可是再要開門，外面卻已經上了一把銅鎖。

她足足哀號了一個時辰，身下一地鮮血，令人觸目驚心。

紀清晨叫人盯著謝萍如的院子，所以很快便知道，有個叫芙蓉的二等丫鬟，據說生了病，怕傳染給主子，便挪了出去。

而那芙蓉是家生子，她的父母也都在府中伺候著。只是過沒幾日，先是她爹喝酒誤事，被狠狠地打了一頓，然後又是她娘犯了錯，一家子很快被趕到莊子去了。

看來與裴渺有私情的，必然就是這個芙蓉了。

只是謝萍如出手太過狠辣，不僅要了那個芙蓉的命，還這般對待人家一家子。

而紀清晨在裴老夫人的院子裡遇到裴渺時，他依舊一臉溫和的模樣；裴玉敏和裴玉晴與他說話時，他亦溫言回答，一副貴公子的作派。

看見她進來了，他還起身恭敬地行禮，喊了一聲。「三嫂。」

隨後他便把視線落在跟在紀清晨身邊的艾葉和桃葉身上。這些日子紀清晨出門，都是帶著這兩個丫鬟。

「五弟，客氣了。」紀清晨淡淡地掃了他一眼。

瞧著他這般淡然的模樣，紀清晨真不清楚他是否知道芙蓉的下場？那丫鬟雖說妄想利用孩子上位，可這機會到底是他自己給人家的，況且那還是他的親生孩子。

如今看來，他還真是謝萍如親生的，一樣的心狠手辣。

只是謝萍如是動手的那個，而他是見死不救的那個。

不過叫紀清晨沒想到的，她就算叫杏兒避開，卻還是出了事情。

二皇子殷明然的婚禮在六月下旬，此時紀清晨的身子行動倒也還便利。之前殷柏然的婚禮，她已參加了，所以這位二表哥的婚禮，她也不想缺席，免得叫旁人覺得她只刻意討好太子。

關於裴渺的事情，紀清晨自然沒有隱瞞裴世澤。

不過這件事謝萍如已經處置了，他們作為兄嫂也不便多言。因此不管是紀清晨還是裴世澤，都只當作不知情。

可誰知關於芙蓉的事情不知為何，竟在府中傳得沸沸揚揚。

謝萍如素來手段了得，府中下人都能叫她收拾得服服貼貼，只是這次她做得著實太過狠絕，竟連一條活路都不給人留，難免寒了一些人的心。不過倒也叫那些妄想著攀附上位的，該自己掂量一下後果了。

沒想到，這件事最後竟傳進裴老夫人耳裡。她素來不喜歡謝萍如，就是覺得她心術不正。

如今她能毫不猶豫地做出如此狠毒的事，讓裴老夫人感到無比心寒。那丫鬟腹中的孩子好歹也是裴渺的，她即便是再厭惡，只管打了胎就是，何必再去害人家的性命呢？

雖說裴老夫人年輕那會兒，也是個說一不二的人物，只是像她謝萍如這樣心狠手辣的，卻是讓裴老夫人瞧不上。

不過就算是這樣，她還是沒將這件事挑開來說。畢竟孩子如今也沒了，芙蓉那一家子也被她趕到莊子去了。

「造孽啊。」裴老夫人搖頭，接著便是一聲嘆息。

一旁站著的常嬤嬤低頭。上回老夫人這般傷神，還是聽說了宸貴妃的事情。

謝萍如自然不知這些，自以為能瞞天過海。如今她把芙蓉這個丫鬟除去了，自家兒子與宋家姑娘的那門婚事，自是再沒什麼阻礙了。

不過她也知道，宋家如今遲遲不鬆口，也是有顧慮。畢竟裴渺身上連個官職都沒有，又不是國公府的世子爺，宋家的嫡長女就算要嫁，何等的勛貴高門嫁不進去啊。

一想到這裡，謝萍如心中又有些著急。想著正好過幾日便是齊王爺的大婚，宋大太太應該也會過去，到時候叫裴渺在她跟前露個面，就憑她兒子那般樣貌，指不定還叫宋大太太滿意呢。

齊王爺的婚宴是辦在齊王府中的，皇上和皇后自然不能出宮參加，不過太子爺和太子妃卻都會出宮參加，也算是代替帝后出席了吧。

紀清晨起身後，梳妝打扮妥當，便前往謝萍如的院子。

今日連裴家的兩位姑娘都會過去，畢竟這也算是京城難得一見的盛宴了。

裴玉敏的婚事雖然也說得差不多，可裴玉晴也到了該說親的年紀，當然要帶她出門見見市面。

自從上回的事情之後，紀清晨便再也沒把杏兒帶出來過。只是這次她出門，卻是怎麼都不想把她留在家中，就怕謝萍如會趁她不在，對杏兒下手。

於是今日她帶了杏兒和香寧兩個出門。反正齊王府也不是謝萍如能撒野的地方。

等上了馬車之後，杏兒便低聲問：「郡主，妳可還撐得住？」

紀清晨被她的憂心過度給惹笑了，登時說道：「不過才幾步路而已，哪裡會累了？妳們也別這麼擔心受怕的，我若是不舒服，自然會和妳們說的。」

自她懷孕之後，別說丫鬟戰戰兢兢，就連裴世澤晚上睡覺都不敢輕易翻身，說是怕壓著她。

紀清晨聽到這個理由，自然是又感動又無奈。

齊王府就位於鐵心橋附近，王府體面又氣派。

皇上也就三個兒子，如今出宮建府的也就只有康王一個，所以賜府的時候，是一點兒都沒小氣。說來這座宅子還真是與裴世澤有點淵源，因為這座宅子是原本的汝南侯府。

汝南侯被奪了爵位，宅子自然被收了回來，只是先皇一直沒賜出去，倒是叫如今的皇上賜給了康王爺。不單單是汝南侯府的這座宅子，還有左右兩邊的兩座三進小宅子，皇上也賜給了康王爺。如今這幾處一打通，竟比那些百年勛貴世家的宅邸還要體面。

不過人家到底是聖上的親兒子，就算住得好，自己的親爹願意，旁人也插不上嘴。

待到了門口，馬車往二門去，紀清晨掀開簾子瞧了眼外頭。

這大紅喜綢漫天蓋地的，前頭的馬車都在排隊等著。這會兒倒是誰的身分尊貴都不抵用了，只能慢悠悠地排著。

待紀清晨下車後，便被扶上了小轎。杏兒特地跟抬轎的僕婦叮囑道：「郡主可是懷有身孕的，妳們路上小心些，最緊要的是穩當，咱們可不著急那一時半會兒的。」

僕婦自然瞧見了紀清晨的肚子，況且又都是在康王府伺候的奴才，哪個沒聽說過元曦郡主的大名，誰敢怠慢了她。杏兒這麼一說，前後抬轎的人，都忙不迭地點頭。

太子妃早就到了，而端妃雖是親生母親，卻不能到場；皇后也不能來，所以便派了太子妃過來主持大局。

長孫昭進宮之後，便跟著皇后娘娘協理宮務，雖還不能說是長袖善舞，可到底身分就擺在那兒，旁人見了她都是恭恭敬敬的，所以這會兒她坐在正堂中，還能鎮得住場面。

紀清晨是與謝萍如一塊兒進去的，旁邊還跟著裴家的兩位姑娘。一進門，四人便向太子妃行禮。

待太子妃叫她們起身後，又賜座給她們。如今房中已坐著不少人，不過謝萍如來了，位置自是靠前頭的，紀清晨倒是被長孫昭拉著一塊兒坐了。

她們一個是太子妃，一個郡主，都是尊貴的主子，所以就算兩人一起坐在上首，也沒人敢說什麼。

「妳這肚子倒像是八個月大的。」長孫昭低頭瞧了一眼，忍不住道。

她有好幾個哥哥，是以自然見過嫂子們懷孕時候的模樣。六個多月的肚子，不該這麼大的。

因兩人是低聲說話，所以這會兒紀清晨也道：「太醫已叮囑我要多走動，不能整日裡躺著，就怕孩子太大，到時候要生時會有些艱難。」

「也不怕，萬一是兩個呢。」長孫昭抿嘴一笑。

只是雙胎本就少見，紀清晨嫁到裴家這麼久，也見過那些裴家家族旁支，倒是沒聽說哪家有生過雙胎的，就連紀家也沒有。

長孫昭又低頭看了看她身上的衣裳，誇讚道：「我瞧妳這衣裳料子和顏色可真別致，真不愧是華絲紡出產的。」

「若是太子妃喜歡，我叫人送進宮給您挑選。」紀清晨心中一喜，馬上說道。

商賈身分低微，她早就有意叫阮家走皇商的路子了，只是這一年來，她又是大婚又是懷孕，倒是沒顧得上；況且如今華絲紡還在發展當中，她也不想太過揠苗助長。

這兩年阮文淵一直待在京城，便是連成親都沒顧得上張羅，一直忙活著華絲紡的事。華絲紡從一家南邊的絲綢鋪子，能在北方站穩腳跟，不說是奇跡，卻也是極其難得的。

不過因紀清晨曾替阮文淵出頭，後來裴世澤又牽扯進來，所以京城裡都在流傳，說華絲紡背後真正的靠山就是裴世澤。因此一般人也不敢再招惹華絲紡，就連京兆府都不曾再找他的麻煩。

阮文淵知道自己能在京城如此迅速地站穩腳跟，就是靠紀清晨和裴世澤的名頭，是以他也與阮父商量，拿了華絲紡三成的股份出來。

紀清晨自個兒都沒想到，她不過就是替阮文淵說了幾句話，便能得了這樣的好處。這可是相當於什麼都不做，光是坐在家中，每年就能有好幾萬兩銀子的收入。

可這件事沒讓她高興，心底卻越發地傷心難過。

父兄的難處她前世便知，今生卻更加深刻地體會到他們的小心翼翼。不過是貴人順手幫了忙，他們就眼巴巴地將家中的股份雙手遞上。

紀清晨一開始並不想要，還是裴世澤勸她收下，若是不收，只怕阮家父子心中忐忑。倒不如先收下，待日後再尋個由頭，還回去也好。

當他說這些話的時候，紀清晨既驚訝又感動。

她知道自己對阮文淵關心太過，在旁人看來有些不可思議，可他不僅從未問過緣由，甚至還幫她出謀劃策。

紀清晨和他相處越久，越能發現這個男人的可貴。

他能夠全心地信任她，從不會質疑她的任何一個決定和選擇，只要是她想做的，他就會竭盡所能地去滿足她。

殷景然穿著寶藍暗紋番西花嵌墨色襴邊刻絲長袍，頭上戴著銀色嵌玉冠，俊美的臉龐勾起淡淡的笑容。他幼年時像極了殷廷謹，可偏偏長大後，反而越發像安素馨，尤其是那雙眼睛，又美又勾人。

之前大家都聽說坊間的傳聞，可今日當眾人瞧見裴世澤與他站在一處時，心頭不禁感慨，真不愧是親兄弟。

裴渺今日也來了，只是他這個同父的弟弟，反而長得一點兒都不像裴世澤。倒是殷景然與裴世澤站在一處，有種親兄弟的感覺。

「怎麼不見世子爺？方才還瞧見他與三殿下在一處，倒是關係比你這個親弟弟還好啊。」有人在裴渺耳邊說了一句，還拍著他的肩膀，那語氣中的揶揄，讓人一聽便能會意。

殷景然站在抄手遊廊，並未坐在涼亭中，所以此時亭子內爆發出一陣哄笑，他也只是安靜地轉頭瞧了一眼。

裴世澤從另一處走過來，看見他獨自站在這裡，便低聲問：「三殿下為何不過去坐坐？」

「我怕我過去坐了，他們連話都不敢說了。」殷景然嗤笑一聲，俊美的臉上露出譏諷的笑意。

此時亭內站著的人瞧見裴世澤來了，就連方才揶揄說話的人，這會兒也不敢再開口了。

裴世澤抬頭，知道他不喜歡那些人。「你若是不喜歡，便在這裡待著吧。」

「這裡曾經是汝南侯府。」殷景然突然開口說道。

裴世澤原本準備離開，卻腳步一頓。他怎麼會不記得呢，幼年時他曾來過這裡數次，就連那邊的太湖石假山，他都曾攀爬過。

「哥哥，你有想過實現母妃的遺願嗎？」殷景然回頭，帶著一絲期望，小心翼翼地看著他。

可裴世澤卻眉頭微皺，眸子更是一縮，他看著對面的湖光水色，淡淡道：「過去的事情，早已經過去了。」

「怎麼可能已經過去了！」殷景然沒想到他會說這樣的話，登時便怒道：「外祖背負著那樣的污名，母妃這一世都想替他老人家平反。」

相比殷景然的激動，裴世澤卻顯得更加冷靜淡然。

他低頭沈聲問：「那你怎知外祖就一定是被冤枉的呢？」

第一百四十四章

殷景然抬頭看著他，一時愣住。

裴世澤望著面前的碧波蕩漾，面色凜然。「景然，我知道你一時不能接受，可逝去的人不會再回來，她也不願意瞧見你如今這副模樣。」

「這副模樣？」殷景然嗤笑一聲，聲調又變成之前那種隨興的語氣。「我這副模樣怎麼了？」

裴世澤默不作聲，對於殷景然他總是有種無所適從的感覺。景然是他的親弟弟，可又僅僅是血脈上有聯繫，年少時他不知道這個弟弟的存在，待他長大後，卻得知自己早以為去世的母親居然還活著，還生了一個弟弟。

對於這樣千迴百轉的事，裴世澤也不過是默默承受罷了。

可如今安素馨不在了，看著殷景然突然像變了個人一般，裴世澤到底還是無法完全釋然。

「你先前縱火，還要了別人的性命，人言可畏，你要適可而止。」裴世澤盯著他，蹙眉說道。

殷景然猛地轉頭，問他道：「那你呢？你真的相信外祖當年殺良領功了？你相信他做了這樣的事情？」

「此事已過去多年，若是想替汝南侯翻案，便要拿出證據來，皇上不可能憑藉你幾句話，就替這個案子平反的。」裴世澤到底在朝廷上打滾多年，不是殷景然這樣腦袋一熱便上頭的小傢伙能比的。

汝南侯府的案子乃是先皇欽定，況且還是叛國的大罪，這等案子若沒有確切的證據，皇上不可能貿然推翻先皇的決斷。

殷景然忽然笑了。「你也說是平反，那麼，你也知道外祖一家是被冤枉的吧？」

裴世澤冷眼看著他，並未因為自己說出口的話而有一絲驚慌的表情。

裴渺在此時走過來。「三哥，我們正在喝酒，要不您與三殿下也一起過來吧？」

裴渺是被其他人支使過來的，畢竟裴世子一向冷淡，勛貴子弟中與他交好的也不過幾個。如今亭裡坐著的這幫人，平時裡連話都沒與他說過幾句，可是又想結識裴世澤，便乾脆讓裴渺過來請他們。

殷景然打量了裴世澤一眼，嗤笑一聲，卻轉身揚長而去。

裴渺面色一僵，沒想到殷景然居然這般不給他臉面。

「過去吧。」倒是裴世澤點了下頭，往亭內走過去。

裴渺這才鬆了一口氣。他上前兩步，跟在三哥身邊，低聲道：「三哥，我瞧三皇子似乎不大喜歡與人說話。」

京城內宴會繁多，不說女子愛舉辦什麼賞花宴、詩會，便是男子尋常也會聚在一處。

裴渺也見過殷景然兩回，不過每次他不是獨坐在一處，就是默不作聲。他身分尊貴，不說話時，也無人敢去打擾他。

「三殿下的事不是你我能非議的。」裴世澤淡淡回了一句。

裴渺一向畏懼裴世澤，況且先前芙蓉的事又是被三嫂身邊那個丫鬟給偷聽去，所以裴渺這會兒一瞧見裴世澤，就更加心虛害怕。

殷景然離開後，便在府中閒逛。這裡雖然是齊王府，可他是王爺的弟弟，他想去哪裡就去哪裡，也不是旁人能阻止的。

倒是他身邊的小太監瞧著頭頂的烈日，勸說道：「三殿下，這外頭熱得厲害，要不您先到房中休息吧？」

殷景然回頭冷冷地瞪了他一眼，嚇得小太監頓時不敢再開口說話。

紀清晨坐了一會兒，長孫昭轉頭瞧她，低聲問：「沅沅，妳若是覺得累了，便先去歇息一會兒。反正還沒到接親的時辰，新娘子還要好一陣子才能過來呢。」

這會兒還未開始用午膳，只怕要到傍晚時分，新娘的花轎才會到門口。紀清晨自個兒便成過親，自然懂得這些。

「不礙事，我也不累，正好陪太子妃說說話。」紀清晨溫柔地笑了起來。

此時人也來得差不多了，只是這次是婚宴，自然沒請什麼戲班子，是以時辰一到，她便請眾人到席間就座。

雖是午宴，卻還是擺上了六十六桌，齊王府中的三個灶間早就忙活起來了。就為著叫齊王的喜宴能氣派十足，皇后娘娘還特地派遣宮裡的大廚出宮來幫手，據說今天光是灶上的大廚便有十來個。

喜宴上的菜品瞧著不錯，可實際上除了涼菜之外，便是燉菜最多。畢竟燉菜做出來，放在籠屜裡頭，等宴席一開，就叫人提了食盒上來，既不會涼也不會壞，只是味道也就一般了。

紀清晨自然是不敢吃的，席間她就是喝茶，也只是在嘴邊輕輕地抿上一口。

早上的時候，杏兒和香寧便已備好點心帶來，就是為了她預備的。

長孫昭見她幾乎沒動筷子，剛想問是不是不合她胃口，不過又瞧見她的肚子，知道她是擔心席間的菜餚會被下藥，不敢隨便用。

對於紀清晨的小心翼翼，長孫昭倒沒覺得她是在小題大做。畢竟在宮裡，她也是除了皇后娘娘宮裡的東西，就連安靖太后宮中的東西都不敢隨意吃。

「我那邊倒是有些點心，回頭我叫人給妳拿過來吧。」長孫昭輕聲說，她怕紀清晨一整日都不吃東西，身子會受不住。

「我今日也帶了點心來，嫂子不用擔心。」紀清晨立即低聲道。

長孫昭這才放心。

因紀清晨如今坐在席上，又沒怎麼用膳，她便低聲吩咐香寧和杏兒先去用膳。這會兒席邊都有府中派來專門伺候的丫鬟，是以這些夫人帶來的人，都被領到別處去用膳了。

只是今日來的夫人不少，丫鬟也多。這些平日裡個個神氣活現的貼身大丫鬟，此刻卻被人安排在一處狹小的院子裡用膳，而且還得與不認識的人坐在一塊兒，自是叫人不痛快。

香寧和杏兒到了用膳的地方，就瞧見國公夫人身邊的采蓮和栖霞竟然也在。

這些日子杏兒一直閉門不出，就是為了躲著謝萍如，這會兒瞧見她身邊的人，難免有幾分擔憂。

不過此時采蓮和栖霞身邊，已坐了別人。

香寧和杏兒便選了一張離她們最遠的桌子，誰知剛落坐，就聽見對面一個穿著青色比甲的丫鬟低聲道：「我方才看見定國公夫人一直與宋大太太在說話呢，如今竟連丫鬟都一起來用膳了。」

「妳懂什麼，我可是聽說了，兩家這是要結親哪，國公夫人早就看上了宋大太太的嫡長女了。」說話的是個圓臉的陌生丫鬟。

丫鬟們湊在一起，經常會說一些京城中的八卦來解解悶，況且今日謝萍如一直與宋大太太形影不離的，那心思直白得叫所有人想不看出來都難了。

至於這幾個說閒話的丫鬟，是不認識杏兒和香寧的，要不然也不至於當著她們的面，就這般大膽地說裴、宋兩家的是非。

「姊姊這是從哪兒聽來的？我怎麼聽說是謝家那位狀元郎，正與宋姑娘議親呢？」一個頭上插著金簪的丫鬟，一臉懷疑地問道。

香寧和杏兒對視了一眼。沒想到她們不過是用個午膳，就聽到這等了不得的情報。

「不愧是宋家的姑娘，真是一家女，百家求。」另外一個丫鬟，忍不住羨慕地說。

待用過午膳，杏兒和香寧趕緊找藉口離開。

回去的路上，杏兒忍不住感慨。「沒想到，這宋家竟這般厲害，我瞧著那位宋大太太與國公夫人倒是親熱得很，沒想到這其中，竟還有謝家的事情。」

「說來那位謝狀元，在京中聲名赫赫，我看國公夫人這如意算盤只怕要失算了。」香寧臉上露出輕蔑的笑容。

可她們卻不知，在她們離開之後，采蓮竟去了她們坐的位置。

飯桌上還有未離開的丫鬟，一聽說方才離開的兩人是元曦郡主的丫鬟，嚇得險些腿軟。

這丫鬟大概是頭一回跟著自家主子出來，是個膽小的，被采蓮一嚇唬，就將她們方才在飯席上說的話，都一五一十地說了。

采蓮本就仗著自己是謝萍如身邊的丫鬟，十分瞧不起香寧和杏兒，此時得知她們竟任由旁人詆毀國公夫人，更是氣得拉著棲霞要去找她們算帳。

棲霞的性子沒她這般著急，只是勸說道：「算了，咱們還是先回去稟明夫人吧，何苦與她們口舌之爭呢？」

「這都叫人欺負到頭上了，怎能不爭？妳若不去，那我便去了。好呀，都是國公府的人，聽著旁人在背後如此議論夫人，她們竟連一句維護的話都沒有，難不成她們就不是裴家的丫鬟了？」采蓮這會兒氣性上來，拖著棲霞便去找杏兒她們算帳。

其實她也不單單是因為這件事生氣。雖說芙蓉一事被謝萍如拚死壓住了，可又怎麼能瞞得住采蓮這樣的大丫鬟呢？她今年十七歲，打從進府當值開始，便在謝萍如的院中伺候著，別的丫鬟都說世子爺如何、如何，可她卻覺得世子爺俊美雖俊美，卻太過冷漠。

反倒是五少爺，掀開簾子衝著她微微一笑時，她只覺得整個人都要飛揚起來。

卻沒想到竟是芙蓉那個賤蹄子先爬上了五少爺的床。

這會兒又聽說宋家姑娘的事，她便覺得杏兒和香寧就是故意不反駁，好讓那些人乘機嘲笑五少爺。

這一團怒火，倒不是為了謝萍如，反而是為了裴渺。

采蓮和栖霞出來得雖遲，卻走得飛快，總算趕在杏兒和香寧回宴席之前，攔下她們。

「兩位姊姊可有事？」香寧見采蓮氣勢洶洶地攔住她們，忍不住輕聲問道。

栖霞也覺得這件事就算是杏兒和香寧不對，也不該在齊王府鬧起來，這不是叫人看笑話嘛。

可采蓮看了看左右，見沒什麼人，便乾脆嚷嚷起來。「好啊妳們，竟敢在飯席上與那些人一同議論夫人的是非。」

杏兒和香寧一愣，回過神後，杏兒立即辯駁道：「采蓮姊姊，這話說得我倒是聽不懂了，方才我們不過是用膳而已，至於旁人說了什麼，也不是我們能阻止的。」

「滿口胡言，難不成有人這般在背後非議郡主，妳們也阻止不了。」采蓮嘴巴索利，一句話就把杏兒給堵住了。

看她這架勢，想來是存心來吵架的。香寧立即回道：「采蓮姊姊若是覺得我們有哪裡做得不對，還請妳回去稟了夫人和我們郡主，若是要責罰我們，也該由主子來。」

香寧雖然瞧著溫柔可人，可說出的話卻一點兒都不溫和。

大家都是一等丫鬟，妳可沒資格教訓我。

她說完之後，便拉著杏兒準備離開。

采蓮見她們不僅沒與自己低頭認錯，還敢用這樣的態度說話，當即火冒三丈，擋住她們的去路。

「采蓮，這裡可是齊王府，若是被人瞧見，丟的可是咱們定國公府的面子。」香寧臉色一沈，說話不再客氣。

「好呀，竟敢嚇唬我。」采蓮揚手便要教訓她。

「這都是在做什麼呢？」只聽一道聲音傳來。

待四人目瞪口呆地抬起頭，就見一個寶藍色的身影一躍而下，衣袍隨風飄動，待少年站定後，眼神便涼涼地朝四人看過去。

「給三皇子殿下請安。」杏兒和香寧都驚得險些咬到自個兒的舌尖。

旁邊這棵樹的枝幹茂密，誰又能想到堂堂三皇子殿下，竟會做出偷聽這樣的事。

「在吵什麼呢？說來給本王聽聽，本王來替妳們決斷。」殷景然一臉溫柔笑意，可這笑容卻叫四個丫鬟嚇得雙腿發軟。

見沒人說話，殷景然便朝采蓮望過去，呵笑一聲。「方才妳叫的聲音最大，不如就由妳來告訴本王？」

「三殿下恕罪。」采蓮趕緊跪在地上，不敢說話。

殷景然也不著急，只慵懶道：「妳若是不說的話，我便把妳扔到旁邊那個湖裡，待會兒就算有人來救妳，妳這身子只怕也叫那些侍衛和小廝給看光了。」

一想到這位三殿下如今的名聲，采蓮害怕得連眼淚都要落下來了。

她們不過就是丫鬟而已，但這位可是永安王，就連國公爺都不敢在他面前造次。

待香寧和杏兒回來之後，紀清晨便叫她們扶著自己回到廂房中。回去後，她只用了些點心，便歇息了。畢竟距離接親還有兩個時辰。

過沒多久，她卻被吵醒了，是太子妃派人來請她。

待她過去後，就瞧見長孫昭坐在屋子裡，臉上的表情有些凝重。

「太子妃召我過來，可是有急事？」

長孫昭抬頭瞧見她，嘆了一口氣。「這件事本不該煩勞妳的，只是今日是我主持大局，卻發生這樣的事情，實在是有些不知所措。」

待紀清晨聽罷，當場便震驚住了。

「妳是說那位宋姑娘被人瞧見與三皇子進了同一間廂房？」

宋如霜，吏部尚書宋顯祖的嫡長孫女，也是如今京城有名的世族之女。她在到了適婚的年紀之後，提親的人都快踏破了門檻，而謝萍如理想中的兒媳婦，便是她了。

別說紀清晨目瞪口呆，就連長孫昭臉上的表情都是精采萬分。

紀清晨找回思緒後，輕聲問：「三皇子如今人在哪兒呢？」

長孫昭輕咳了下。「說是去更衣了，待會兒過來。」

更衣？他為什麼要更衣？

想到他在裴世澤房中做的事情，紀清晨彷彿看到了那位宋姑娘的下場。

如今這位小爺，真是一臉的邪氣，可偏偏這種邪氣卻比他原本氣呼呼的樣子，更招惹姑娘喜愛。

況且他又是皇子的身分，如今還是皇上冊封的永安王，要是這個宋姑娘真的順水推舟，做出什麼事情，紀清晨也不覺得奇怪。

只盼著宋家的教養嚴格，能讓這位宋姑娘在權勢面前，不迷失自我。

長孫昭也是十分無奈。她帶人過去的時候，殷景然已經離開了，只留下那位宋姑娘在房中休息。

可是如此一來，反而更說不清楚了。

宋大太太趕過來的時候，臉色都是煞白的。

「宋姑娘已經被宋大夫人帶回去，我請妳過來，也是希望妳能幫我好好問一問三弟。」長孫昭嘆了一口氣。她雖是長嫂，可殷景然的性子如今簡直是放浪至極，她實在是拿他沒辦法。

這會兒前頭正準備要去接親，因此長孫昭也不能拿這件事去勞動太子爺，畢竟齊王爺的婚事才是最要緊的。

「太子妃，三皇子來了。」此時一個穿著宮女服飾的女子，匆匆地走進來。

待殷景然走進來時，只見他穿著一身紫紅色寶相花紋嵌紫色襴邊錦袍，幾個月不見，倒是又長高了些，看起來更加英俊挺拔。只是嘴角時不時掛著的那一縷笑意，卻像是帶著劇毒的鮮花，雖美麗卻危險。

自從殷景然轉了性子之後，紀清晨每次見他，總有一種物是人非的感覺。

其實他如今的氣質雖有些邪氣，卻十分出眾，比起先前被兩個哥哥掩蓋光芒，此時的殷景然有著專屬於自己的獨特。

這讓紀清晨不知是該嘆息，還是感慨他竟有這般的轉變。

「見過大嫂，見過表姊。」殷景然衝著她們兩個行禮，柔聲道。

見他還是如此彬彬有禮，長孫昭心中更加難過了。好歹也是自家的孩子，是以她也不願意把壞事都推到他一個人身上，可對方又是宋家的嫡長女，說來在京中的名聲，那可是要比殷景然好上太多。

長孫昭與紀清晨對視了一眼，紀清晨自是不好開口問，於情於理也該讓長孫昭說話。

「三弟，今日究竟是怎麼回事？」長孫昭無奈地問他。

這可是關係到人家姑娘的名聲，就算殷景然是皇帝的兒子，也不能對人家姑娘不負責任吧？

殷景然臉上突然露出為難的表情，隨後輕聲說：「說來大嫂也許不信，我是偶爾碰到那位姑娘昏倒了，便出手相救，誰知竟變成如今這般。」

長孫昭：「……」

紀清晨：「……」

人便救人，那你換什麼衣服呀？

待長孫昭問他為何更衣時，殷景然理所當然道：「我一路抱著那位宋姑娘進了廂房，身上沾了她的香粉味，又流了些汗，便讓人替我更衣了。」

長孫昭和紀清晨又默默地對視了一眼，心中同時哀嘆。

那你還不是抱了人家。

宋如霜的祖父宋顯祖，可是皇上跟前的紅人，更是朝中重臣。

對待這位宋家姑娘，自然不能太過隨意。不過這件事也不是長孫昭能決定的，她只得如實道：「這件事我會如實稟明父皇和母后。這位宋姑娘也是名門閨秀，身分貴重，就算賜婚給三弟你，也是適合的。」

長孫昭其實是想事先提醒他，這般抱了人家姑娘，是要負責任的。

聽見太子妃的話，紀清晨第一時間朝殷景然望過去，就見他嘴角微微咧起，她便知道，只怕接下來又有石破天驚的發言等著她們了。

「大嫂，我倒是覺得這位宋姑娘並不是適合的王妃人選。」殷景然不緊不慢地說。

長孫昭略感奇怪，卻還是耐著性子，聽他繼續說下去。

「方才她在我跟前那般無緣無故地昏倒，若是真的，只怕這位姑娘就是身子太過虛弱，王妃這位置，她是勝任不了的；若是假的，那她便是故意在我面前那般作態，這樣的女人，我可不喜歡。」

長孫昭完全被他驚呆了。

至於紀清晨早已放棄說服他。她就知道這小子如今已有一堆話等著她們，而且還每句話都說得特別理所當然。

可真是有能耐啊！紀清晨無奈地搖搖頭。

「不過這位宋姑娘被你抱進廂房時，有那麼多人瞧見了。」長孫昭說了這句，卻微微搖了頭，無奈道：「既是三弟你這般說，那此事便如此辦吧。」

左右這件事最後能定奪的，也只有聖上。

那就要看看是宋顯祖這位老臣比較被皇上看重，還是殷景然這個么兒更討皇上歡心。

就在長孫昭準備叫他先到前院時，就聽一個宮女進來通稟。「娘娘，齊王爺結親的轎子回來了。」

長孫昭一瞧時辰，可不就是快到吉時了。

「嫂子先去吧，我來照顧表姊。」殷景然微微一笑。

長孫昭知道他如今雖說性子古怪，卻也不是是非不分的，所以將紀清晨交給他照顧，她倒也不擔心。

就連紀清晨都點點頭，讓她先過去瞧瞧。

今日已經出了宋姑娘一事，長孫昭不敢再有紕漏，便急急地離開，趕去迎親了。

第一百四十五章

等太子妃走了之後，她身邊的宮人也都跟著離開了；而杏兒和香寧兩個丫鬟，這會兒瞧見殷景然，便如同耗子見到貓一般，連抬頭瞧一眼都不敢。

她們原本想把之前發生的事情告訴紀清晨，可想著今日是齊王大婚的日子，便不想讓郡主再受累去想那些，因此打算等到回了府裡，再稟明郡主也不遲。

誰承想她們還沒來得及說，三殿下便做出了那樣的事情。

「表姊，如今身子重了，這種宴會還是不要來的好，左右也沒人敢說妳。」殷景然瞧著她的肚子，倒十分關心地說。

紀清晨無奈地瞪了他一眼。「你以為誰都能如你這般隨心所欲嗎？」

「表姊羨慕我？」殷景然暢快地笑了一聲。

紀清晨被他的恬不知恥給逗樂了。羨慕嗎？倒也不是，只是見他這般自在地活著，似乎也沒什麼不對。

不過可憐了那位宋姑娘，只怕名聲要壞了。

女子到底同情女子，紀清晨還是問道：「若那位宋姑娘並非故意昏倒的，你可願意娶她？」

殷景然哈哈一笑，道：「我壓根兒就沒想過要娶她。她若是非要嫁我，側妃的位置倒是有的。」

紀清晨一愣，有些疑惑他為何要這樣對宋如霜，便問道：「你不喜歡她？」

「我自然不喜歡。不過我聽說定國公夫人挺喜歡她的，就算宋家三心二意，她卻還是一心一意呢。」殷景然痛快地笑道。

紀清晨沒想到，這其中居然還牽扯到謝萍如。

「表姊何必在意她們呢？謝氏想讓自己的兒子娶了宋家的女兒，無非就是看中宋家的權勢，以為這樣就能與我哥對抗，簡直是癡心妄想。」

紀清晨忍不住扶額。「你這樣做，是為了世子爺？」

「那不然呢？」殷景然笑得開懷，還朝她眨了眨眼睛。

「那你上次故意在書房裡那樣……也是為了世子爺嗎？」紀清晨忍不住沈下臉。

殷景然立即露出討好的笑容。「那次是我故意氣我哥的，誰叫他總是與太子一塊兒來捉我。」不過他還是解釋道：「妳放心吧，那個丫鬟如今還在我宮中呢，就算我日後出宮建府了，也會好好待她的。」

紀清晨：「……」好吧，你贏了。

齊王的大婚自然十分圓滿又順利，待將新娘子送回新房內，長孫昭才鬆了一口氣。長孫昭坐下後，紀清晨叫人給她倒了一杯茶。「太子妃受累了，先歇息一會兒吧，如今客人都已經落坐了。」

的事？」

她瞧著紀清晨笑了下，柔聲問道：「沅沅，方才我離開後，三弟可有與妳說那位宋姑娘

原來長孫昭也故意耍了個心眼。她知道殷景然有些話不會與她說，倒是肯與紀清晨這個親表姊說，況且紀清晨還是他親嫂子。

紀清晨怔了下，倒是沒想到就連太子妃都要和她玩心眼了。她苦笑道：「表嫂，景然那性子妳又不是不知道，他若是不想與人說的，便是誰去問都沒用，就連柏然哥哥和世子爺都拿他沒法子。」

至於這位無法無天的小祖宗，此刻正在前院找殷明然喝酒。

本來殷明然正在敬酒，只是他身分尊貴，旁人也不敢隨便灌他酒，就算有膽大不知死活的，剛灌了幾杯，太子爺那眼神便殺了過來，因此自然沒人再敢灌酒了。

可誰知這裡頭還是有個天不怕、地不怕的。殷景然端著碗便過來，走到齊王的面前，一臉笑意。「二哥，今天是你大婚的日子，弟弟心裡十分高興。恭喜二哥你娶得如花嬌妻，幸福和美。這碗酒是弟弟我敬你的，我先乾為敬。」

還未等殷明然說話，他已經仰頭將一碗酒喝了下去。

此時早就在一旁等著鬧騰的勛貴子弟，登時拍手叫好。這酒席上要是不讓人盡興，還能等到什麼時候。

太子忍不住扶額。他能嚇退所有人，卻偏偏拿殷景然沒法子。

裴世澤早在殷景然端酒過去的時候就已經站起來，只是他還未走到跟前，殷景然就已經

仰頭把酒喝下去。

「既然三弟先喝了，我這個做哥哥的，可不能占你便宜，換碗來。」殷明然知道此時酒席上的人都在看著他，他心底冷笑一聲，不願意在人前被殷景然給落了面子。

而跟在他身後的侍從面上一僵，卻又不敢勸阻，只得替他把酒杯換成了碗。

等侍從將殷明然手中那龍鳳呈祥描金的胭脂紅碗倒上一杯酒時，他手指捏著碗緣，將碗遞到嘴邊，一仰頭就將碗裡的酒一飲而盡。

「好！王爺好酒量。」

「爽快、豪氣！兩位王爺果然是手足情深啊！」

眾人的話一句又一句地傳過來。好在殷明然打小便在遼城長大，酒量還不算差，只是這酒一碗下去，還是有些頭昏眼花。

誰知殷景然又叫人給他倒了一碗，又是痛快地一飲而盡，待他喝完之後，才說：「這是我敬二嫂的酒，不過今日是見不到二嫂了，我便先喝為敬。」

既然齊王妃不在這裡，這碗酒自然是齊王喝了。

待殷景然還要喝第三碗時，一直坐著的太子站起來，衝著殷景然道：「三弟，不要灌醉你二哥，今夜他還要洞房呢。」

這話別人是不敢勸的，可從殷柏然口中說出來，卻又不一般。畢竟如今殷景然的性子，也只有殷柏然能擒得住了。

至於旁人聽到這話，都是哄然大笑。席上一片笑聲，殷明然已泛紅的臉頰，也染上了一層笑意。

倒是殷景然這會兒白皙如玉的臉頰，卻絲毫未變色，此時已經又一碗酒端在他手上。就在他又要喝時，一隻修長如玉雕的手掌緩緩地搭在他的手背上，隨後接過他手中的碗。

裴世澤轉頭看著殷景然。「哪有三殿下一人喝的道理，不如這碗就請三殿下讓給我，讓我來敬王爺。」

「好呀，你們是存心來灌我酒的，想看我的笑話是吧。」齊王見狀，哈哈一笑，伸手拍了拍裴世澤的肩膀。

可是這碗酒他卻不會不給面子，畢竟對方可是裴世澤。

待齊王連喝三碗之後，倒是沒人再好意思灌他酒了。畢竟萬一真把人給灌醉，豈不是毀了人家的洞房花燭夜，所以後面倒是沒什麼人敢再找齊王爺拚酒。

裴世澤沈著臉對殷景然低聲說：「你給我出來。」

他說的聲音極小，不過卻不是那麼客氣，待他轉身出去之後，殷景然也跟著走到外面。只是剛走到僻靜的地方，裴世澤站定，轉身瞧他，便是搖頭，道：「你可真是……」

「哥，雖說摻了水的酒有點兒難喝，不過總比大醉了好吧？」殷景然一臉嬉笑。

他都不用裴世澤逼問，自個兒就承認了，氣得裴世澤只能無奈地皺眉。如今他還真是有種刀槍不入的感覺了，若是訓斥他，就跟你嬉皮笑臉的。

裴世澤對他的情感本就複雜，如今就更加難以言說，不知道該訓斥好呢，還是不管他才好？

「今日乃是齊王爺大婚，你又何必找他的不痛快？」想了想，裴世澤還是說道。

殷景然靠在背後的圓柱上，一副懶散的模樣，氣得裴世澤只想叫他站直了。

他是殷景然的騎射師傅，自從他回京之後，他的騎射都是裴世澤教的，這大概也是皇上想讓他們兄弟兩個，好好地培養、培養感情。

只是裴世澤待他嚴厲，殷景然又是被寵慣了的，自是滿肚子的怨言。兄弟兩人，感情還沒培養呢，梁子倒是結下了。

殷景然覺得裴世澤是故意乘機打壓他，而裴世澤原本就因為他的身分而敏感，可偏偏這件事又是皇上的命令，他不得違命。

自從安素馨去世之後，兩個原本相隔千山萬水的兄弟，反而比以往任何時候都還要靠近。

宮裡是個什麼地方，裴世澤自然明白，景然如今能靠著皇上的寵愛恣意妄為，可萬一有一日，皇上的寵愛不在了呢？

他不能看著景然走向不歸路，他可是景然的哥哥。

裴世澤眉頭依舊緊鎖著，可心底卻早已經將他看作是自己的親人。

「我聽說你今日救了一位姑娘。」這是紀清晨派人來告訴他的，當然紀清晨還是站在殷景然的立場上，用的字眼都是「救」。

殷景然略一挑眉，還以為自己會被罵，沒想到表姊倒是替他說話了。他又不傻，這會兒自然不會承認自己是故意抱宋如霜的。「她昏倒了，我便救了她。」

關於宋如霜和裴渺的事情，裴世澤也是略有耳聞。裴家的事情，素來只有他不願意去管的，卻沒有他不知道的。

他低聲說：「只怕皇上這次不會輕易罷休，你要小心些。」

宋如霜不是一般人家的女子，她祖父宋顯祖在之前幾次政辯中，都堅定地站在皇上這邊，外面早有議論，宋顯祖會是下一任的內閣首輔。

殷景然卻不在意地一聳肩，嗤笑道：「我可不喜歡那樣做作的女人。」

裴世澤被他氣得不輕，瞧見他這般隨意任性，怒道：「你若是不喜歡她，你抱她做什麼？」

「她在我面前昏倒了。」殷景然瞪大眼睛。

裴世澤當即冷哼。「你若是真的為她好，便該叫僕婦去救她。」

殷景然哈哈一笑，瞧著裴世澤。「哥，你知道我是故意的吧。我也是幫你除了一個心腹大患啊，要是真叫宋顯祖的孫女嫁給你那個五弟，還不知道會生出什麼事情呢。」殷景然無辜地看著他，滿眼都是你看啊，我都是為了你好。

裴世澤氣到笑了。「那我是不是還應該與你說一聲謝謝？」

「謝謝倒是不必，咱們可是親兄弟。」

裴世澤：「……」還真沒見過如此厚顏無恥的人。

果不其然，皇上知道這件事後，便把殷景然叫去大罵了一頓。

平日裡，殷景然去惹那些丫鬟宮女，他可以當作沒瞧見一般，素來都是睜一隻眼、閉一隻眼，可沒想到他現在如此膽大妄為，竟然去招惹這樣的名門閨秀。

況且宋如霜身分顯貴，皇帝便要給他賜婚。可誰知殷景然卻死活不從，理由自然就是他與長孫昭說的那兩個。

殷廷謹沒想到這小子還有這樣多的藉口，當即氣得直冷笑。

可他也拿殷景然沒法子，總不能真為了一個連面都沒見過的小姑娘，把親兒子打一頓吧？況且殷景然也振振有詞地說了，他那是路過，遇到人家姑娘昏倒了，這才出手相救的。

沒錯，哪有強迫恩人的道理？

這件事就連紀清晨在家養胎都聽說了，更何況這些日子，她見到謝萍如眼神中的怨懟和憤恨，還真是費了老大的力氣才能壓下去。

紀清晨後來也知道了，景然聽到杏兒她們吵架的事。她知道他只怕也是為了自己，才蹚了宋家和裴家這灘渾水，可現在這水真是被他攪和得更加瞧不清了。

流言本就有誇大的效果，如今外頭傳得更加不堪，已變成宋姑娘和三皇子在齊王爺的大婚中偷偷地幽會，謝萍如就是再想要這個媳婦，定國公府卻是丟不起這個臉面的。

倒是紀家卻有好消息傳來了，紀寶芙的婚事終於定下來。是紀延生一個下屬家中的嫡子，樣貌雖不出眾，品性倒是不錯的；況且紀延生又是上司，所以紀寶芙即便是嫁過去，也不會遭罪。

婚事定得快，就連婚期都快。紀寶芙也到適齡可嫁人的年紀，她的嫁妝早就準備妥當，如今婚期一定下，就等著嫁人。

可偏偏她嫁人的時候，正趕上紀清晨要生產，所以婚期一定下來，紀清晨就叫人送了一份厚禮回去，也叫人回去說了，只怕到時候沒法子參加她的婚禮。

誰知還真叫她說中了。

九月正是桂花飄香的季節，眼看著紀清晨便要臨盆，就連裴世澤近日來，都一直待在家中陪著她。可偏偏今日肖霆前來，說是火器營的庫房出了點事，必須他親自過去一趟。

這可是要命的事，裴世澤也不敢大意，立即騎了馬，與他一同前往火器營庫房。

待檢查過後，才發現是庫房有一處漏雨，竟把庫裡存著的黑火藥給弄至返潮。他訓斥了看管庫房的人，又叫人趕緊把東西搬出來。忙了一整天，都沒有個消停的。

就在他親自清點庫存的時候，裴游卻來了。

「世子爺，郡主傍晚的時候說是要生了，已派人去請太醫，還請世子爺趕緊回去吧。」

裴世澤手中的帳本一下子掉在地上，他猛地朝外面奔出去。

他滿腦子都是沅沅要生了。

紀清晨是傍晚在院子裡散步時，突然覺得肚子疼，其實前兩天也有那種感覺，不過只是虛驚一場而已。這次當肚子再有感覺傳來時，她卻是異常冷靜。

香寧當時正扶著她，陪著她在院子裡轉悠。這也是太醫叮囑的，說是適當的散步，對於生產頗為有利。裴世澤在家的時候，都是他陪著紀清晨散步，可他這會兒不在家，便由香寧陪著。

見她突然頓住腳步，香寧還有些奇怪，正要問怎麼了，就聽她突然輕聲說：「香寧，我好像要生了。」

香寧「啊」了一聲，扶著她的手臂，趕緊喊了丫鬟過來，一起將她扶到房中。

這幾日產房是早就準備好了，又因為九月底，所以連炭爐也備好了。所以她這邊剛痛起來，丫鬟們便將她扶到產房裡。

紀清晨抓著香寧的手，道：「妳派丫鬟去書房找裴游，叫他立即去請世子爺回來；還有，再派人去老夫人院中，就說我要生了。」

香寧知道她在擔心什麼，立即點頭。「郡主放心吧，奴婢知道的。」

她剛說完，接生嬤嬤便進來了。這兩位接生嬤嬤乃是宮裡的嬤嬤，是皇后特地派給她的，因為她產期近了，所以就提前幾天住到府裡來。

裴老夫人那邊是杏兒親自過去的，四姑娘和五姑娘正陪著老夫人說話，待杏兒進去通報，老夫人趕緊神色緊張地要起身去瞧一瞧。

「老夫人，郡主說了這會兒才開始覺著痛，只怕還有好幾個時辰才會生，所以請您先在院子裡等著好消息吧。」杏兒趕緊說道。

坐在下首的裴玉敏也勸道：「祖母，三嫂說得有道理。再說您去了，只怕會叫三嫂更緊張。」

「祖母，讓孫女代您去瞧瞧吧。」裴玉晴聽到紀清晨要生，便怎麼也坐不住了，想過去看一看。

卻不想老夫人輕斥了一聲。「胡鬧，哪有小姑娘去瞧的。」

裴老夫人後來吩咐錢嬤嬤過去，這位乃是跟在她身邊四十年的老嬤嬤了，就連國公爺裴延兆遇見了，都要恭敬地喊一聲錢嬤嬤。

一聽裴世澤今日出門，老夫人不禁皺眉。「他媳婦眼看著就要生了，他還出門？」

「老夫人，世子爺這幾日都在家中，只是今日三姑爺過來，說是營中有事，請世子爺務必去處理。」杏兒立即替裴世澤辯解一番。

老夫人這才點頭，接著又吩咐杏兒趕緊回去幫忙。

而裴世澤回到家時，就連曾榕都已到了長纓院；紀延生也來了，不過卻被裴延兆請到書房去了。

「岳母。」裴世澤衝著曾榕行禮，便趕緊朝產房裡頭張望。

曾榕瞧他一臉緊張的模樣，還笑著安慰道：「放心吧，還沒到時候呢。」

「就是，世子爺一路上回來也風塵僕僕的，不如先去換一身衣裳。」坐在對面的謝萍如抬起頭，瞧著面前高大的裴世澤，一臉溫和地說。

曾榕也跟著說：「是啊，世子爺先去換身衣裳，沅沅這邊，有夫人和我在呢。」

她話音剛落，就聽到產房內一聲痛呼，是紀清晨的聲音。裴世澤心頭一跳，猛地抬頭看了過去。

他自然是沒機會見過別人生產，這是他和紀清晨的第一個孩子。之前也曾聽接生嬤嬤說過生產的艱難，可這才剛開始，他就覺得心頭直跳，恨不得立即衝進去。

「沅沅她沒事吧？」裴世澤朝曾榕望過去，一臉驚疑地問。
曾榕又勸了他一會兒，這才把人給勸回去。
等他換了衣裳，便又來到產房。
曾榕才坐下沒一會兒，就見他回來了，登時哭笑不得。「老爺也來了，如今正在書房裡與國公爺說話，若是世子爺沒事，就過去陪老爺說說話吧。」
裴世澤沒說話，只是眼睛仍盯著產房的方向，一動也不動。此時他手掌已然捏緊，一顆心就像是被放在火堆上慢慢地烤著，生怕錯過她的一丁點聲音，可又怕聽到她的聲音。
「夫人和岳母可用過晚膳了？若是還未用過，便先去用膳，這裡由我來守著。」裴世澤輕聲說。
謝萍如嫁進定國公府這麼久，認識裴世澤也快二十年了，卻從未見過他如此著急的神情，便是說著話，他的視線都還是緊緊地盯著產房的方向。
曾榕確實是沒用晚膳就過來的，只是這會兒誰還會有吃飯的心思？

第一百四十六章

紀清晨已經滿頭大汗，她不敢喊，怕自己到了真要生產的時候，反而會沒了力氣，只是她肚子的陣痛卻越來越頻繁。

她抬頭看著香寧，道：「香寧，我有些餓了，妳去叫人準備飯食，我想喝魚湯。」

「奴婢知道了。」香寧趕緊往外走。

簾子一被掀開，坐在椅子上的裴世澤便騰地一下站起來，見是香寧出來，立即問道：「沅沅怎麼樣了？」

「回世子爺，郡主說有些餓了，叫奴婢出來傳膳，還說想喝魚湯。」香寧趕緊說道。

曾榕不禁笑起來。「這孩子倒是個沈得住氣的，頭一回生產還能這般冷靜。趕緊讓人去準備吧，順便再叫人把參湯熬上。」

一般女子生產，頭一回總是最凶險的，這肚子剛疼起來便大喊大叫的不在少數，因此到了要生孩子的時候，反而沒了力氣。紀清晨這會兒還能想著要吃東西補充體力，倒是叫曾榕放心不少。

裴世澤也露出溫柔的笑容，他知道她性子本就是冷靜的。想當年他們一起逃命時，她不僅能自己去找水喝，還能將水帶回來。

眼看著天色越來越晚，已經過了快兩個時辰。裴世澤見謝萍如和曾榕都是強撐著，便開口勸道：「不如太太和岳母都先回去休息一會兒吧？」

「沒事，我還不累，不如國公夫人先回去休息吧。」曾榕溫和地說。

謝萍如還真有點熬不住了。曾榕可比她年輕十歲，況且她素來休息得早，這個時辰便是平時她安寢的時間。只不過她這會兒如何能離開，不說別的，便是老夫人那邊只怕都還沒睡下呢。

今日老夫人不僅派了錢嬤嬤留在這裡，方才每隔半個時辰，就叫丫鬟過來一趟。

不過產房裡的動靜是越來越大了，眾人倒是精神一振，都朝產房看了一眼。

接生嬤嬤是個經驗豐富的，一瞧就知道只怕是快要生了，便趕緊叫丫鬟餵紀清晨喝了一碗參湯，補充體力。

又過了一刻鐘，接生嬤嬤喊道：「郡主，再用力啊，都已經看到小主子的頭了！」

紀清晨雙手緊緊地握成拳頭，眼看著骨關節都泛白了，她已經痛得快喊不出聲音。真的是太疼了，叫她死去活來的那種疼。

裴世澤站在外面，聽著裡面一聲又一聲尖銳的叫喊，要不是曾榕攔著，只怕他如今已衝進去了。

「世子爺，這產房你可進不得。」曾榕瞧著他臉色都白了，知道他是真的擔心。

直到一聲響亮又清脆的哭喊聲傳出來，曾榕猛地回頭，倒抽了一口氣。這是生了？

「生了嗎？是生了吧？」裴世澤恍惚地問了兩句，便已邁開腳步，走向產房門口。

待他剛到門口，就見簾子被掀開，杏兒從裡面出來，滿心歡喜地喊：「郡主生了位小少爺。」

「謝天謝地，真是祖宗保佑！」曾榕激動地喊了一聲。

「沅沅怎麼樣了？」裴世澤低頭問道。

杏兒見世子爺一臉緊張，知道他在擔心郡主，馬上回道：「郡主好著呢，這會兒接生嬤嬤正在給小公子洗澡。」

誰知這邊剛說完，就聽裡面喊道：「還有一個，趕緊的，這還有一個！」

站在門口的幾人登時面面相覷，就連見慣了大場面的裴世澤都變了聲調。「還不趕緊進去瞧瞧，究竟是怎麼一回事？」

杏兒立馬轉身進去了。

就這樣又在外面等了一刻鐘，待裡頭又傳來一陣哭聲，杏兒這次出來時，臉上那歡喜都快盛不下了。「是個小姐。」

「沅沅這是生了龍鳳胎啊？」曾榕都驚愣極了。待回過神，她趕緊笑著叫人去報喜。

謝萍如也站起來，滿臉欣喜地說：「這可真是咱們定國公府裡的頭一等大事啊，快點叫人去各房報個喜信。老夫人那邊只怕也等著呢，趕緊都去。」

沒一會兒，紀延生也趕了過來。他都和裴延兆下了好幾盤棋，只是一直心思不定，倒是被裴延兆贏了好幾局。

而裴延兆身為公公，倒是不好在這個時候過來。

等裡面將兩個小傢伙洗乾淨，才將他們裹上小被子，叫人抱了出來。

裴世澤低頭看著兩個丫鬟手中抱著的孩子，那麼小小的一團，只怕連他半隻手臂的長度都不到，眼睛還沒睜開，小臉蛋也紅通通的。

「哪個是哥哥，哪個是妹妹啊？」曾榕見他也不問，倒是先忍不住問起來。

這初生的孩子光看容貌，實在是看不出男女之別，她瞧著那個略大一些的，問道：「這個是哥哥？」

誰知她剛說完，桃葉就抿嘴一笑。「夫人這回可說錯了，奴婢手裡抱著的是小姐。」

「奴婢手裡這個才是小少爺呢。」艾葉也笑著接了一句。

方才一生下來，接生嬤嬤說小少爺看起來有點瘦弱，誰知待小小姐生下來後，這才叫所有人都覺得驚奇。沒想到小小姐的個頭，竟比小少爺還要大。

裴世澤這會兒還低頭打量著兩個小傢伙，只見他們兩個安靜地躺在厚實暖和的小襁褓中，小小的臉蛋在襁褓裡顯得格外柔嫩。他緊張得不敢去碰他們，彷彿這是兩團豆腐，他一伸手就能戳碎了。

直到他鼓起勇氣，輕聲問：「我能抱抱他們嗎？」

兩個丫鬟都一愣，相互看了一眼，而身後的謝萍如反而先開口道：「世子爺，這可不合規矩啊。」大戶人家可是講究抱孫不抱子的。

只是曾榕卻笑道：「自然可以了，你可是他們的爹爹。」

爹爹……是啊，他可是爹爹。

裴世澤嘴角已漾起了笑意。這是和他血脈相連的小傢伙啊，居然還一次來了兩個。

天際矇矇亮，簾帳內的人總算有了一點動靜。

紀清晨睜開眼睛的時候，就看見床邊那坐在躺椅上的人。她怔了下，瞧著面前的人，有點意外。

裴世澤因為生得太過高大，窩在躺椅裡，顯得擁擠不堪。

「柿子哥哥。」紀清晨忍不住喊了他一聲，可是一出聲，就覺得身體像被碾壓過一般，渾身都透著一股說不出的痠痛。

裴世澤睡得淺，她一出聲，他就醒了。

他立即站起來，走到她床邊，坐在床榻上，伸手摸著她的長髮，滿臉柔情。「沅沅，妳醒了。」

「你怎麼躺在這裡？」紀清晨心疼地問道。

裴世澤溫和一笑。「我想妳一睜開眼睛，就能看見我。」

他這話一說出口，紀清晨的心都快要融化了，說不出的溫柔繾綣瀰漫在兩人之間。

平日裡身邊總是跟著丫鬟、小廝，可是在她生產醒來後的第一眼，看見的卻是他。那些撕裂般的疼痛，在這一瞬間都變得微不足道了。

「沅沅，妳要看看孩子嗎？」裴世澤提到兩個小傢伙，連聲音中都有股掩蓋不住的歡喜。

紀清晨自然是想的。她生下孩子之後，還沒怎麼看過兩個小傢伙，便昏睡過去了。畢竟生兩個實在是太耗費體力，她最後著實是體力不支。

裴世澤又說：「廚房已經準備了吃食，我先叫人送過來。」

紀清晨這會兒也覺得餓，便輕輕點頭。

裴世澤將她抱著半坐起來，身後的錦墊擺得高高的，讓她的腰身靠在上面。

此時等在外面的丫鬟，也聽到了裡面的動靜。

「世子爺，可是郡主醒來了？」香寧在外面輕聲問道。她們丫鬟都被世子爺趕出來，說是他在裡面守著郡主就好。

可是她們卻是誰都不敢離開，皆豎起耳朵聽著內室的動靜。方才一聽到裡面有響動，一個個都貼著房門，凝神靜氣地等著。

「將兩個小主子抱過來吧，郡主想見一見；還有叫人把準備好的膳食端上來。」裴世澤開口道。

此時外面的天際越發亮堂了，待房門被打開，紀清晨著急地抬頭瞧過去，就見兩個奶娘手中，一人抱著一個孩子。

這次本是給小傢伙準備了兩個奶娘，沒承想竟是一次來了兩個小傢伙，準備的兩個奶娘剛好可以一人一個。

孩子還沒到跟前，紀清晨就已經笑逐顏開了。

襁褓中，兩個小傢伙此時正睡得香甜。紀清晨眼巴巴地瞧著奶娘抱著他們，朝裴世澤撒嬌道：「柿子哥哥，我也要抱他們。」

這可是她親自生的小傢伙，憑什麼別人能抱，而她只有看著的分兒啊？

裴世澤瞧著她一臉哀求的模樣，登時笑了，便伸手先將左邊奶娘抱著的小傢伙接過來，輕聲說：「這是哥哥。」

接著他又抱起右邊奶娘手裡的小姑娘，在她床邊坐下。

紀清晨低頭看著躺在懷中的小東西，忍不住伸手去戳了下他的臉頰。好在她早就修了指甲，又是用指腹輕輕地碰一下，所以小東西沒有絲毫不適，反而咂了咂嘴，嘴邊冒著奶白的泡泡。

「柿子哥哥，你快看！」紀清晨像是瞧見什麼天大的事情般，又激動又興奮地喊著裴世澤來看。

裴世澤正抱著他的小閨女，就聽見紀清晨雀躍的聲音傳來。於是他抬起頭瞧過去，就見小傢伙嘴邊還有奶泡泡。

待紀清晨看向旁邊的女兒，又是滿心的柔軟。雖說這會兒依舊還紅通通的，可是兩人都是高鼻梁，這點倒是像足了爹娘。紀清晨自然也不會太過擔憂，畢竟這兩個可是她和柿子哥哥親生的，不管再怎樣，都不會醜的吧。

「我還想抱她。」紀清晨滿眼柔情地瞧著小女兒。這可是她的小姑娘啊，以後說不定會長得像她，到時候她就把小姑娘打扮得漂漂亮亮的，讓所有的人都羨慕她家的小姑娘。

裴世澤剛要接過兒子，卻又聽她撒嬌道：「我想兩個一起抱嘛。」

雖說這兩個小傢伙也沒多重，只是她剛睡醒，身上只怕還疼著。

裴世澤皺眉，輕聲道：「沅沅，不許胡鬧，太醫說妳這幾日不宜大動。妳先一個一個抱，待過幾日身子恢復了，再一塊兒抱他們。」

裴世澤雖然寵她，可事關她身體的時候，他卻也不會一個勁兒地任由她胡來。

紀清晨撇撇嘴，卻還是乖乖聽話。

兩個小傢伙雖然被抱來抱去，不過卻乖巧得很，閉著眼睛睡得香甜。

一直到丫鬟把膳食端上來，紀清晨還捨不得叫奶娘把孩子抱走。

裴世澤怕她餓著，便攬著她的肩膀，輕聲說：「那就把他們留在這裡，妳先用膳。」

於是她用膳的時候，奶娘們便抱著孩子在一旁等著。

紀清晨吃兩口便要抬頭看一眼，就連裴世澤都忍不住低聲笑道：「就這麼捨不得？」

其實懷孕的時候反倒沒想那麼多，只想著能有個與柿子哥哥血脈相連的小傢伙，感覺可真好啊。誰知道當親眼看到兩個小東西時，那滿腹的柔情和說不出的感動，竟叫她眼眶隱隱泛著淚。

裴世澤見她淚意盈眶，趕緊伸手摟著她。「好好吃飯，不許哭。」

定國公府的嫡長孫和長孫女出生了，這可是頭等的大喜事，裴家一大清早便派人去各家府上送了紅雞蛋和喜餅，就連紀家那邊也準備起來了，但凡是親朋好友都沒漏下。

況且紀清晨生的又是龍鳳胎，京城這幾十年來，都沒聽說過誰家有生龍鳳胎的，所以這消息不過上午才開始傳而已，便已經傳得到處都知道了。

皇后自然也是一大清早就得到了好消息，她又驚又喜，趕緊叫人又開了庫房。原本只準備一份禮物，這會兒倒是得重新再備上一份。

她的身分自是不好出宮，便叫太子妃等到洗三的時候，就到定國公府走一趟。

就連殷廷謹得知這消息時，都一臉喜氣地說：「朕早就說過沅沅這孩子是個有福氣的。」

可不就是有福氣的。開枝散葉乃是婚後的頭等大事，有些人為了生子那真是四處求神拜佛，多少苦藥方子都喝下去了，卻不想她這頭一胎，便是兒女雙全了。

待到了洗三的時候，紀寶璟一大清早就坐著馬車來到定國公府。

就連話都說不索利的楓哥兒，也都說要去看小姨母生的小寶寶，更別提溫啟俊，可是一早就鬧騰著連學堂都不要去。紀寶璟難得慈母一回，便叫人去學堂告假，把兩個孩子一塊兒帶過來。

晉陽侯府本就和定國公府離得不遠，紀寶璟昨兒個就想來了，卻被溫凌鈞攔下。倒不是怕定國公府的人會說什麼閒話，只是紀清晨剛生完孩子，難免還有些疲倦，一個個都過去瞧她，反倒是叫她不能好好地坐月子了。反正洗三時親朋都是要上門的，到時候再去也不遲。被溫凌鈞這麼勸著，紀寶璟當時才打消了主意。

「小姨母。」溫啟俊走得快，搶在紀寶璟和弟弟楓哥兒前頭，跑進了內室中。

紀清晨這會兒正坐在床上，她身上穿著一身淺粉色繡文竹中衣，長髮披肩，巴掌大的小臉倒是顯得有些豐腴。

「俊哥兒，快過來讓小姨母抱抱。」紀清晨瞧見他，便歡喜地張開手臂，溫啟俊一下子就撲了上去。

只是小傢伙一抬臉，就問：「小弟弟和小妹妹呢？」

這會兒楓哥兒也被奶娘放下來，一雙小短腿邁到紀清晨的床榻邊，學著哥哥喊道：「小弟弟、小妹妹。」

紀清晨伸手捏了捏他的小臉蛋，哼了一聲。「連聲小姨母都不叫，就知道喊小弟弟、小妹妹。」

「妳也別逗他們了，我也要瞧瞧我的外甥和外甥女。」紀寶璟在一旁給兩個兒子撐腰。

這話剛說完，就見兩個奶娘抱著孩子進來了。

方才兩個小東西餓得直哭，便被奶娘帶下去餵奶。紀清晨倒是想親自餵養，只是她身子一向單薄，也就是從昨日才有點奶水，還不夠一個喝呢。

紀寶璟低頭瞧著奶娘懷中的小東西，臉上有著掩不住的驚喜。

「長得可真俊啊。」紀寶璟伸手接過一個，低頭用手指勾了下小臉蛋，待得知現在抱的是妹妹時，就更加喜歡。她只有兩個兒子，一心盼著再生一個閨女。

待她低頭仔細瞧了瞧，肯定地說：「還是像妳，這鼻子、小嘴跟妳小時候一模一樣呢。還有這濃密的頭髮，我記得妳剛生下來時，也是一頭烏黑的頭髮，別提多漂亮了。」紀清晨出生的時候，紀寶璟早已經記事了。

第一百四十七章

本以為今日頂多是大伯母和曾榕會來而已，可是當紀老太太被人扶著走進內室的時候，紀清晨的眼淚一下子啪嗒、啪嗒地掉下來。

這可把眾人急壞了，曾榕趕緊哄她道：「沅沅，坐月子可是千萬不能哭的，小心哭壞了眼睛。」

「妳若是再哭，祖母這就回去了。」老太太板著臉看向她，還真把紀清晨給嚇住了。於是她乖乖地坐在床上，眼淚就在眼眶裡打轉，不敢眨一下眼睛，那可憐巴巴的樣兒，讓老太太覺得好笑極了。

待老太太在她床邊坐下，才拿出帕子替她拭了拭眼淚。「都是做娘親的人了，居然還這般愛哭，也不怕叫人笑話。」

「我才不怕呢，反正有祖母疼我。」紀清晨嬌俏地說，軟軟的語調聽起倒像是她小時候在撒嬌的語氣。

老太太都不知多久沒有出門了，可偏偏為了這個小心肝，不辭辛苦地坐馬車過來。待正要叫人給她瞧瞧她的兩個重孫子時，就聽丫鬟進來通傳，說是裴老夫人來了。

原來裴老夫人聽說紀老太太來了，便也趁這個時候過來瞧瞧紀清晨。正好裴世澤就在她院子中，所以親自扶著老夫人過來了。

這兩位年輕的時候就是手帕交，這都是幾十年的老交情了，如今又是一對親家，可不就是親上加親。

可誰知這對老姊妹卻是坐了一會兒，就起了爭執。

「我瞧著這兩孩子可真是與世澤小時候一模一樣，這高鼻梁，這小嘴巴。」裴老夫人看著孩子，滿臉笑意地說。

誰知紀老太太聽了卻不認同，立即說：「我看著還是像沅沅。我們沅沅打小生下來，也是這樣一頭烏黑頭髮，不知道多漂亮呢。」

聽著兩位老人家幼稚的爭論，紀清晨有些哭笑不得。可一抬頭，就看見對面的裴世澤，正衝著她溫柔一笑。

裴世澤這幾日是人逢喜事精神爽，便是身上那股凌厲的感覺都淡了不少。

這日正好趕上皇上召見他還有另外幾位，為的是來年西域諸國進貢之事。

這次進貢乃是聖上登基之後的第一次，特別是蒙古國此番也將前來進貢。

自蒙古與大魏之前的一戰之後，所謂的蒙古鐵騎不僅被大魏抵擋在國門之外，更是被逼退回近百里之遠。只不過西北荒蕪，並沒有多少大魏人願意遷徙去那裡。

後來蒙古賠款，皇帝便又將土地還給他們，並且蒙古人承諾五十年內不得再犯。雖說這些番邦之人，轉頭就能撕毀協議，可最起碼這次大魏的軍隊將他們打得服服貼貼。

原本的征西大將軍張晉源，在勤政殿前的漢白玉拱橋上正好遇上了裴世澤。

「還未恭喜世子爺，喜得麟兒貴女。」張晉源瞧著他，立即笑道。

張晉源雖已年過五十，不過身材高大挺拔，連頭髮都沒有一絲花白，精神十分矍鑠。如今他聲望極高，又因乃是征西主帥的緣故，就連聖上對他都是極其看重的。

「多謝大將軍。」裴世澤回禮，微微頷首。

此時已至初冬，這廣場寬闊，周圍不見擋風的建築，頗為冰冷，倒是頭頂暖陽曬得人暖洋洋的。

這幾日裴世澤喜歡抱著兩個孩子，坐在內室靠窗的地方，不會讓陽光照到他們，卻又有一股暖洋洋的勁。

這會兒陽光一照在身上，裴世澤便想起家裡的兩個小東西了。

張晉源走在他身邊，見他一臉溫和，心底有些驚訝。裴世澤的性子他也是知道的，不但冷漠得很，平日裡也是板著一張臉，叫人頗為畏懼，可是這會兒看起來卻是溫柔可親，看來這為人父母，倒是真的能改了性子。

待皇上瞧見他們一道過來時，也是笑了，命人給他們上茶。

皇帝看向裴世澤，便問道：「什麼時候把兩個孩子帶進宮來，叫朕也瞧瞧。」

先前洗三的時候，太子妃親自去了定國公府，回來的時候便對兩個小傢伙誇讚個不停。說是瞧了這麼多新生的小嬰兒，就數這兩個最可愛，聽得皇帝和方皇后都心癢不已，恨不得能立即瞧見兩個小傢伙才好。

要不是怕親自過去會引起騷動，皇帝都有微服出宮的想法了。

所以這會兒見到裴世澤，便又問了起來。

旁邊坐著的幾人心底是羨慕不已。誰叫人家有個好媳婦呢，皇上的親外甥女不說，這便是生個孩子，都是京城幾十年來難得一見的龍鳳雙胞胎，這可是好兆頭啊。

「待郡主出了月子，便會進宮給皇上和娘娘請安。」裴世澤緩緩說道。

殷廷謹這才點頭。那便再等幾日吧。不過他還是叮囑道：「你可要好生對待郡主，這幾日別叫她勞心傷神。」

「皇上放心，微臣定當如此。」裴世澤立即點頭。

好在殷廷謹對他也是放心，就連沅沅懷孕期間，他都未曾傳出過什麼不好的名聲。他自個兒也是男人，知道這女人十月懷胎的時候，總是有諸多不便，他能忍住，著實是難得。

問了幾句，皇帝便又將話轉到了明年諸國進貢的事情。這次進貢乃是朝中的一大盛事，皇帝自然不允許出一絲差錯。

「原本想著派你去接替恒國公的差事，你原本也在福建待過。不過既然蒙古要進貢，你作為征西大將軍，自然得在京城裡待著。」皇上看著張晉源，笑著說道。

張晉源立即起身謝恩，這可是皇上給他的臉面。

可一旁的裴世澤卻有些怔住。張大將軍在福建待過？為何他從不曾聽說過這件事？只是他也不能在這個當下追問，只好屏住心神，聽他們繼續說下去。

皇上之所以召他們前來，是為了明年的防務安全，畢竟那麼多的邦國前來，數千人的進貢隊伍進入京城，必會帶來極大的安全問題。雖說今日張晉源也一起過來了，不過這件事皇帝還是交給了裴世澤。

張晉源本來是想薦上自己人，卻不想還沒來得及提呢，皇上卻已金口一開，點了裴世澤。

「恭喜世子爺了，皇上待世子爺可真是青睞有加啊。」張晉源一抱拳，笑著說。

此時旁邊幾人也紛紛笑著恭喜。番邦國進貢一事責任極大，可是極重要又長臉面的差事，只怕這次之後，裴世澤這身官服又該換個顏色了。

旁人只是羨慕，可張晉源心中卻是惱火。這幾年來，裴世澤的聲勢越盛，難免會壓住他的風頭；況且他又娶了元曦郡主，那位小郡主可是極得皇上的歡心。

裴世澤輕輕點頭，微微一笑，這才告辭離開。

待他出宮後，就見馬車已經等在外面，只是裴游站在旁邊，一臉忍耐。待他到跟前，裴游才鬆了一口氣，正要說話時，就見車簾子被掀開，露出一張俊美邪氣的臉。

「哥，我今日跟著你回去看我的小姪子和小姪女。」殷景然趴在車窗上，笑呵呵地說。

裴世澤無奈，低聲問他。「你出宮可與娘娘說過？」

殷景然一歪頭。「母后已經同意了，所以哥你可不能不帶我。」

裴世澤只得上了馬車。殷景然一見他上來，就忍不住問道：「哥，兩個小傢伙長得漂亮嗎？」

聽到他這麼說，裴世澤淡淡地看了他一眼。「你覺得我和你嫂子能生出不好看的孩子？」

哎……瞧哥哥這驕傲的模樣。

要不是裴世澤攔著，殷景然早就衝進內室裡看孩子了，可就算是這樣，他還是在外頭衝著裡面喊了一聲。「表姊，我來看妳了！」

紀清晨此時正坐在床上看書，兩個小傢伙的小床就擺在旁邊。

被他這麼一吼，躺在左邊的小傢伙拳頭一捏，小嘴一撇就要哭出來了。奶娘趕緊彎腰去晃了晃她的小床，哄著她。

說來兩個小傢伙不過才出生十幾天，可是性子卻已經有點顯露出來了。

珠珠是個小姑娘，又是妹妹，性子嬌縱些，就是有點兒聲音吵著她，都要撇著小嘴哭起來。再加上裴世澤又特別心疼她，一哭就要抱著哄，弄得小姑娘現在比起哥哥來，不知要嬌氣多少。

至於時哥兒，性子沈穩，每天吃飽了便是睡覺，即使紀清晨抱著他，小傢伙也只是睜開眼睛，安靜地瞧著她，不哭不鬧的。

就連裴老夫人瞧見了，都一個勁兒地誇他，性子沈穩，像極了裴世澤小時候。

說來這兩個孩子也是十分神奇，珠珠那嬌氣的性子像足了紀清晨，而時哥兒則是像足了裴世澤。爹娘兩人倒是不吃虧，一個孩子像一個。

聽到屋內小傢伙在哼唧，裴世澤立即皺眉瞧著殷景然，低聲道：「不要把孩子吵醒。」

殷景然原本還一臉的壞笑，這會兒倒是被教訓得說不出話來。

隨後裴世澤便進了內室，從小床上將珠珠抱起來。小姑娘躺在襁褓裡，穿著淺粉色小褂子，小臉比剛出生那會兒更長開了些，但摸起來仍是粉粉軟軟的。

裴世澤將小傢伙抱在懷中。如今小姑娘躺在他的臂彎中，也不哭鬧了，之前他剛抱她的時候，因姿勢不對，每次都要叫小姑娘不舒服地哭出來。

「景然來了？」紀清晨見他抱著小姑娘，輕聲問道。

裴世澤點點頭，無奈地說：「我出宮時正好遇到他，非鬧著要來看孩子。」

「叫他不許把珠珠鬧哭了，要不然柿子哥哥就揍他。」紀清晨嬌美的小臉微微一揚，露出些許的嬌蠻。

裴世澤聞言一笑，看著懷中的小姑娘，低頭用額頭與小姑娘的腦袋碰了下。他笑著對紀清晨道：「我先把孩子們抱出去給他瞧瞧。」

殷景然早就在外面等不及了，待裴世澤剛把孩子抱出去，他便湊上來，低頭瞧著懷中剛睜開眼睛的小傢伙，登時激動道：「哥，我也要抱。」

「不行，你不會抱孩子，會把她抱哭了。」裴世澤立即拒絕。

殷景然登時不高興了，可是又看見旁邊奶娘懷中還抱著一個，便伸手過去接，奶娘小心地看了裴世澤一眼，見他不反對，只得將小少爺交給殷景然。

只是他雖小心翼翼，可手臂還是太過僵硬，就連一向不怎麼愛哭的時哥兒，都皺起了小臉。殷景然見他要哭了，立即著急地問道：「他怎麼了？」

奶娘小心翼翼地道：「三皇子，您要這樣抱著，小少爺才會覺得舒服。」

待奶娘指導他一番之後，懷中的時哥兒這才舒服地哼了哼，烏溜溜的大眼睛正一眨不眨地看著他，別提有多漂亮可愛了。

殷景然自個兒也還是個孩子呢，自然生不出什麼慈父心態，只是瞧著懷中可愛的小傢伙，也是喜歡得很。

「哥，我瞧著我這小姪子，長得倒是像你多一些。」殷景然抱著時哥兒晃悠了兩下，驚喜地說，只是說完，不知為何，臉上的笑容又斂住了。

裴世澤正低頭看著女兒，又抬頭詢問奶娘今日兩個小主子吃奶的情況。其實很少有男人會這般關心孩子，養育孩子一向都是母親的事情，可裴世澤要過問，奶娘也不敢隨意敷衍他。

殷景然抱著時哥兒，又湊到珠珠的身邊，雖然這會兒五官還是很小，可是看得出來兩個孩子長得不是十分相像。

一直到離開長纓院去書房的時候，殷景然還是一副意猶未盡的模樣。

待在書房裡坐下後，他還是問東問西的，倒是叫裴世澤忍不住看著他。「你若是喜歡孩子，便早日成親。」

「我可不要。」殷景然卻一口反駁。

裴世澤瞧著他這副隨興的態度，忍不住教訓道：「成親之後，也能好好壓一壓你這性子，便是皇上也能對你放心一些。」

「就算是如今，父皇也對我放心得很。」殷景然嬉笑道。

裴世澤看著他，想了想，還是說：「景然，汝南侯府的事情你不要再追查下去了。」

原本還算融洽和諧的氣氛，就在這一瞬間凝滯了。

殷景然臉上的笑容僵住，隨後他抬起頭，惡狠狠地盯著裴世澤。「所以這些日子一直在阻撓我的，便是你了？」

想要調查一樁陳年舊事，必然會驚動一些人，只是他怎麼都沒想到，第一個出來阻止他的，竟然就是裴世澤。

「有些事情，不是能輕易翻開的。」裴世澤淡淡地看著他。

這些話裴世澤不是第一次和他說了，可他還是止不住心中的憤怒。

「為什麼你一定要阻止我？你應該知道母妃臨死前都想著要為外祖申冤。外祖為大魏征戰那麼多年，卻因為一個莫須有的罪名，便給他定下那樣的罪。」殷景然憤怒地看著裴世澤。

他猛地起身，闊步往外走。

裴世澤見他這般，擋住了他的去路，擰眉問：「你要做什麼？」

「話不投機半句多，你既是不願意幫忙，我不強迫，但你也別想阻止我。」殷景然硬著脖子看向他。

待他走後，站在一旁的裴游擔憂地看著裴世澤，輕聲問：「世子爺，你為何不與三皇子說實話呢？這麼多年來，您一直都在替老侯爺找證據。」只是找的證據越多，便越發覺得心寒吧。

裴世澤回頭看著書房中擺放著的地圖。這份詳細至極的地圖，除了宮中之外，就只有定國公府才有了。他一直以為這份地圖是祖父派人四處勘察得來的，可後來才得知，之所以會製作這份地圖，是外祖率先提出的。

這麼多年來，他從未忘記過外祖。

雖外祖在京城的時間不多，他長年駐守在福建，裴世澤能見到他的次數也是寥寥無幾。一直到汝南侯府被滿門抄斬，他對外祖的印象都是模糊的，他只知道外祖是個和祖父一樣讓人敬重的英雄，是拱衛著大魏大好河山的英雄。

他自然不相信外祖會做出那等事情，所以從很久之前，他便開始著手調查這件事。可先皇在世時，關於汝南侯府的案子，一直是個諱莫如深的秘密。這是先皇欽定的案子，對這個案子提出質疑，那就是在懷疑先皇，因此自然沒人願意幫他，就連祖父知道他在調查這件事，都將他狠狠地訓斥了一頓。汝南侯府的事情，就像是個不能挑破的膿包，誰都知道這件案子不簡單，可誰都不願意去戳破。

如今殷景然憑著一腔熱血便想重查二十年前的事情，固然他是皇帝的親生兒子，可是當年這件事牽扯甚大，誰又願意讓他重新調查呢？

雖然先皇已過世，可那是當年大理寺抓的人，是刑部親自審定的，若是這個案子真是冤案，那麼當年參與這個案子的官員臉面，定是保不住了。

自然不會有人將事情怪在先皇頭上，那麼能追究的，就是當年參與這個案子的人。而當初主審這個案子的人，便是當今首輔郭孝廉。

如今他聲勢雖大不如前，可瘦死的駱駝比馬大，想替汝南侯翻案，必是難上加難。

裴世澤之所以不想讓殷景然參與這樣的事情，也是怕他太過激進，被人算計了。可偏偏卻讓殷景然以為，他是不願替外祖翻案。

長孫昭瞧了瞧外頭的天色，問道：「出去瞧瞧，太子爺怎麼這麼晚還沒回來呢？」身邊的宮女立即應聲，便出門去了，誰知剛到門口，就聽到外面有動靜，只見沒一會兒腳步聲便越來越近，就連坐在羅漢床上的長孫昭，都忍不住站起來。

殷柏然穿著一身杏黃色刻絲金龍祥雲錦袍，襯得他面如冠玉，挺拔俊朗。此時已是初冬，他一進來身上就裹著薄薄的寒氣。

長孫昭瞧見他時，喜上眉梢。「太子爺回來了。」

殷柏然看著她一臉開心的模樣，心底的不快似乎也消散了不少。長孫昭已經自動挽著他的手臂，開始絮絮叨叨地說起她今日在宮裡做的事情。雖然都是瑣碎的事情，可殷柏然卻沒有一絲不耐煩。

白日裡他要和那些朝臣勾心鬥角本就已極累了，回到宮裡，他不需要一個和他時時試探彼此的太子妃。相反的，長孫昭喜歡說宮裡的那些小事，像是母后賞了她的那盆花，她費勁心思去養，可還是要枯了；還有太液池裡的魚也太聰明了，每回叼了她餵的魚食就跑。

「今兒個三弟也去定國公府了，回來給母后請安的時候，我正好也在旁邊，他一個勁兒地誇讚兩個小傢伙可愛呢。」長孫昭眼神灼灼地瞧著殷柏然。

殷柏然臉上露出笑意，輕笑道：「妳若是喜歡，去瞧瞧也無妨。」

長孫昭：「……」你怎麼就不明白我的意思呢。

於是她抬頭瞧著殷柏然，小聲道：「我的意思是，咱們也趕緊生一個吧，這樣就不用瞧著旁人家的孩子眼熱了。」

殷柏然正在用膳，旁邊替他布菜的宮女給他挾了一個鳳尾蝦球，誰知這蝦球竟被長孫昭這語出驚人的話，給嚇得是一下掉在桌上。

「太子殿下恕罪。」宮女嚇得立即跪在地上求饒。

其實別說這宮女了，就連殷柏然都忍不住低頭笑了。雖說按著規矩，應是食不言、寢不語，可偏偏長孫昭用膳時，偶爾也會說上幾句，卻不想今兒個，卻說了這樣的話。

殷柏然抬頭，一臉溫和又無奈地看著她。「妳啊……」話沒說完，他卻又是低頭一笑，彷彿有種一切盡在不言中的溫柔。

長孫昭眼巴巴地瞧著他，見他低頭了，還以為他是嫌自己說話太直接，便有點失落地垂下頭。

只是當她端起面前的粉瓷小碗時，就聽到對面一個溫潤的聲音道：「好啊。」

咱們也生一個。

第一百四十八章

紀清晨剛出了月子，便帶著兩個孩子進宮給舅舅、舅母請安。

兩個小傢伙還小，就怕他們受風，所以出門的時候特地把兩個小傢伙遮得嚴嚴實實的。就連馬車裡都生了爐子，一路上，兩個小傢伙倒也沒被風吹著。

待到了鳳翔宮，只見殷廷謹也在那裡等著了。

紀清晨抱著兩個孩子，向他們請安。

皇帝已迫不及待地道：「沅沅，把兩個孩子抱給舅舅瞧一瞧。」

楊步亭上前想接過孩子，紀清晨阻止道：「這孩子有些嬌氣，不喜歡被陌生人抱著。」

「那就請郡主親自抱給皇上瞧瞧吧。」楊步亭聞言一笑，往後退了一步，恭敬地說。

倒不是紀清晨要為難他，不過她手裡抱著的是珠珠，小姑娘就是個嬌氣包，除了她和裴世澤之外，頂多也就允許奶娘抱著；倒是時哥兒這孩子，性子沈穩又大方，就是見著生人，也不會哭哭啼啼的。

待殷廷謹低頭瞧著小姑娘，雖說出生才一個多月，可這一瞧卻已經有了小美人胚子的模樣了。

他有些興奮地與一旁的方皇后道：「皇后，妳瞧瞧這孩子的眼睛，又黑又亮，看起來炯炯有神。」

方皇后湊過來，瞧著紀清晨懷中的小姑娘，臉上也盡是溫柔的笑意。

先前太子妃回來便說了，兩個孩子長得實在俊俏，是她見過的孩子中最漂亮的。方皇后本還覺得她是誇張了，沒想到這會兒瞧見，才知道這兩個孩子是真的如此漂亮。

別說殷廷謹喜歡了，就連方皇后瞧見，也想捧在手心裡疼個不停。

因小閨女是個嬌氣包，紀清晨怕她哭出來，反而掃了舅舅的興致，便叫奶娘將時哥兒給方皇后抱一抱。

方皇后自個兒也是生養過的，自然知道怎麼抱孩子，能叫他不哭不鬧。

待時哥兒躺在她的臂彎中，衝著方皇后一個勁兒地咧嘴笑著，惹得方皇后高興得跟什麼似的，忍不住誇讚時哥兒大氣又穩重。

「這兩個便是性子都能瞧出來誰是哥哥、誰是妹妹，看看時哥兒愛笑又不認生。」方皇后低頭瞧著懷中的小傢伙，不住地誇著。

殷廷謹看著紀清晨懷中的小姑娘，卻是笑道：「朕倒是瞧著珠珠這孩子好，小姑娘家就是該嬌氣些。」

方皇后登時笑了。「瞧瞧皇上說的，妾身可沒說珠珠不好。」

兩位這世間最尊貴的人，倒是被這兩個小傢伙逗得眉開眼笑。

隨後一行人又前往安靖太后宮中。這兩年秦太后深居簡出，倒是安靖太后一直深得皇上敬重。

等到了安靖太后宮中後，殷月妍已到了。她前些日子也和喬策成婚了，身為郡主，皇上又憐她喪父，便賜了一座宅子，如今夫妻兩人便在那宅子中生活著。

紀清晨沒想到，居然能在這裡再遇見喬策。說來她已有兩年未見到他了，不過他的大名倒是沒少聽說過。

如今他在都察院任職，身為言官敢直抒己見，謊不平之事，雖說也得罪了不少人，可也沒誰敢動他。況且皇上如今正值用人之際，對他十分看重，將他看作是自己人。

不過與其說是自己人，倒不如說是指哪兒打哪兒的劍。

安靖太后瞧見他們過來，紀清晨自是將孩子抱給她瞧了瞧。好在如今安靖太后也不會對她橫眉豎眼，誇了兩個孩子之後，便叫人將早就準備好的東西賞賜給兩個孩子。

自然是紀清晨這個母親替他們謝恩了。

而安靖太后瞧完別人家的孩子之後，便看著旁邊的殷月妍，笑道：「說來沅沅比妳年歲還小一些，妳身為姊姊，成親雖說比她晚了些，不過這生兒育女之事可不能耽誤了。」

「皇祖母。」殷月妍嬌俏地看了她一眼，滿臉羞澀。

而一旁的喬策自是垂著頭，不敢說話。

好在安靖太后也沒怎麼打趣他們，又轉頭對皇帝道：「聽說秦太后這兩日身子不怎麼舒服？」

「母后且放心吧，太子妃已過去瞧了，待會兒妾身也會親自過去的。」方皇后出聲道。

其實秦太后身子骨倒也沒什麼大礙，只不過就是不舒服，有些小毛病而已。

安靖太后點頭，叮囑她說：「雖說秦太后的年歲不大，不過我瞧著她身子骨卻是一直不好，日後妳也多上點心。」

方皇后又應了一聲。

說著說著，太子夫妻還有齊王夫妻竟一塊兒過來了。

四人連袂而來，待安靖太后問了，才知齊王夫妻是在門口碰上太子與太子妃的。

齊王妃孫新芳瞧見紀清晨身後的兩個孩子，眼睛一亮。先前紀清晨生子的時候，她也去參加洗三了，只見太子妃抱了一會兒孩子，她倒是沒趕上。

不過今兒個又有這般多長輩在跟前，她也不敢造次，只是眼巴巴地看著。

沒想到卻被安靖太后瞧見了，問道：「齊王妃瞧著倒是個喜歡孩子的。」

「叫皇祖母見笑了，只是郡主的這對子女著實是冰雪可愛，妾身一時失態，還請皇祖母恕罪。」齊王妃趕緊起身福禮。

安靖太后瞧著她，溫和一笑。「妳這孩子，這有什麼可見笑的。你們如今都已成婚，只盼能早些傳出好消息，也好叫皇上開心。」

這話雖然是對齊王妃說的，不過安靖太后這眼睛卻是瞧向了太子妃。

長孫昭倒是沒想到這話題還能扯上自個兒，不過她也只是微微一笑，並未搭腔。這孩子的事情雖說是叫人著急，不過也不是光著急就能解決問題的。

好在長孫昭性子一向爽朗，對這些事情也格外看得開，況且平日裡方皇后也從未給過她壓力。是以就算安靖太后這般說，她也只是笑笑而已。

等紀清晨出宮的時候，裴世澤已經在宮門口等著，昨兒個他要值班，連家都沒回。誰知在宮門口正巧碰上了殷月妍和喬策夫妻兩人。

殷月妍柔柔地笑了一聲，朝裴世澤瞧過去，輕聲笑道：「表妹真叫人羨慕啊，世子爺還專程來接妳。」

「表姊說笑了。」紀清晨點點頭，便讓奶娘先將孩子抱到馬車內。

誰知殷月妍又輕笑了一聲，問道：「對了，表妹，過幾日我打算辦一場宴會，明兒個我派人把請帖送到妳府上，妳可一定要賞臉啊。」

紀清晨一蹙眉，不過隨後卻微微一笑，輕聲道：「表姊，實在是不好意思，孩子還小，我哪裡能走得開？這宴會只怕是去不成了。」

殷月妍想到她都親口邀約了，紀清晨還能這麼不給面子，登時就拉下了臉，匆匆一點頭，便轉身離開了。

「柿子哥哥，你怎麼來了？」紀清晨沒想到他能來接自己，於是開心地問道。

裴世澤扶著她上了馬車，等坐下後，才說：「正好下值，想著妳也該出宮了，便過來等等妳。」

待兩人抱著孩子，裴世澤又問小傢伙們有沒有給她添亂？

「柿子哥哥你放心吧，今天就連珠珠都沒哭，乖巧得不得了。」紀清晨抿嘴一笑，低頭瞧著懷中的小姑娘。

裴世澤看她笑得天真嫵媚，湊了過來，在她嘴角親了一下，沈聲問：「妳呢？累了嗎？」

紀清晨沒想到他會突然親自己，愣了一下後，便學著他的樣子，抬頭在他的嘴角親了一下，才搖頭淺笑著說：「不累，一點兒都不累。」

此時馬車已行駛起來。說來這馬車比尋常的都要大上許多，車內還專門隔出一塊地方，是給兩個小傢伙睡覺用的。此時馬車動起來，兩個小東西躺在軟軟的被子裡，彷彿是被人輕輕地搖晃著小床。

沒一會兒珠珠就先睡著了，小姑娘出生以來頭一回出門，表現著實良好。

待時哥兒也睡著的時候，紀清晨才輕輕地吐出一口氣。可算是把這兩個小祖宗都哄睡著了。

裴世澤伸手將她攬在懷中，兩人沒有言語，只低頭看著面前的小傢伙們。

過年自然到處都是喜氣洋洋，初二這天，裴世澤與紀清晨帶著兩個孩子回紀家拜年。

從老太太開始，便給兩個小傢伙準備了大大的紅包。倒是紀清晨自己給要了下來，還特別得意地表示，她要私吞了。

「都是做娘親的人了，還這般沒大沒小的。」老太太輕輕瞪了她一眼。

而紀湛則是領著其他孩子，圍著兩個小傢伙轉悠。

當初楓哥兒出生的時候，紀湛還酸溜溜地說，爹娘如今喜歡小外甥勝過他了，可是這會兒輪到時哥兒和珠珠，他反倒跟護著寶貝一樣，不許旁人靠近，說是會吵著兩個小外甥。

可是楓哥兒年紀小，哪裡願意聽他的，非要往跟前湊。被他推了一下後，「哇」的一聲哭了出來，連溫啟俊都不高興了。

結果他一哭，珠珠這個嬌氣包就跟著哭，再然後，房中便是一片哭聲。

氣得各自的奶娘，趕緊上前來哄自家的小主子。

曾榕氣得要教訓紀湛，誰知他卻躲在紀清晨的身後，還特別老成地說：「這些個孩子可真嬌氣。」

紀清晨：「……」說得你自己不是孩子一樣。

原以為這個新年會這般歡喜又平和地過去，沒想到卻還是出了事。

原先紀清晨並不清楚，只知道在元宵之前，裴世澤突然繁忙起來。

不過每年元宵節的時候，城中守備軍力加大，京兆尹的人手根本不夠，因此都會有五城兵馬司的兵力前來協助，以應對元宵節出現的各種情況。

畢竟每年元宵節光是大大小小的火災，都連綿不斷。

可誰知裴玉欣回來，卻不小心說漏了嘴，她這才知道，竟是恒國公府出事了。

裴玉欣有些意外地看著她。「妳竟不知道這件事？這幾日京中都傳遍了，說是太子妃的親哥哥還有叔父，竟冒充海上強盜，殺了好多平民，不想卻被福建巡撫識破了，這件事鬧得沸沸揚揚的。」

殺良領功？紀清晨一愣。

她怎麼覺得這句話聽起來這般耳熟？

又是福建？又是殺良領功？

當紀清晨聽到這話的時候，腦海中第一個想到的便是汝南侯府的案子。她身為柿子哥哥的妻子，又知道安素馨詐死之事，自然知道了汝南侯府當年的事情。

雖然裴世澤未說，可瞧著殷景然的模樣，他是決計不相信汝南侯當年會幹出這樣的事。而殷景然連汝南侯的面都未見過，卻能這般肯定，想來也是因為安素馨的耳濡目染吧。

現如今，竟連恒國公府都遭遇這樣蹊蹺的事。

雖然汝南侯府的事情已經過去二十年，可是一族數百口人，竟被滿門抄斬，這樣的血案總添了幾分淒厲，便是想叫人忘記都沒法子。

紀清晨立即問道：「欣姊姊，此事妳是如何得知的？」

「自然是相公回來與我說的，他還說此事蹊蹺，只怕皇上會派人前往福建徹查一番。」裴玉欣說罷，嘆了一口氣，道：「如今京城都傳遍了，還說太子爺十分惱火，這會兒堅決不會幫恒國公的，說不準還要廢了太子妃呢。」

裴玉欣之所以這般著急，是因為她與長孫昭也是相識的。雖說不如和紀清晨的關係這般好，可好歹也是一塊兒逛過元宵節花燈會的，所以她便想著回來與紀清晨說一說，看看她能不能有什麼好法子？

紀清晨當即便皺眉，立即搖頭說：「不可能，太子哥哥不是這種性子的人。」

「聽說皇上這回可是極生氣的。」裴玉欣小聲地說。

雖說太子不是這樣的人，可安素馨的事情還歷歷在目。汝南侯府被滿門抄斬之後，安素馨很快便沒了，後來裴玉欣才知道，她這位前大伯母竟是詐死離開的。

可想而知，若這次恒國公府之罪最終被證實，那麼太子妃勢必會有所牽扯。

若是皇上施以雷霆手段，那麼到時候恒國公府必然會被重責，便是被奪了爵位，也未可知。

所以裴玉欣才會著急地回來告訴她。

紀清晨聽罷，眉頭緊蹙，陷入沈思之中。難怪柿子哥哥這幾日行色匆匆，竟是為了這事。

「那可有傳聞說起，皇上會派誰去福建？」既然是調查，必然要前往當地，要不然就憑藉幾個卷宗，當然沒辦法說清楚。

不過她問出口的時候，心底已有了一個想法。

裴玉欣這次倒是真的比她消息靈通些，只聽她低聲說：「聽說皇上就是打算派三哥過去的。」

果然是這般。

不過這樣倒是叫她稍稍放鬆了些，可見舅舅心中還是不願相信這件事的。

太子是嫡出，繼承大統是順理成章的事情，可歷朝歷代，誰瞧著近在眼前的皇位，又會無動於衷呢？

只怕這次恒國公府的事情，就是有人衝著太子去的。畢竟恒國公手握兵權，又鎮守福建一帶，若是剪除這個臂膀，對太子來說確實是重創。

所以就算考慮到太子爺的臉面，皇上都該找個並不涉及黨爭，但是又與太子關係不錯的人過去。

雖說裴世澤娶了紀清晨，可是定國公府素來不會參與朝堂之中的紛爭。畢竟定國公府的地位，是靠著幾代人馬背上立下的赫赫戰功而來，並不是在朝堂上耍嘴皮子的。

等裴玉欣回去之後，紀清晨將孩子交給奶娘，到西邊的書房提筆寫了一封信，交給香寧，叫她找人送回紀府。

紀延生如今在都察院，對這件事的瞭解程度，應該比裴玉欣的道聽塗說要強。

待香寧將信送出去之後，天色也暗了下來。

只是一直到了晚膳的時辰，裴世澤都還未回來。

紀清晨也知道這幾日他一直都在忙，便先叫人上了晚膳。

「皇上，此事事關重大，世子爺又從未辦理過案子，只怕難擔這樣的大任啊。」郭孝廉起身，對著上首沈著臉的皇帝低聲說道。

誰知這話卻惹怒了殷景然。如今他已被封為永安王，也開始跟著議事。

誰知這才剛開始沒多久，就遇到恒國公府一案，對旁人來說，這或許只是一個案子，可對於他來說，這個案子卻不啻於一場地震。

又是福建，又是殺良領功，他聽到這件事最初的反應便如紀清晨一般，將這個案子與當年汝南侯府的案子聯繫在一起。

所以他自然希望這個案子能由裴世澤接手，這樣對於日後替汝南侯府翻案，也是極有利的。

左手邊坐在第一張椅子上，穿著杏黃色朝服的太子殷柏然，始終未發一言，就連表情都平平淡淡的，彷彿這件事與他並無太大關係。可誰都知道，這可是關係到恒國公府上下一家老小的性命，若最後真的定了案，看著汝南侯府的下場，便知道恒國公府只怕也是在劫難逃了。

郭孝廉身為內閣首輔，對於委派的欽差大臣當然有置喙的權利，只是叫他沒想到的是，他剛說完，殷景然便接著開口了。

「我倒覺得世子爺乃是最佳人選。世子爺雖說未辦理過案子，可他性子沈穩又有謀斷，我想這一點，郭大人不能否認吧。」殷景然斜睨了他一眼，略帶威脅地說。

郭孝廉面上一僵，可偏偏殷景然此番話，卻沒被皇上訓斥。

「這樣的案子可謂是震驚朝野，我想若是叫一般人過去，只怕威嚴不夠，反而什麼都查不出來。相反地，世子爺身分尊貴，又有戰功在身，即便是到了福建那邊，那些兵士都會敬重他幾分，到時候調查起來，反而會事半功倍。」殷景然更加仔細地分析道。

沒想到殷景然雖剛入朝堂，可說起話來卻頭頭是道，還把郭孝廉駁斥得連話都說不出來。

待殷景然說完，皇帝才滿意地點頭。「景然說得是，恒國公府一案，朕還是決定要交給世澤。」隨後他又轉頭，盯著裴世澤。「你儘早準備起身前往福建，在當地先蒐集證據。」

這可是件大案子，皇帝卻交給了裴世澤，在座的都是經年的老臣子了，心裡自然知道，皇上這是重視他呢。

只是太子在場，倒也沒人敢恭喜他。

裴世澤特地留了幾步，果然沒一會兒殷柏然身邊的宮人過來請他。等兩人見面後，殷柏然先是一聲苦笑。「這次的事情，我不該介入太多，畢竟此事涉及到太子妃家中之人，所以只盼著你能還百姓一個真相。」

殷柏然口吻沈重，顯然這件事來得太過突然，連他都不能信誓旦旦地替太子妃的娘家喊冤。就算太子妃與他再三保證過，她的兄長和叔父絕不是這樣的人，可殷柏然卻不能單方面聽她的話。

如今父皇將此事交給裴世澤，倒是叫他安心不少，最起碼，他不用擔心有人會故意公報私仇。

等裴世澤與殷柏然告辭之後，便往宮外走。如今夜幕降臨，白日裡金碧輝煌的殿閣也失去了光彩。

殷柏然遣了宮人送他到宮門口，前面的小太監拎著一盞宮燈，安靜地領著路。

卻不想，他還是被殷景然等到了。

「我還說大哥究竟要拉著哥你說多久的話呢。」殷景然嘻嘻一笑，走了過來。

他前面也有兩個提著宮燈的小太監，他揮揮手，不耐煩地說：「你們都往前走，我有話要單獨說。」

幾個小太監自然不敢反駁他的意思，只得提著宮燈往前走。待他們走了很遠，殷景然才沈聲說：「我也要去福建。」

「王爺若是想去，向皇上請示便是，微臣作不了主。」裴世澤淡淡地道。

他清清淡淡的口吻，卻把殷景然氣得夠嗆，恨不得跳起來與他對罵。可一想到自己還要依仗人家，這才安靜下來，輕聲說：「父皇不會同意的，哥，你幫我跟父皇求求情吧。」

殷景然是幼子，皇上恨不得把他拴在眼皮子底下才好。如今都已到了這個年紀，爵位早就賜封了，可是搬出宮建府一事卻還是遙遙無期。

裴世澤抬頭看了他一眼，雖暮色深沈，可他滿眼的躍躍欲試，卻還是叫他看了個清楚。

殷景然為何想去福建，他一清二楚，可正是因為清楚，他才不會帶著殷景然去。

此番前程未知，若長孫家真的做出了這樣的事情，以他們在福建浸淫這麼多年，當真就會束手就擒嗎？

若是長孫家族為求自保，奮力一搏，到時候勝負還真是未可知。

在得知這件事時，他作為軍中將領，已經在沙盤上演練過，甚至連長孫家族最後逃離的路線，都猜測過了。

當然這一切都是最壞的打算。

而最好的打算就是，他能找到真相，還恒國公府一個公道。其實這也是他心中最期盼的結局。

畢竟一旦恒國公府被證實是遭冤枉的，那麼汝南侯府的案子，或許也會有轉機。

此行凶險未卜，所以他才不願意帶著殷景然前往。

第一百四十九章

待裴世澤回來時，紀清晨正在哄兩個小傢伙睡覺。

只是平日裡乖乖的時哥兒，今兒個卻睜著一雙烏黑的大眼睛盯著她，那雙黑亮的眸子，像是蘊著這天地間最清澈的水。

裴世澤輕手輕腳地進來，在她身旁坐下後，紀清晨過了一會兒才發現他。

他伸出手在嘴上做了個「噓」的動作，就跟著紀清晨一起扶著兩個小傢伙的小床。因為是雙胞胎，連床都比一般的要大上兩倍，好讓兩個小東西能舒舒服服地睡著。

好不容易把兩個孩子都哄睡了，裴世澤才攬著紀清晨走出去。

紀清晨瞧著他眼中流露出來的些許疲倦，立即擔憂地問：「柿子哥哥，你是不是累了？」

「倒也無妨。」裴世澤微微搖頭，只是眸中的那股沈重卻怎麼都揮散不去。

待兩人回了正堂，紀清晨便立即吩咐丫鬟趕緊給他準備晚膳。

裴世澤如今就是這一點不好，不管再晚，都要回家用膳。雖說她心中也感動過，可是又怕他餓壞，反而弄壞了自個兒的身體。

杏兒領著兩個丫鬟下去準備晚膳，紀清晨則坐在裴世澤的身後，親自給他按著肩膀。只是他肩膀硬得跟石頭一般，她的粉拳小手才按沒一會兒，便氣喘吁吁。

裴世澤聽著她在自己耳邊漸漸加重的呼吸聲，忽然喉頭一緊，將她拉下坐在自己的懷中。

自她生了孩子之後，夫妻兩人極少有這樣親密接觸的機會。不過紀清晨之前也怕他憋壞了，給他用別的方式紓解過。

如今裴世澤的眼睛落在她的身上，她雖穿著冬衣，可胸口那一團卻是飽滿又堅挺，那般粉嫩綿軟的一團，如今抓在手中，還會有奶白的汁液漏出來。

一想到這裡，裴世澤已不是喉頭一緊，而是渾身一緊。

他低頭靠在紀清晨的肩窩，深深地吸了一口，鼻息間都是她身上那股淡淡的奶香。

「柿子哥哥。」紀清晨有些緊張。床笫間的那些事對如今的她來說已不算陌生，可是已許久未裸裎相見，她竟生出了一絲羞澀。

況且她覺得自從生了孩子之後，她的身子似乎比之前胖了些，女子本就追求纖細之美，她生怕身材不如之前玲瓏有致，會讓柿子哥哥失望。

她有些羞澀地說：「柿子哥哥，我是不是胖了？」

聞言，裴世澤先是一愣，隨後立即道：「胡說。」

他的聲音堅決有力，叫紀清晨心底一下子便舒服起來，一張俏臉洋溢著滿滿的笑容，連大大的杏眼都笑成了兩道月牙兒。

待杏兒她們再進來的時候，就見門口站著一個丫鬟，她剛要問，只聽那丫鬟輕聲說：「世子爺說一個時辰後，再上膳。」

等紀清晨身嬌體軟地趴在床上時，裴世澤的大手便有一下沒一下地撫著她的後背。她懷孕時本就沒胖多少，如今更是已恢復了懷孕前的纖細苗條，倒是那該胖的地方，如今更是渾圓飽滿。

紀清晨歪了歪身子，靠在他的肩膀上。

直到聽見頭頂上，那溫和的聲音說：「沅沅，皇上已將恒國公府的案子交給我，再過三日，我便得離京了。」

裴世澤連元宵節都沒法過，就要離家了。雖知道他是因公務必須離開，可紀清晨心底還是挺難過的。

畢竟他們已很久沒這樣分開過，況且他這一走，還不知多久能回來？說不準要在那裡待上個大半年，到時候兩個孩子只怕都能認人了。

不過紀清晨也沒法子。畢竟恒國公府的事情事關重大，舅舅派他前往，一方面也是信任他，希望他能查出事實的真相。

只是裴世澤卻要將裴游留在家中，紀清晨自是不同意的。

裴游乃是他的貼身護衛，打小便跟在他身邊，負責他的安全，而她留在京城，哪裡會有什麼危險？雖說府裡的謝萍如確實對她虎視眈眈，可定國公府也不是她能夠隻手遮天的地方，這不是還有裴老夫人在嘛。

況且紀清晨身為郡主，除了宮裡的貴人，誰敢輕易得罪她？

所以紀清晨便堅決不留裴游，讓他跟著裴世澤一路南下。

他此番是去查案的，雖然是皇上欽點的，可也正是因為這樣，他的目標才會更加明顯。若是有不希望他平安到福建的人，勢必會派人在路上追殺他。

所以紀清晨就更不能留下裴游。

等裴世澤離開之後，沒幾天便是元宵節了。

今年紀清晨帶著兩個孩子，自然不能到街上去，所以乾脆應了方皇后的要求，帶著兩個孩子進宮，陪著舅舅還有舅母一塊兒賞燈。

待見到長孫昭的時候，看她的面色憔悴，就連笑容都有些勉強。

只是殷柏然一路站在她的身邊，不時低聲與她說話，夫妻兩人的感情，瞧著比未出事之時還要更好。

這也是恒國公府出事之後，第一次見到長孫昭。她抱著珠珠走到長孫昭跟前，笑道：「見過太子妃。」

「沅沅，妳來了。」長孫昭抬頭衝著她溫柔一笑，又低頭瞧著她懷中的珠珠，柔聲開口道：「小姑娘又長大了些。」

如今的珠珠已經褪去剛出生時的紅皮膚，雪白的小臉，葡萄般黑亮的大眼睛，別說長孫昭看著覺得漂亮，就連殷柏然都忍不住伸手捏了捏她的小臉蛋。結果小姑娘不僅沒哭，還眼巴巴地瞧著殷柏然。

紀清晨見狀，立即說：「要不柏然哥哥你來抱一抱吧，這小姑娘是嬌氣包一個，除了她爹爹之外，也就只有我和奶娘能抱了。」

「若是哭了，可怎麼辦？」殷柏然倒是有些猶豫。
還是紀清晨笑道：「無妨，若是哭了，再哄哄便好了。」
殷柏然這才接過手，把孩子抱起來。誰承想，小姑娘在他懷中，依舊是揚著小臉，彎了彎小嘴，一點兒要哭的模樣都沒有。
別說長孫昭了，就連紀清晨都驚訝不已，還是長孫昭說：「看來咱們這位小姑娘，是真的喜歡太子爺您啊。」
殷柏然一臉慈愛地低頭看著小姑娘，滿眼的喜歡。
至於被奶娘抱著的時哥兒，這會兒倒是哼哼唧唧了起來，紀清晨趕緊抱過來哄著。一向乖巧的兒子，此刻眼裡含著眼淚，長孫昭奇怪地問：「時哥兒怎麼了？」她一向聽紀清晨誇說長子聰明懂事，就算還是個孩子，都穩重得叫人感慨，卻不想如今卻無故哭了起來。
旁邊抱著時哥兒的奶娘，一副欲言又止的模樣，還是紀清晨問她，她才開口輕聲說：「郡主平日裡總是抱小姐多一些，小少爺年紀雖小，只怕也是有感覺的。」
紀清晨剛覺得好笑，可是低頭瞧著懷中的兒子，又一下子心軟起來。
因珠珠是女孩子，又一貫的嬌氣，所以紀清晨和裴世澤兩人難免會把更多心思放在她的身上，可如今一想，時哥兒雖懂事，卻不能成為自己忽視他的原因啊。
待紀清晨把兒子抱在懷中，哄了又哄，小傢伙才算是消了氣。

原以為元宵節之後便能消停，誰知過沒兩天，宮裡就傳了消息出來，殷景然不見了。

皇上派人四處找了，就連定國公府都派人來問過，待又仔細一查，才知道他竟是出城去了。

先前他要跟著裴世澤去福建，皇上自是捨不得，誰知他竟膽大妄為到自個兒跑走了。於是皇帝又派人去追他。

這麼一鬧騰，雖說封鎖了消息，可到底還是洩漏了不少。

剛出正月，到了二月裡，便聽說首輔郭孝廉身子骨不好，就連宮裡都派了太醫過去。恒國公府的事情還沒個說法，首輔倒是先撐不住了。

只是這會兒不想他死的人，只怕比想他死的人還要多。

畢竟當年汝南侯府的那樁案子是經他手承辦的，估計那案子中的細節，也就數他最清楚，如果他真的在裴世澤回來之前過世，就怕汝南侯府的案子永遠都無法水落石出。

紀清晨雖不知當年究竟發生了什麼事，可從裴世澤的言語中，她能感覺到他是想替汝南侯府翻案的。

所以她還是派人去打探消息，只是這幾日郭府進進出出的人雖多，但消息卻被封鎖了，只說他病重，可究竟是個什麼情況，誰都說不清楚。

就在二月中旬時，皇上準備前往東皇陵拜祭先祖。

因為裴世澤不在京城，是以一路上的護衛軍隊便交給五城兵馬司的指揮使薛鳴負責。此人乃是張晉源一手提拔起來的，此番裴世澤不在京城，張晉源便一力推薦他。

這邊祭祖之事未完，便有人上疏，說恒國公府之事是證據確鑿，應早日將罪人押解到京城才是。不過恒國公府在朝中也並非全無交好的，自然有人替他喊冤。

只是郭孝廉這一病，反倒是替恒國公府喊冤的占了上風。誰知竟還有那好事者，敢在這時候將汝南侯府的案子翻出來，說此案疑點重重，只怕當年先皇便是受了某些人的蒙蔽，冤枉了忠良。

此言一出，雖然有人大罵，卻也有人支持。

這些朝堂上的事情，紀清晨也無法左右，只能時刻關注著。

而大姊過來看她的時候，曾與她說過幾句。這些日子大姊夫和爹爹的日子都不算好過，畢竟此事波及的範圍太廣，便是與這件案子沒關係的官員，都要被拉著選邊站。

裴世澤不在家裡，她自然不用擔心別人要他作出選擇，她每天只管帶著兩個孩子玩，因天氣漸暖，她還時常把他們抱到裴老夫人的院子裡去玩耍。

雖說府裡早就有重孫了，可那是二房生的，和裴老夫人一點兒血緣關係都沒有，老夫人也就是待他們尋常而已。

哪像紀清晨生的這兩個，這可是定國公府裡的嫡長孫和嫡長孫女。這兩個寶貝蛋，誰瞧見了都會喜歡不已。

這一日，紀清晨剛從裴老夫人的院子回來，正準備給兩個小東西餵奶，就見桃葉匆匆進來，稟報道：「郡主，宮裡頭來人了。」

「怎麼了？」紀清晨抬頭，見她這般緊張，立即問道。

桃葉趕緊說：「是宣您進宮呢。」

紀清晨瞧瞧這日頭，眼看著便要到未時末了，若是這會兒進宮，只怕天都要黑了。她忍不住奇怪地問：「可說了是什麼事？」隨後她又問：「是皇上身邊的宮人還是皇后娘娘身邊的人來傳話？」

她經常出入宮闈，都會帶著幾個丫鬟，所以她身邊的丫鬟都識得帝后身邊的人。桃葉立即道：「來的是皇上身邊的楊柳公公，說是有要事，請郡主進宮呢。」

一聽到是楊柳，紀清晨便叫人給自己更衣。楊柳是楊步亭的徒弟，實際上也是楊步亭的乾兒子，紀清晨自然是認得他的。

這邊艾葉趕緊叫兩個小丫鬟去拿了衣裳，就連香寧和杏兒都過來幫手。因為是在家裡，紀清晨身上只穿了一套有些半舊的丹青色長褙子，這會兒又要梳頭，又要更衣。

沒一會兒，謝萍如身邊的丫鬟來了，說是宮裡來人，還請郡主趕緊過去。

紀清晨知道她是見自己沒過去，派人來催了，於是便有些著急。誰承想謝萍如的丫鬟剛走，門房便送了一封信過來。

艾葉去拿進來，把信交給紀清晨。正在梳頭的紀清晨隨手便撕開了信封，待取出裡面的信件後，她看著信上的四個字，先是愣住，隨後道：「妳們都出去。」

正給她梳頭的香寧愣了一下，卻聽她更嚴厲地道：「都出去。」

幾個丫鬟不知為何，但也不敢詢問，只得乖乖地走出去。倒是杏兒和香寧被留了下來，只是兩人也不明所以。

紀清晨手上捏著信紙，眉頭緊皺，想了又想，半晌都沒說話。

她又低頭瞧著信紙上寫的四個字：不要進宮。

這是誰？竟是來給她報信了。她立即吩咐道：「杏兒，妳現在就去門房那裡，問清楚送信來的人是誰？若是人沒走遠的話，妳便叫門房的人去追。」

待吩咐過杏兒，她又轉頭看著香寧，沈聲說：「香寧，妳現在就去前院，看看這次宮裡來的人，除了楊柳公公之外，可還有妳認識的人？」

勤政殿和鳳翔宮伺候的宮人雖眾多，可是尋常來定國公府宣旨的，也就是那麼幾個人，總不至於只有楊柳一個熟面孔。

兩個丫鬟見她突然變了態度，心底自是萬分揣度，可誰也不敢亂猜。郡主既然吩咐了，她們便趕緊去做事。

待她們走後，紀清晨又叫了艾葉進來。她這頭髮才梳到一半，而艾葉是香寧的徒弟，梳頭的手藝也跟著學得不錯，她便叫艾葉繼續給她梳頭。

等她頭髮梳好了，去前院的香寧先回來了。

香寧回來後，帶著喘息聲，一刻都不敢停歇地說：「郡主，奴婢方才又看了一遍，除了楊柳公公之外，便再也沒有奴婢認得的人了。」

紀清晨霍地一下子抓緊手裡的信紙。如今這上頭的四個字，就跟著了火一般，正燒在她的心頭。

究竟是誰在給她通風報信？是好意還是……

可轉念一想，信上只說讓她不要進宮，她若是不進宮，就是留在定國公府，而定國公府中唯一需要擔心的便只有謝萍如。可府裡還有老夫人在，就連國公爺都不敢忤逆她老人家，所以她留在府裡，反而是最安全的。

況且裴世澤離開前，雖然把裴游帶走了，卻還是給她留了侍衛。

那些人平常都待在世子前院的書房裡，只要她一聲令下，那些人就會把長纓院團團圍住，保護起來。

可宮裡就不一樣了，先不說進宮的這段馬車路程，這一路上是最容易出事的，只要驚了馬，說不準就能叫人喪命。

紀清晨想到這裡，便深吸了一口氣。

沒一會兒，杏兒也上氣不接下氣地跑回來，一進門就說：「郡主，門房的人說，送信的人送完信就走了。因給了他十兩銀子，所以他才請門房上的嬤嬤走了一趟。」

十兩銀子不是小數目，那人給這麼多銀子，就是希望紀清晨能立即看到這封信吧。

「郡主。」香寧擔憂地瞧著紀清晨，盼她能拿一個主意。

待紀清晨回過神，立即吩咐她們去紀府還有晉陽侯府報信。她也不知道宮裡究竟發生了什麼事，可有些事情是寧可信其有，不可信其無。

況且若是宮裡真發生了什麼事，那她還能在宮外想法子傳遞消息，趕緊找人去救舅舅他們。

若是無事的話，那也算是萬事大吉了。

卻不想她剛把人派出去，謝萍如竟又派人來催她了。

這回丫鬟還沒進來，就被香寧攔在外頭。「還請姊姊見諒，大姑娘這會兒正哭得厲害，奶娘哄也沒用，只得由郡主抱著哄，還請姑娘再回去通傳一聲吧。」

等香寧把人打發走了，紀清晨立即道：「馬上派人去老太太院中，就說大姑娘回來後便連吐了兩回，怕是得了急病，還請老夫人派人去請大夫。順便與老夫人說，宮裡來了人，宣我進宮，只是珠珠突然病了，所以只好先把兩個孩子抱到老夫人房中。」

紀清晨也不敢明說，畢竟這會兒還風平浪靜的，她也不能只憑一張字條便斷定宮中出事。

過了一會兒，不僅艾葉回來了，就連老夫人身邊的姚黃都跟著過來了。

姚黃一過來就給紀清晨行禮，口中還道：「郡主，老夫人得知姊兒病了，便派奴婢過來；還有前頭宮裡來的人那邊，老夫人也派人去說了。姊兒病了哪能離得開您，這時候進宮只怕是太遲了，即便是明兒個再入宮也不遲。想來宮裡也沒什麼要緊的事，若是真有什麼事，明兒個老夫人便與您一同進宮給聖上和皇后娘娘請罪。」

紀清晨聽了，心中又是意外，又是感動。沒想到她不過說了一半，老夫人便懂了她的意思。

卻不想，楊柳一聽完丫鬟的回稟，便開口說：「若是大姑娘病了，那奴才也該去瞧瞧才是，若是病得重了，奴才這就回去稟了皇上，請皇上派御醫過來。」

謝萍如原本就是替紀清晨在招呼著楊柳的，見她三請四請不來就算了，竟還搬出老夫人，所以也不阻攔，乾脆就讓人領著楊柳去後院。反正他也只是個閹人，又沒什麼男女大防之說。

等楊柳快到長纓院時，紀清晨才知道他進了後院。也不知是不是母女連心，一直好好的珠珠，竟嚎啕大哭起來，奶娘抱著哄都沒用，哭得她一張小臉紅通通的。

紀清晨見狀，心裡是又心疼又害怕。

是不是小姑娘知道自己拿她病了做藉口，不高興了？

於是就在她哄著珠珠的時候，楊柳便進來了。

她抱著孩子在內室裡，連坐下都不成，只能抱著她來回走動，楊柳一進來，就瞧見她正滿屋子地轉圈呢。

她雖說性子極好，可到底身分尊貴，一見楊柳便皺眉問：「宮中到底有何事，這般著急地宣我進宮？」

楊柳被她這麼質問，一時說不出口，隨後才輕聲道：「皇上病了，宣郡主進宮。」

紀清晨一聽，登時便心驚起來。舅舅病了？怎麼突然就病了？是真的病了？還是被人……

她一邊抱著珠珠，一邊拿目光去打量楊柳。只是他垂著頭，叫人看不清他臉上的面容。

突然外面又是一陣騷動，竟是裴老夫人親自前來了。

裴老夫人一進門就瞧見了楊柳，不過倒是未先問他，而是扶著丫鬟的手，上前察看珠珠。

「這孩子病了，也不知生的是什麼病，她母親成日與她在一處，只怕身上也染了病氣，若是進宮說不準還會驚擾了皇上和娘娘。」裴老夫人淡淡地說，接著她又追問宮裡的事情。可楊柳卻支支吾吾，最後竟是驚慌地告辭離開。

待他走後，祖孫兩人對視了一眼，裴老夫人眼中帶著濃濃的擔憂。

紀清晨心中也忐忑不安。裴世澤這才離京多久便出現這樣的事，她如今雖還算鎮定，可到底覺得心下徬徨。

況且如今懷中的珠珠還一直哭嚎個不停，也不知是不是小孩子太過敏感，竟如同有感知一般。

「看來今日咱們府中的人，都不能出門了。」裴老夫人開口淡淡說道。

本來裴老夫人是想叫她帶著孩子去自己院中的，紀清晨卻道：「珠珠愛哭鬧，我還是帶著她留在長纓院裡，左右都是在一個府內，即便有事，趕來相救也不過就是片刻的工夫。」

她心底雖惴惴不安，可面上卻一派淡然沈穩，說起話依舊是一副慢條斯理的模樣。

裴老夫人在心中點頭。害怕乃人之常情，即便是她那個死鬼老頭子，一輩子征戰沙場，依舊有害怕的東西。可是能不畏心中恐懼，行事依舊有條不紊，已是極難得了。

紀清晨一直希望這一切都是她自己在胡思亂想。

誰知當晚雖無事，可第二日卻聽說，皇上在勤政殿昏倒了，懷疑是有人要下毒謀害皇上。

而太子卻不在宮中，如今齊王爺進宮護駕，正全城緝拿太子餘黨。

「這可如何是好啊？太子餘黨……」得到消息後，裴家人都聚集在老夫人的院子裡，此時說話的乃是謝萍如，她邊說話，目光一邊瞥向紀清晨。

誰都知道紀清晨與太子的關係一向很好，甚至京中還曾有過傳聞，太子最開始屬意的太子妃人選便是她，要說這太子餘黨，最有資格的應該算是她了。

可紀清晨卻一點兒都不相信，她一個字都不信。

她不信柏然哥哥會毒害舅舅。

只是如今全城都在搜捕柏然哥哥，那麼舅舅一定是出事了……

第一百五十章

「如今形勢未明，傳我命令下去，這幾日府內不許任何人出入。國公爺你要加強府中守衛，免得有人趁著京城亂局，渾水摸魚。」裴老夫人立即打斷謝萍如的話，沈聲說道。

裴延兆自然知道事情的輕重。只是他平日裡就是個富貴閒人，雖說不喜歡長子，可是架不住長子太有出息，如今真遇到事了，心裡第一個想到的，還是如今不在府中的長子。

話剛說完，就聽到有人來回稟，說是外頭有人敲門，據稱是五城兵馬司的人，來請郡主入宮一趟。

謝萍如當即便道：「我就說嘛，如今連五城兵馬司都來拿人了。」

「閉嘴！」只聽裴老夫人怒斥一聲，而一直坐在上首的紀清晨，則緩緩地掃了謝萍如一眼。

紀清晨冷哼一聲，不屑道：「我乃是皇上欽賜的元曦郡主，若是想拿我，請了皇上聖旨來，我便二話不說跟著走。若是什麼都沒有，就想叫我跟著走，簡直是癡人說夢。」

裴延兆沈默不語。謝萍如則是因為方才被老太太訓斥了，不敢再說話。

倒是二房和三房，紀清晨的目光緩緩掃了過去。二房的兩位長輩素來在家中都是透明人，三房的裴延光夫妻兩人卻是神色一凝，裴延光首先說：「郡主說得極是，這些所謂五城兵馬司的人，還不知是奉了誰的命令來的？若是咱們開了府門，叫他們闖進來，到時候咱們這一府老小只怕都要沒命。」

「老三說得極是。」卻不想裴延兆在此時點頭。

裴老夫人瞧著兩個兒子，心中大感欣慰，點頭說：「此話才是正理。」

謝萍如還要說什麼，裴老夫人卻已經吩咐裴延光去調集裴家的護院。

說來裴家的護院在京城也是十分出名，定國公府這種以軍功立身的家族，即便是家中的護院都是個中好手。戰時便能拿槍上陣，如今休養生息時，就是家中護院。

這些人共有八百人，平日裡他們可能是園丁、是花匠、是最普通的雜役，可是到了此時，卻又是令人聞風喪膽的裴家軍。

五城兵馬司的人大概沒想到，定國公府的人居然會有這樣的膽子，膽敢拒不開門，於是他們便在門口叫囂辱罵，更有人要上前撞門。

可裴家有護院在，自然不畏懼他們這麼一小支隊伍。

紀清晨瞧著外面的辰光，煙灰色天空猶如瀰漫著一股揮之不去的詭異氣息。既然柏然哥哥不在宮中，他們就還有一絲生機。只要柏然哥哥能及時趕到城外的大營，召集大軍反攻京城，到時候必能救出舅舅和舅母他們。

昨日她派人送信回家，晉陽侯府那邊宮中並未派人前去，紀家自然更沒有。

只是現在門外被五城兵馬司的人圍住，也沒辦法出門去探問消息。

如今她能做的，只有等待。

好在兩個小傢伙一直都還算安分，昨日珠珠嚎啕大哭之後，便有些懨懨的，不過身子倒是沒什麼大礙。

今日她把兩個小傢伙放在羅漢床上，都是乖巧可愛得很。

就這樣一直到了入夜後，門外五城兵馬司的人雖持續叫罵，可定國公府就是不開門。他們似乎也沒接到要強闖的命令，是以就一直守在外面而已。

也不知為何，紀清晨總覺得今夜會有不尋常的事情發生，於是到了戌時該上床睡覺的時辰，她也只是和衣坐在羅漢床上，她未睡下，丫鬟們自然也不敢睡。

待到了亥時，她似乎聽到一陣吵嚷聲，只是這聲音若有似無，又像是從極遠的地方傳來。

她立即抬頭問：「杏兒、香寧，妳們可有聽到什麼聲音？」

杏兒一臉茫然，可香寧倒好像是聽到了一般。

就在此時，突然傳來一聲炸開的巨響，紀清晨一下子便從羅漢床上站起來。這聲音太過巨大，連睡在裡屋的兩個小傢伙都被吵醒了，沒一會兒便響起了此起彼伏的哭聲。

紀清晨趕緊進屋。兩個奶娘已經把孩子抱起來哄著，誰知那吵嚷聲卻是越來越大，彷彿一直朝向這邊奔來一般。

定國公府的宅子乃是御賜的，自開府便一直在此處，也是極靠近皇宮，所以這聲音很有可能不是朝著定國公府來，而是朝著皇宮而去。

一想到這裡，紀清晨心中便忍不住狂跳起來。難道是柏然哥哥領兵打回來了？

這一夜只怕對京城所有人來說，都是漫長的。

舅舅登基到現在，只有為了給親爹爭名分而鬧騰了一場，其他時候都是風平浪靜地度過，是以京城人民也不知多久沒瞧見過天家為了皇位鬧騰，爭個你死我活的情景了。

如今乍然來了這麼一場，卻叫所有人心中都彷徨起來。

裴家的男丁今日注定是沒法子睡了，個個都爬起來，這會兒自然是男人衝在前頭了。

到天矇矇亮的時候，打殺的聲音才漸漸弱了下去。

紀清晨熬了一夜沒睡，就守在兩個孩子跟前，後來她乾脆把孩子們都抱到床上，自個兒和衣坐在旁邊。

因打殺的聲音小了下去，她冷不防地打了個瞌睡。剛閉上眼睛，就被一陣巨大的撞擊聲給嚇醒，待她睜開眼睛，就看見一身戎裝的裴世澤站在她的眼前。

紀清晨眨了眨眼，可面前站著的依舊是他。她張著嘴，半晌才喊了一句。「柿子哥哥？」

裴世澤大步上前，將她一把抱在懷中。

她聞著他身上濃濃的硝煙味，還有那揮散不去的血腥味，倚在他寬闊的肩膀上，讓她無法抑制地顫抖。

「柿子哥哥，你怎麼回來了？」紀清晨帶著哭腔地問。先前壓抑在心中的無助和忐忑，都在這一瞬間煙消雲散。

她所有的害怕，所有的不安，所有的恐懼，都隨著他的回來而消失殆盡。

先前他不在的時候，她為了一對寶貝兒女必須堅強，可如今他回來了，她忍不住抱著他，哭個痛快。

這哭著、哭著，她竟不知道自己何時昏睡了過去。

等她再醒來時，就見外面依然矇矇亮，她有些詫異，還是香寧進來瞧見她起身，這才驚喜地說：「郡主，您總算醒了。」

待香寧告訴她，她已經足足昏睡了一日，紀清晨才詫異地問道：「世子爺呢，他是不是回來了？」

該不會是她在作夢吧？

好在香寧立即歡喜地點頭，道：「世子爺回來了，而且他還把雲二先生請回來了，如今正在宮中給皇上治病呢。」

紀清晨這才吁了一口氣。

等裴世澤回來的時候，紀清晨正等著他，他一進來，她就吩咐丫鬟傳膳。

紀清晨起身去迎他，柔柔地挽著他的手臂。「咱們邊吃邊聊。」

裴世澤攬著她，溫聲問：「可是睡飽了？」

紀清晨只覺得丟人，趕緊問他。「舅舅身子如何了？柏然哥哥回來了嗎？還有舅母與太子妃她們都還好吧？」

見她問這麼多問題，裴世澤輕輕一笑，扶著她在羅漢床上坐下，待又仔細打量她一番後，才道：「皇上的龍體已安康，那毒雖說厲害，但好在雲二先生及時為皇上施針；太子爺與景然也順利回宮了，皇后娘娘與太子妃一切都安好。」

紀清晨卻仍有滿肚子的疑惑。為何齊王突然就發難了？怎麼舅舅就中毒了？

好在裴世澤也沒賣關子，將詳情告訴了她。

原來就連他去福建都只是幌子，長孫家所謂的殺良領功，皇上是一點都不相信。正好又有之前汝南侯府一案，只是這件事過去這麼多年，證據早就湮滅。

所以他們乾脆使了一計，想叫當年涉及此事的主犯，自個兒跳出來。

可沒想到這些人竟喪心病狂，直接逼宮篡位，就連齊王都上了他們的賊船。

「居然連張晉源也有份?!」紀清晨驚嘆道。

其實當年所謂的殺良領功根本就不是真的，只是汝南侯功高震主，皇上本就視他如眼中釘，可偏偏汝南侯深受百姓愛戴，朝中也有不少忠臣一直支持著他。於是，當時還不是首輔的郭孝廉便聯合在福建鬱鬱不得志的張晉源，演了這麼一齣。

那些良民是張晉源帶人去殺的，最後嫁禍給汝南侯

其實這個計謀並不算高明，但最可悲的是，先皇選擇了相信。

於是汝南侯府一百多口人命，就這樣沒了。

紀清晨聽到這裡，心中又酸又澀。就因為「功高震主」這四個字，便斷送了一代名將的性命，著實是可悲又可嘆。

「那舅舅又為何會中毒呢？」紀清晨有些不明白，這次要不是舅舅突然中毒，只怕張晉源和齊王他們的陰謀也不能成事。

裴世澤面色一沈，道：「是殷月妍將毒下在了安靖太后賞給皇上的茶盞中，好在皇上也

只是用那茶盞喝了一點兒茶水，並未危及性命。」

「殷月妍？」紀清晨目瞪口呆。她為何要這麼做？舅舅登基以來，可是從未虧待過她們母女啊。

裴世澤說：「她與陳修的醜事被齊王的人抓住，於是他們便威脅殷月妍這樣做的。」

紀清晨呆愣住，好半晌才咬牙怒道：「好一對狗男女！」

這一場叛亂來得快，但被消滅得也極快，只是這後面卻還有牽扯不盡的故事……

最後皇上到底還是捨不得殺了齊王，只是奪了他的王爵，終身圈禁在齊王府。

不過對於郭孝廉、張晉源這些人，皇上可是一點兒都沒心慈手軟。

而紀清晨後來才知道，那日阻止她進宮的人，竟是紀寶芙。不過她是用左手寫字，所以紀清晨才沒能認出來；至於她是從何處得知的消息，紀清晨也能猜測個大概。

也因為這樣，她來找紀清晨，希望她能在皇上跟前替喬策求情，留他一條性命時，紀清晨答應了。

她一生都不喜歡紀寶芙，以後大概也不會多親近，可是這一刻，卻能感覺到她喜歡一個人的真心。

紀寶芙幽幽地望著外面的天空，只說了一句話：不管如何，活著總是好的。

兩年後

京郊城外，一座修建得極為華麗的陵墓前，一家四口正規規矩矩地行跪拜之禮。

「晉時、晉璇，這便是你們的曾外祖父，他與你們的曾祖父一般，都是咱們大魏朝赫赫有名的戰神。」裴世澤筆直地跪在地上，看著墓碑上的字。

皇上平反了汝南侯府一案之後，為汝南侯修建的陵墓也終於建成了。

想必安素馨在九泉之下，一定會安息的吧。

兩個生得玉雪可愛的小傢伙，此時正板著臉，認真地聽著他們爹爹的話。只是紮著花苞髻的小女孩，眼珠子卻狡黠地轉了轉。

等他們祭拜完之後，裴世澤知道他們難得出來，便乾脆領著他們到附近裴家的莊子轉轉。

一路上，裴晉璇便靠在紀清晨懷中，用軟萌的小奶音說個不停；倒是對面坐著的哥哥裴晉時，一副規規矩矩的模樣。

等到了莊子上，紀清晨領著他們在河邊的草坪上玩耍。

沒一會兒，珠珠便鬧著要去搶時哥兒手裡的東西，紀清晨遠遠地瞧著，輕斥一聲。「裴晉璇，妳若是再搶哥哥的東西，娘親便要生氣了。」

珠珠是個嬌氣包，旁人都會慣著，也總有人說哥哥應該讓著妹妹，可紀清晨卻不想偏心太過。

裴世澤站在她身邊，伸手摟著她的肩膀。紀清晨不好意思在孩子們面前這般與他親近，正要推他，卻聽他說：「沅沅，過些時日妳陪我去真定吧。」

「為何？」紀清晨有些詫異。

裴世澤微微一笑，問道：「妳就不想再回咱們第一次見面的地方瞧一瞧嗎？」

回到夢開始的地方。

這一生，不管是對他來說，還是對她來說，都是一場美夢。

真定大慈寺乃是百年古剎，受四方供奉，一年四季廟中香火鼎盛。香客們一早就從山下開始往山上趕，即便累得大汗淋漓，但一顆拜佛的心卻是十分虔誠。

此刻幾輛極華麗的馬車疾馳而來，一瞧便是大戶人家的馬車。沿途的行人往路旁讓了讓，不過馬車行駛的速度倒不是極快，然而馬車經過時，仍是揚起了一片灰塵。

坐在馬車裡的兩個小傢伙好奇極了，畢竟這是他們自出生以來，頭一回離開京城。雖說只是到離京城不遠的真定而已，可對於他們來說，也是極新鮮又興奮的事。

裴晉璇窩在紀清晨的懷中，眼珠子盯著被撩開一角的馬車車窗。倒不是她老實不想到車窗邊瞧瞧，只不過小姑娘嬌氣慣了，又是頭一回出門，著實被馬車顛簸得有些受不住。

此刻她靠在紀清晨懷裡，還不忘指揮她哥哥。「哥哥，你讓過來些，也給我看看外面。」

裴晉時回頭看她，輕聲說：「珠珠，妳不難受了？妳還是乖乖休息吧。」

小傢伙是個穩重的，知道妹妹不舒服，極是關心她。

可裴晉璇卻噘著小嘴，嬌嬌地說：「哥哥，我難受。」

紀清晨抱著女兒，聽到她此話，登時一笑，抬頭衝著對面英俊的男人說：「你瞧瞧你女兒，這般難受還不忘撒嬌。」

裴世澤低頭看了小姑娘一眼，溫和一笑，伸出手臂就將她撈過去，抱在懷中。

「不能讓娘親太累了。」他聲音低沈，猶如敲打在人的心尖上，好聽得叫人發顫。

他在對待兄妹兩人的態度上，可謂天差地別。

裴晉時打小便跟著他習武，即便是數九寒冬，都要堅持不懈；紀清晨雖說也心疼兒子，可知道柿子哥哥是為了他好。

待馬車在大慈寺停下之後，裴世澤先踩著馬凳下車，又親自將兩個小傢伙抱了下去，紀清晨才戴著帷帽下了馬車。

此刻寺廟中的知客僧正帶著小沙彌，站在一旁候著。

小沙彌不過六、七歲的模樣，圓圓的小腦袋甚是可愛，穿著青色僧衣站在師父的旁邊。

他年紀小，總是忍不住抬頭，此時眼皮微抬，眼角餘光已瞥到那雙交握著的手掌。被握著的那隻手掌，既纖細又雪白，小沙彌也說不上來，就是覺得特別好看。他年歲雖小，性子卻機靈，這才能跟著師父來接待貴客。

他接待過的貴客不少，可是長得這般漂亮的，卻挺少見。

說來也好笑，其實小和尚並未瞧見紀清晨的模樣，可單單憑著一雙手，就認定這位夫人長得好看。

裴世澤極少會來寺廟中，上過疆場的男人，身上殺氣重，有血腥味，若不是此番回真定，紀清晨心血來潮想要上香，只怕他也不會過來。

裴晉璇此刻乖巧地牽著紀清晨的手，裴世澤走在她們身邊，而裴晉時則跟著他。

一家四口，慢慢往廟裡而去，身後跟著丫鬟和婆子，一群人浩浩蕩蕩的。

上香的時候，紀清晨見裴世澤只是筆直地站在佛像前，連腰身都未彎，忍不住提醒道：「柿子哥哥，要對佛祖敬重些。」

其實如今裴世澤已是國公爺，不過紀清晨叫慣了柿子哥哥。

裴世澤轉頭悠悠地朝她掃了一眼，伸手接過她手中的香燭。待他用面前的蠟燭點燃之後，還真的恭敬地朝佛像彎腰，似是真的在還願和祈求。

紀清晨沒想到還有這麼一齣，她心生好奇，便問他：「柿子哥哥，你與佛祖說什麼了？」

「告訴佛祖的話，可以告訴別人嗎？」裴世澤淡淡一笑，朝她望去。

紀清晨登時道：「我又不是旁人，你告訴我沒關係的。」她一臉期待地看著他。

誰知往日對她有求必應的人竟是搖頭，淡然道：「不可以。」

紀清晨心底好委屈。這還是她的柿子哥哥嗎？

她也真的是被裴世澤寵壞了，都已經是兩個孩子的母親，可性子反而比從前更隨興，此刻不高興，馬上就顯露在臉上。

誰知裴世澤竟無視她的不悅，堅決保密。

所以一直到午膳，連傻白甜的裴晉璇都瞧出來娘親有些不開心。

她軟乎乎地問：「娘親，是不是這裡的飯菜不好吃啊？」

裴晉璇生了一張小刁嘴，打出生以來吃穿用度都是最好的，所以大慈寺裡的齋菜，顯然不符合小姑娘的胃口。

紀清晨自然不是因為這點兒小事不開心，她是因為另外一件小事。

裴世澤此刻正好放下小碗，一抬頭，就瞧見紀清晨委屈至極地看著他。

那眼神惹得裴世澤又是一聲低笑，他低頭，然後再次抬頭時，輕聲問：「真想知道？」

「嗯。」她用力點著腦袋，是真想知道。

「那先用膳，吃完飯，我再告訴妳。」

等哄了兩個小傢伙午睡，紀清晨再回頭，就見裴世澤已不在房中。

她低聲問丫鬟道：「國公爺呢？」

她的貼身丫鬟過來低聲說：「國公爺在廟裡的後山等著您呢。」

大慈寺也是依山傍水的地勢，是以後山有一片不小的地方，鬱鬱蔥蔥，還有溪流緩緩淌過。

紀清晨過去時，就見一身銀色繡紫色祥雲鑲襴邊長袍的男子就站在不遠處，而他手中拿著一只風箏。

她走近後，有些驚訝地問：「柿子哥哥，你是想放風箏？」

說實話，這可是閨閣小姐喜歡做的事。

紀清晨也是許久未放風箏了，先前就是陪著珠珠那個小傢伙玩了一會兒，說起來還是丫鬟陪著她跑，紀清晨站在一旁瞧著。

裴世澤點頭，已舉起手中的風箏，那風箏上竟是一對男女。

紀清晨驚訝，因為那畫像瞧著便是裴世澤與她。

「妳上回不是說好久都沒放風箏了？」裴世澤輕聲說。

紀清晨臉上滿是感動。只不過是她隨口的一句話，他便如此放在心中，不管是剛成親那會兒，還是如今，他待她從來都是這般用心。

當風箏升到高空，只剩下一個小黑點，紀清晨被他圈在懷中。

她手中拉著線，他握著她的雙手。

隨後，他低頭，嘴唇附在她耳畔，輕聲說：「妳不是想知道我與佛祖求了什麼？」

「我求佛祖，讓我下一世能夠再遇見妳。」

——全書完

文創風
555

小妻嫁到 5 完

國家圖書館出版品預行編目資料

小妻嫁到 / 慕童著. --
初版. -- 臺北市 : 狗屋, 2017.08
冊 ; 公分. --(文創風)
ISBN 978-986-328-764-3(第5冊:平裝). --

857.7 106009729

著作者	慕童
編輯	江馥君
校對	黃薇霓　簡郁珊
發行所	狗屋出版社有限公司
地址	台北市104中山區龍江路71巷15號1樓
電話	02-2776-5889～0
發行字號	局版台業字845號
法律顧問	蕭雄淋律師
總經銷	知遠文化事業有限公司
電話	02-2664-8800
初版	2017年8月
國際書碼	ISBN-13　978-986-328-764-3

本著作物由北京晉江原創網絡科技有限公司授權出版

定價250元
狗屋劃撥帳號：19001626
網址：love.doghouse.com.tw　E-mail：love@doghouse.com.tw